완독의 기쁨

완독의 기쁨

대하소설 비교 읽기

조충숙

범우사

차례

박경리 《토지》

조정래 《아리랑》

김주영 《객주》

대하소설 비교 읽기

부록 | 일제강점기 역사 요약표

표 차례

들어가는 말

나는 드라마를 좋아한다. 어려서부터 좋아했고 지금도 여전히 좋아한다. 특히 문학성이 느껴지거나 영상이 뛰어난 드라마를 만났을 때의 기쁨은 무어라 말할 수 없다. 어릴 적 특히 좋아했던 것은 주로 한국 단편소설을 1회 분량의 드라마로 만든 〈TV 문학관〉이었다. 지금 생각해도 멋진 프로그램이다.

나는 책 읽기도 좋아한다. 초등학교 시절부터 결혼 전까지는 책을 꾸준히 읽었던 것 같다. 그러나 결혼하고 아이 낳고 30대 초반까지 한동안은 책 읽기를 거의 하지 못했다. 출산 후에도 직장생활을 계속했는데, 어느 해 회사 후배가 생일선물로 책을 한 권 선물해주었다. 그때 받은 책은 1995년 《현대 문학상 수상집》이었다. 책 위에 붙여놓은 노란색 포스트잇에 이렇게 쓰여 있었던 것으로 기억된다. '한 번 손에서 멀어지면 아주 멀어집니다.' 머리를 한 대 쿵 얻어맞은 것 같았다. 그 선물을 계기로 다시 책을 읽기 시작하였다. 그 후배에게 아주 많이 감사하다.

《토지》를 처음 만난 건 1987년 10월부터 1989년 8월까지 방영된 TV드라마였다. 드라마로 만난 〈토지〉는 너무 재미있었다. 《토지》를 소설책으로 만난 건 2004년이다. 나남출판에서 나온

전 21권짜리 《토지》를 2004년에 모두 읽었다. 벅찼다. 그저 소설책을 읽었을 뿐인데 21권이나 되는 책을 완독한 나 자신이 너무 기특해서 21권 뒤표지 안쪽에 '2004. 8. 17 淑(숙)'이라고 기록을 남겨두었다.

21권의 소설을 완독하고 나자 이제 웬만한 책은 다 잘 읽어낼 수 있을 것 같은 말도 안 되는 자신감이 들었다. 완독의 기쁨이 너무 커서 주변 사람들과 기쁨을 나누고자 남편, 언니, 조카에게 책 읽기를 권했다. 21권 뒤표지 안쪽에는 '2005. 1. 6. ○○○' '2005. 1. 13. □□□' '2009. 11. 25. △△△' 세 사람의 기록이 추가되었다. 그 후 여러 해에 걸쳐 《아리랑》《태백산맥》《한강》《장길산》《임꺽정》《객주》《혼불》《봄날》 등 한국 대하소설을 읽었다. 그 이후로 나의 책 읽기는 대하소설뿐만 아니라 다양한 장르로 계속되고 있다. 그리고 2004년 11월 TV드라마로 새로운 〈토지〉를 만났고 역시 재미있게 보았다.

어느 날 문득 '나는 소설을 왜 좋아하지? 특히 대하소설을 왜 좋아하지?'라는 생각이 들었다. 그리고 이제껏 읽었던 대하소설을 머릿속으로 떠올려 보면서 다양한 시대를 배경으로 한 것이며, 비슷한 시대를 배경으로 하면서도 어느 것 하나 같은 작품이 없다는 게 놀라웠다. 생각이 여기에 이르자 그동안 읽었던 대하소설에 대한 나의 생각을 기록으로 남겨 보고 싶어졌다. 각 소설의 배경이 언제, 어느 지역인지? 주인공은 누구인지? 작가는 작품을 통해 무엇을 말하고 싶은 것인지? 작가들은 비슷한 시대를 각각 어떻게 인식하고 있는지 등등.

평소 나는 모든 예술작품의 최종 완성자는 감상하는 사람이라고 생각했다. 문학 작품이든 미술 작품이든 음악이든 일단 완성되고 나면 창작자의 손을 떠나 그 작품을 감상하는 사람에 의해 평가되고 향유되므로, 백 명이 하나의 작품을 감상하면 백 개의 작품으로, 천 명이 감상하면 천 개의 작품으로 다시 태어난다. 그러므로 내가 읽은 《토지》《아리랑》《객주》는 나에 의해 새로이 창조된 것이라고 생각한다. 책을 읽는 행위는 드라마, 영화를 보는 것과 달리 책의 여백에 나의 상상을 가미해서 읽게 되므로 일정 부분 창작에 참여한 것이라 봐도 무리가 없겠다.

대하소설 비교 독후감을 쓰기로 마음먹고 나서 첫 번째로 선택한 책이 박경리의 《토지》다. 내가 처음 읽은 대하소설이기도 하고 일반인에게 가장 많이 알려진 작품이라고 생각하기 때문이다. 두 번째로 선택한 책은 조정래의 《아리랑》이다. 두 작품은 시대적 배경이 거의 겹친다. 세 번째로 선택한 책은 김주영의 《객주》다. 《객주》는 《토지》《아리랑》보다 시대적으로 조금 앞서 있지만, 보부상이라는 하나의 직업군에 대해 너무나 큰 인식 차이를 보이는 《아리랑》과 비교를 위해 선택한 책이다.

《토지》《아리랑》《객주》를 모두 다시 한번 정독하였다. '2020. 9. 16. (수) 오후 1시 45분 충숙 2회독 완료.' 《토지》21권 395쪽 아래에 새로운 기록을 적었다. 글을 쓰고자 하는 목적을 가지고 읽다 보니 마치 공부하듯 읽게 되었다. 처음 읽었을 때의 자유로움은 다소 제약받았으나 더 면밀히 살피게 되면서 '작가는 이 부분을 왜 이렇게 썼을까'라는 고민을 더 깊게 하게 되는 이득도 있었다.

내가 실제로 했던 공부하듯 독서하기 과정은 다음과 같다.

1. 책을 읽으며 중요한 부분에 밑줄을 긋는다.
2. 책 표지 안쪽 비어 있는 면에 밑줄 그은 부분의 쪽수를 적고 간단히 메모한다. (예) p220, 송수익, 만민평등사상을 지닌 양반.
3. 책을 다 읽은 뒤 여백에 적어놓았던 메모를 보며 중요성을 살피고 주제를 적어본다.
4. 메모를 보면서 작가가 무엇을 강조하고 있는지 생각해본다.
5. 메모를 토대로 읽은 느낌이나 이슈 등을 작성한다.
6. 자신의 의견을 적을 때는 그 근거가 되는 메모해둔 쪽수의 본문 내용 등을 보며 확인한다.

독자 여러분도 공부하듯 하는 독서를 한번 시도해보시라. 의외의 즐거움을 발견할 수 있을 것이다. 그리고 표지 그림을 사용할 수 있도록 허락해주신 소현 이복춘 선생님께 지면을 빌려 감사 인사를 드린다.

2023년 1월
조충숙

대하소설大河小說이란?

대하소설 비교 읽기에 앞서 정의를 살펴보면, 대하소설은 한 사람 혹은 가계의 삶과 역사를 당대 사회적인 배경에서 긴 시간의 흐름을 따라 총체적으로 다루는 소설이다. 그렇기에 '큰 강〔대하大河〕'과 같은 규모와 흐름으로 다수의 인물과 사건, 줄거리가 동등한 무게로 다뤄진다.

우리나라의 대표적인 대하소설은 해방 전후로 하여, 해방 이전 염상섭의 《삼대》와 홍명희의 《임꺽정》 등의 작품을 들 수 있으며, 이 작품들의 특징은 모두 한 집안에서 그 내력과 대代에 걸쳐 일어나는 사건과 성장, 시대와 사회상의 변화와 발전을 당대 관습에 대비하여 전개한다.

해방 이후로는 황석영의 《장길산》, 이기영의 《두만강》 등의 작품이 있으며, 본서에서 다루고자 하는 박경리의 《토지》, 조정래 《아리랑》, 김주영 《객주》 또한 한국 대하소설의 대표작이자 걸작으로 평가된다. 그중에서도 다양한 인물과 그에 따라 두루 변하는 배경을 정교한 짜임으로 구성해 대하소설의 특징을 잘 살린 《토지》는 25년간 집필되있을 정도로, 대하소설은 규모 있는 구성과 시간적으로 지난한 사건을 다루고 긴 시간 촘촘한 얼개로 몰두해야 하는 집중적인 창작 작업이다. 작가가 정직한 시간과 창작의 혼을 태워 완주한 대하소설을 읽는 데 끈기의 시간이 필요한 것은 마땅하다.

오랜 세월에 걸쳐 한 사회와 관습에 놓인 한 인물과 그 가족, 수많은 주변 인물 등 한 무리의 사람들과 삶을 만나고 경험하며, 인물과 사건의 역사를 소설 전개와 함께 살아간다. 이는 하나의 역사이자 장구한 시대 흐름과 변화 속에 그려지고 이야기의 매듭과 함께 마무리되는 우리 시대와 삶, 다양한 인간상의 역사다.

또한 대하소설은 규모 있는 이야기 전개에 걸맞게 넓은 공간을 배경으로, 수많은 인물들을 사회적인 배경 안에 전면으로 내세워 여러 사건을 엮어나가며 그 성장의 역사를 그려낸다. 등장인물이 많이 등장하는 만큼 한 인물과 인물 간의 관계가 많은 분량으로 다뤄지며, 긴 분량은 긴 세월로 반영되어 독자들에게 긴 시간을 살아낸 것 같은 기분을 선사한다. 또한 동일한 주제와 등장인물, 배경 속에서 긴 시간 동안 인물과 그들의 삶이 어떻게 발전하고 성장하는지 지켜볼 수 있다는 것이 대하소설의 매력이라고 할 수 있다.

왜 대하소설을 읽는가

나는 이야기를 좋아한다. 이야기가 재미있다. 이야기를 통해 직접 경험해볼 수 없는 시간과 공간에 가 볼 수 있는 점이 가장 좋다. 평균 수명이 늘어난 21세기에도 인간은 길어야 100년도 못 살고 여행을 아무리 많이 다닌다 한들 한 사람이 태어나서 살아가는 반경이 한 나라 안에서도 일부 지역에 머무는 것을 생각하면, 인간의 삶은 유한성이라는 단어로 요약될 수 있을 것이다. 시간과 공간의 유한성을 극복하고 그것을 확장할 수 있는 방법 중의 하나가 타인의 삶의 이야기를 보고 듣고 읽는 일이라고 생각한다. 타인의 삶을 엿볼 수 있는 수단은 소설·영화·드라마·연극·뮤지컬·오페라·다큐멘터리 등이 아닐까? 그중에서도 이야기책을 읽는 일이야말로 가장 쉽고 효과적인, 그야말로 가성비가 좋은 방법이라고 할 수 있겠다.

이야기책이 바로 소설 아닌가. 그런데 그중에서도 왜 하필 대하소설인가?

1) 인간의 유한성을 극복하는 수단으로서 타인의 삶 엿보기

대하소설에 대한 한국민족문화대백과사전의 정의를 인용해 보면, 대하소설은 장구한 시대의 변화에 따라 인간 정신의 발전을 묘사하기도 하고, 개인과 집단의 변화를 시대의 흐름과 결합시켜 총체적으로 그려내는 데에 그 특징이 있다.

대하소설에는 한두 사람의 주인공보다는 수많은 등장인물들이 각각의 시대에 알맞게 등장하며, 이야기의 배경을 이루는 장소도 넓게 펼쳐진다. 그리고 상당히 긴 세월을 두고 전개되는 숱한 이야기가 한데 어울리게 된다.

- 수많은 등장인물 → 다양한 삶의 모습
- 각각의 시대에 맞게 등장 → 시대별 다양한 문화·풍속
- 배경을 이루는 넓은 장소 → 다양한 공간의 체험
- 상당히 긴 세월 → 시간의 흐름에 따른 문화·풍속의 변화
- 숱한 이야기의 어울림 → 개인이 아닌 여러 인간상

인간이든 동물이든 식물이든 이 세상에 생명 있는 모든 것들은 결국에는 소멸한다. 그리고 태어난 자리를 벗어나 멀리 나아가는 데는 한계가 있다. 결국에는 소멸하는 유한성 때문에 철학이 생기고 예술이 생겨난 것은 아닐까. 인간의 유한성을 극복하고 확장할 수 있는 가장 효과적인 방법이 소설 읽기라고 생각한다. 그중에서도 대하소설은 다양한 삶의 엿보기가 극대화하는

장르라고 생각하기 때문에 대하소설을 좋아한다.

2) 모국어의 아름다움

《토지》《아리랑》《객주》세 작품은 소설의 공간적 배경이 모두 다르다. 《토지》는 경남 하동에서 이야기가 시작되어 용정·만주·연해주로 갔다가 다시 하동·진주·서울·부산·만주·일본 등으로 전개된다. 《아리랑》은 전북 김제·군산에서 이야기가 시작되어 이후 미국 하와이·만주·러시아·일본 등으로 공간이 확장된다. 《객주》는 경북 문경새재 고사리마을에서 시작하여 이후 안동·상주·강경·논산·서울·경기 광주·전주·평강·원산·봉화·울진 등 전국을 그 배경으로 하고 있다. 소설의 공간적 배경이 경상도·전라도·서울·강원도 등으로 다양하여 소설에 등장하는 모두 다른 지역별 사투리가 읽는 즐거움을 더해준다. 그 지역에서 사용되는 사투리와 소설 속 상황을 더욱 선명하게 해주는 속담과 비유가 얼마나 맛깔스러운지 그중 일부 속담을 300쪽 〈속담 모아 보기〉에 따로 정리하였다. 단편소설이나 한두 권의 장편소설이었다면 어쩌다 한두 번 읽고 지나쳤을 사투리와 속담들이, 10권이 넘는 대하소설의 긴 흐름 속에서는 마치 내가 그 사투리를 실제로 사용하는 것처럼 느낄 정도였다. 그래서 대하소설을 읽는 기쁨을 꼽으라면 주저 없이 사투리를 통해 느끼는 모국어의 아름다움이라고 말할 것이다.

외국의 많은 문학 작품이 한국어로 번역되어 있고, 한국의 문학 작품도 외국어로 번역되어 세계인에게 읽히고 있는 시대다. 그러나 이 사투리가 외국어로 어떻게 번역이 되어 소개될지? 그리고 그들이 그 맛을 알기는 할지 궁금하다.

3) 한국인만이 느낄 수 있는 역사적 감정

비교 읽기 할 때 첫 번째 비교 기준으로 삼은 것이 비슷한 시대였다. 《토지》《아리랑》《객주》세 작품의 시대적 배경은 앞뒤로 조금씩 차이가 있기는 하지만, 대략적으로 19세기 후반부터 20세기 전반까지를 시간적 배경으로 하고 있다. 이 시기는 우리 역사에 있어서 격변의 시기이자 가장 고통스러운 시기 중 하나로서 임오군란·갑오개혁·동학 농민 혁명·갑신정변·일본 제국주의에 의한 국권 침탈·항일 독립운동 등의 역사적 사건이 있었던 시기이다.

대하소설은 긴 시간 동안의 이야기를 다룬다는 특성이 있다는 점을 밝힌 바 있다. 대하소설에서 역사적 사실은 배경으로 머물기도 하지만 그 자체가 주제가 되기도 한다. 대하소설은 물론 역사책이 아니고 르포르타주도 아니지만, 작가가 소설이라는 허구의 이야기 구조 속에서 동일한 역사적 사실들을 어떻게 이해하고 표현해냈는지 읽고 판단하는 것은 대하소설을 읽는 또 다른 즐거움 중 하나이다.

조선을 식민지로 삼은 일본에 의한 국권 침탈은 《토지》《아리랑》《객주》세 작품에서 매우 중요한 역사적 사건이다. 이러한 역사적 사실에 대해 한국인은 일본 제국주의에 의한 국권 침탈이라고 판단하며 울분을 토할 것이고, 일본인은 자국의 영광스러웠던 과거의 하나로 바라볼 것이다. 그리고 일본 이외의 외국인은 자국의 이해관계에 따라 다르게 판단할 것이다. 그래서 대하소설은 사투리만큼이나 자국민이 공감할 수 있는 역사적 감정이 있어야 더 깊게 이해하고 느낄 수 있는 문학 장르라고 생각한다.

동시에 이 점은 사투리와 마찬가지로 대하소설을 번역하여 외국에 소개하는 데 한계로 작용할 것이라고 생각한다. 아일랜드와 영국의 오래 묵은 불편한 감정을 우리가 소설 몇 권, 영화 몇 편으로 다 이해할 수 없는 것처럼 말이다.

4) 문학과 역사가 함께하는 장르

나는 소설과 역사를 좋아한다. 대하소설은 오랜 시간 동안 다양한 사람들이 사는 이야기이기 때문에 시간적 배경으로 역사적 사건이 등장할 수밖에 없다. 그래서 역사적 사실은 소설의 배경이자 주제가 되기도 하는 것이다. 개인의 고유한 영역은 존중되어야 하지만, 사회를 떠난 인간은 존재할 수 없다. 인간은 필연적으로 사회 속의 인간, 역사 속의 인간이 될 수밖에 없다. 인간의 이러한 숙명을 가장 흥미롭게 드러낸 문학 장르가 대하소설이 아닌가 한다. 문학과 역사를 함께 즐길 수 있다는 점이 대하소설의 장점이라고 생각한다.

박경리 《토지》

일러두기

이 책에서 다룬 《토지》는 나남출판에서 발행한 초판 9쇄본(2004년 2월

15일 발행)을 기초로 하고 있음을 밝힌다.

박경리의 《토지》 소개

〜〜〜〜〜

　《토지》에 대한 소개는 원주시청에서 운영하는 박경리문학
공원 홈페이지에 있는 내용을 인용 게재하였다. 그리고 1973,
2002년판 서문에 작가가 《토지》를 통해 하고자 하는 말이 축약
되어 있다고 생각해 일부 인용하였다.

　박경리의 《토지》는 우리 현대 문학을 대표하는 작품으로, 19세기 말
에서 20세기 중반까지 우리 민족의 삶을 총체적으로 그려내는 가운데
진정한 삶에 대한 탐색을 탁월하게 보여준 역작이다.

　1969년부터 1994년까지 26년간의 창작 기간을 걸쳐 완성된 《토지》
는 그 길이만 따져서 원고지 대략 31,200장의 분량이며, 전체 5부 25편
362장(序 포함)으로 각 편과 장에는 제목이 붙어 있다.

　《토지》가 연재되기 1년쯤 전에 발표된 단편 〈약으로도 못 고치는 병〉
(1968. 11.)에는 《토지》의 1부 1권의 내용이 응축되어 있어, 작가가 이
미 훨씬 전부터 이 작품의 구체적인 내용을 구상하고 집필하였음을 알
수 있게 한다.

　오랜 시간에 걸쳐 창작, 연재된 만큼 《토지》는 문학지와 일반 잡지,
신문 등 다양한 게재지를 거쳤다. 제1부는 1969년 9월부터 1972년 9월

말까지 만 3년 동안 《현대문학》에 이어 제2부는 《문학사상》으로 옮겨 1972년 10월부터 1975년 10월까지 역시 만 3년 동안 연재되었다. 제3부는 1977년 1월부터 5월까지는 《독서생활》에 1977년 6월부터 다음해 1월까지는 《한국문학》에 다시 1979년 12월까지는 《주부생활》에 실렸다.

1980년에 작가는 집필지를 원주시 단구동 지금의 '박경리문학공원'으로 옮긴 후, 자연과 인간의 공생적인 삶에 대해 고민하여 4부 구상에 들어갔다. 그리하여 제4부의 앞부분은 1983년 7월 12일까지 《정경문화》에 실렸고, 다시 3년 8개월간 연재가 중단되었다가 1987년 8월부터 다음해 5월까지 《월간 경향》에 4부의 나머지가 발표되었다. 제5부는 그 후 4년여의 공백 끝에 1992년 9월 1일부터 1994년 8월 30일까지 약 2년간 607회에 걸쳐 《문화일보》에 연재됨으로써 그 긴 장정의 막을 내렸다.

《토지》는 연재 처음부터 독자들의 관심이 집중되어 연재가 끝나는 대로 삼성출판사에서 책으로 묶여 나왔다. 1989년에는 《박경리 전집》을 낸 지식산업사에서 4부까지 개정판이 간행되었고, 1994년 총 16권으로 솔 출판사에서 완간되었다.

또한 1983년에는 《토지》 1부가 일본 문예선서에서, 1994년에는 역시 1부가 프랑스 벨퐁 출판사에서, 다음해에 1부가 영국 키건폴 출판사에서 번역되어 나왔으며, 독일어로도 번역 중에 있다. 뿐만 아니라 《토지》는 3부까지의 내용이 KBS 1TV를 통해 두 차례, 또 5부 완간 이후에는 SBS TV를 통해 52부작 대하드라마로 방영되었다.

《토지》는 그 독특한 성격으로 하여 연재가 되는 가운데 문학계에 다

양한 논의를 유발시켰으며, 완간된 이후에는 한국문학연구학회 주최로
《토지》와 박경리의 문학'을 주제로 한 세미나가 개최되는 등 다양한 해
석이 시도되었다. 현재 《토지》에 관한 비평서가 계속 출간되고 있으며,
전국적으로 석·박사 논문도 활발하게 쓰여지고 있다.

(박경리문학공원 홈페이지)

《토지》 제1부를 《현대문학》에 연재 중이던 1971년 8월, 암이라는 진
단에 의해 수술을 받은 일이 있다. (중략) 글을 쓰지 않는 내 삶의 터전
은 아무 곳에도 없었다. 목숨이 있는 이상 나는 또 글을 쓰지 않을 수 없
었고, 보름 만에 퇴원한 그날부터 가슴에 붕대를 감은 채 《토지》의 원
고를 썼던 것이다. 백 장을 쓰고 나서 악착스런 내 자신에 나는 무서움
을 느꼈다. 어찌하여 빙벽에 걸린 자일처럼 내 삶은 이토록 팽팽해야만
하는가. 가중되는 망상의 무게 때문에 내 등은 이토록 휘어들어야 하는
가. 나는 주술에 걸린 죄인인가. 내게서 삶과 문학은 밀착되어 떨어질
줄 모르는, 징그러운 쌍두아였더란 말인가. (중략) 나는 표면상으로 소
설을 썼다. 이 책은 소설 이외 아무것도 아니다. 한 인간이 하고많은 분
노에 몸을 태우다가 스러지는 순간순간의 잔해다. 잿더미다. 독자는 이
소설에서 울부짖음도 통곡도 들을 수 없을 것이다. 소설일 따름, 허구일
뿐이라는 얘기다. 진실은 참으로 멀고 먼 곳에 있었으며 언어는 덧없는
허상이었을 뿐이라는 얘기다. 마찬가지로 진실은 내 심장 속 깊은 곳에
유폐되어 영원히 침묵한다는 얘기도 되겠다. 칠팔 년 전에 어느 책에다

언어가 지닌 숙명적인 마성에 대해 얘기한 적이 있다. 진실이 머문 강물 저켠을 향해 한치도 헤어나갈 수 없는 허수아비의 언어, 그럼에도 언어에 사로잡혀 빠져나갈 수 없는 것은 그것만이 강을 건널 가능성을 지닌 유일한 것이기 때문이라고. 나는 전율 없이 그 말을 되풀이할 수 없다. (하략)

1973년 6월 3일 밤 저자

— 〈1973년 서문〉, 《토지》 1권 17~21쪽

얼마 전에 하동 평사리에 최참판댁을 복원해 놓고 〈토지문학제〉라는 행사가 있었다. (중략) 지리산의 한에 대하여 겨우 입을 열었다. 오랜 옛적부터 지리산은 사람들의 한과 슬픔을 함께해왔으며, 핍박받고 가난하고 쫓기는 사람, 각기 사연을 안고 숨어드는 생명들을 산은 넓은 품으로 싸안았고 동족상쟁으로 피 흐르던 곳, 하며 횡설수설하는데 별안간 목이 메이고 눈시울이 뜨거워졌다. 예상치 못한 일이 내 안에서 벌어졌던 것이다. 세월이 아우성치며 달겨드는 것 같았다. 뚝이 터져서 온갖 일들이 쏟아져내리는 것 같았다. 아아 이제야 알겠구나, 《토지》를 쓴 연유를 알겠구나 마음속으로 울부짖으며 나는 다시 말을 이어나갔다. 지도 한 장 들고 한번 찾아와 본 적이 없는 악양면 평사리, 이곳에 《토지》의 기둥을 세운 것은 무슨 까닭인가. 우연치고는 너무나 신기하여 과연 박 아무개의 의도라 할 수 있겠는지. 아마도 그는 누군가의 도구가 아니었을까. 전신이 떨렸다. 30여 년이 지난 뒤에 작품의 현장에서 나는 비

로소《토지》를 실감했다. 서러움이었다. 세상에 태어나 삶을 잇는 서러
움이었다.

　악양평야는 사방이 산으로 둘러싸여 외부에서는 넘볼 수 없는 호수
의 수면같이 아름답고 광활하며 비옥한 땅이다. 그 땅 서편인가? 골격
이 굵은 지리산 한 자락이 들어와 있었다. 지리산이 한과 눈물과 핏빛
수난의 역사적 현장이라면 악양은 풍요를 약속한 이상향이다. 두 곳이
맞물린 형상은 우리에게 무엇을 얘기하고 있는가. 고난의 역정을 밟고
가는 수없는 무리. 이것이 우리 삶의 모습이라면 이상향을 꿈꾸고 지향
하며 가는 것 또한 우리네 삶의 갈망이다. 그리고 진실이다. (하략)

2001. 12. 3. 박경리

　　— 〈2002년판 서문《토지》를 내며〉,《토지》1권 13~16쪽

《토지》 줄거리

~~~~~~~~~~

　《토지》는 등장인물이 워낙 많고 그 내용도 방대하여 줄거리를 요약하는 것이 쉽지 않다. 《토지》 1권에 전 21권의 내용을 정리해 놓은 것이 있으나 간략하여 아래 직접 요약했다.

- 제1부(1~4권)
- 제2부(5~8권)
- 제3부(9~12권)
- 제4부(13~16권)
- 제5부(17~21권)

1) 제1부(1~4권)

　《토지》 1부는 등장인물 소개와 그들의 관계, 전체 이야기의 토대가 되는 사건들을 설명하고 있어 전체 내용 중 가장 중요한 비중을 차지하고 있다. 1897년 한가위로부터 1908년까지 약 10년간, 경남 하동 평사리를 무대로 하여 5대째 대지주로 군림하고 있는 최참판댁과 그 소작인들의 이야기가 펼쳐진다.

최참판댁 하인으로 있는 구천이와 별당아씨가 함께 사라진다. 마을에는 최참판댁 당주인 최치수가 사람을 놓아 아씨를 찾고 있다는 소문이 돈다. 그리고 최치수는 사냥을 배우겠다고, 집에 와 있던 먼 친척 조준구에게 엽총을 구해오라고 부탁하고 같은 마을에 사는 김평산에게는 사냥을 가르쳐줄 강포수를 데려오라고 한다. 처음에 거절하던 강포수는 최치수 부탁을 들어준다. 그리고 최참판댁 계집종 귀녀에게 여우 ××를 구해다 준 적이 있는 강포수는 귀녀를 마음에 둔다. 최치수는 강포수, 하인 수동이와 함께 지리산으로 사냥을 간다. 수동이는 거기서 구천이를 발견하고 "구천아" 하고 외친다. 최치수는 "저놈 잡아라" 하고 고함을 치는데, 수동이가 강포수에게 구천이를 살려주라고 애원하자 강포수의 걸음이 느려진다. 이후 구천이를 찾아 산을 뒤지지만 찾지 못한다.

추석을 맞아 산을 내려올 때, 최치수는 산에서 있었던 일에 대해 함구령을 내린다. 마을에 내려온 강포수는 귀녀를 따라다니다 하룻밤을 보낸다. 이후 최치수는 구천이를 찾아 강포수, 수동이와 함께 다시 지리산에 사냥을 간다. 강포수는 산속에서 최치수에게 귀녀를 달라고 말한다. 강포수가 맷돼지에게 총을 쏘았으나 죽지 않고, 맷돼지가 수동이를 공격해 많이 다쳐 마을로 내려와서 치료한다. 수동이는 목숨은 건졌으나 다리 불구가 된다. 강포수는 명포수인 자신의 명성에 큰 상처를 받고 괴로워한다.

조준구는 강둑에서 김평산에게 최참판댁 남자들은 단명한다고 말하며 김평산의 욕망에 불을 지핀다. 김평산은 몰락한 무반 출신 양반의 후손으로 가난하고 게으르며 탐욕스러운 인물이다. 그는 최치수에게 열등감을 지니고 있으며 방탕한 생활을 하고 물질에 대한 욕망이 크다. 그리고 귀녀는 어린 서희에게 얼굴에 침을 맞는 모욕을 받고 양반에 대한 적개심에 불타서 별당 아씨가 없는 이 집에서 최치수의 아이를 낳아 신분 상승하려는 욕망을 갖는다. 김평산은 귀녀에게 아이를 임신하여 최참판댁 재산을 차지하자는 공모를 한다. 칠성이가 씨내리로 가담하여 귀녀와 추악한 밀회를 한다. 이 와중에 공모 사실을 모르는 강포수는 귀녀를 좋아하여 하룻밤을 보낸다. 최치수가 귀녀에게 너를 강포수에게 주려고 한다고 말하자, 귀녀는 김평산에게 최치수를 빨리 살해하라고 한다.

김평산은 최치수를 삼끈으로 살해하고, 마을에 실성한 또출네가 최치수가 있는 사랑채에 불을 지르고 또출네도 죽는다. 아들 최치수의 죽음이 화재로 인한 것이 아닐 것이라고 의심하는 윤씨 부인에 의해 귀녀는 추궁을 당하고, 귀녀가 자백을 하여 살인의 전모가 밝혀진다. 이로 인해 김평산·칠성이·귀녀는 관가에 끌려가고, 김평산과 칠성이는 처형당한다. 아이를 임신한 귀녀는 강포수의 극진한 옥바라지를 받는다. 처음에는 포악을 떨던 귀녀도 나중에는 강포수에게 고마워한다. 귀녀는 아이를 낳고 난 후 처형당하고 강포수는 아들 두메를 안고 사라진다.

김평산의 아내 함안댁은 살구나무에 목을 매어 죽고 윤보·용이·영팔·한조·서서방이 장례를 치러준다. 함안댁의 두 아들 거복이와 한복이는 외갓집으로 보내지는데, 작은아이 한복이는 고향과 제 어미를 잊지 못하여 어린 방랑자처럼 평사리를 찾아온다. 평사리에서 함안댁 묘소를 보살피고, 좀 자라서는 품을 팔며 평사리에 정착한다. 거복이는 외갓집에서 매맞고 나가서 어디 갔는지 모르나, 훗날 밀정 김두수가 되어 나타난다.

평사리 마을의 농민 용이는 월선이를 사랑하지만 무당 딸이라는 이유로 결혼하지 못하고 강청댁과 결혼한다. 월선이는 스무 살이나 많은 다리병신 봇짐장수에게 시집갔으나 오래 살지 못하고 마을로 돌아와 읍내에서 주막을 하고, 용이는 월선이를 만나러 장날마다 나간다. 월선이를 질투하는 강청댁과 용이는 불화하고 둘 사이에는 아이가 없다. 강청댁은 월선이를 찾아가 분탕질을 하고, 그 후 월선이는 강원도 삼장수를 따라 떠났다는 소문만 돈다. 사실은 삼촌을 따라 간도에 가서 숙모와 국밥집을 하여 돈을 벌어 다시 고향으로 돌아온다. 고향으로 돌아온 후 용이와 재회하고 둘은 사랑을 이어간다.

칠성이의 아내 임이네는 야반도주하였다가 몰래 마을에 숨어들어와 품을 팔며 산다. 이를 불쌍하게 여긴 용이가 보리쌀과 감자 등을 준다. 용이의 하룻밤 욕정으로 임이네는 아이를 임신한다. 월선이와 강청댁, 임이네 사이에서 용이는 갈등과 방황을 한다. 마을에 호열자가 돌아 강청댁이 죽고, 그 해 아들 홍이가 태어난다. 용이는 아이로부터 평화를 얻기도 하나 더는 아이를 낳지 않고, 임이네는 용이에게 평생의 화근이 된다.

1860년대부터 시작된 동학 운동, 개항과 일본의 세력 강화, 갑오개혁 등은 《토지》 전체의 구체적인 전사前史가 된다.

이동진은 최치수의 친구로서 청백리의 자손이다. 공사노비 혁파에 격분하고 반상의 구분이 분명하다는 최치수와 달리, 이동진은 동학에 대해서도 우호적이다. 을미사변, 아관파천 등이 있은 후 이동진은 급변하는 정세와 이 나라를 걱정하여 북쪽 강을 건너겠다는 마지막 인사를 하러 최치수를 찾아온다. 최치수는 "자네는 누구를 위해 강을 건너는가" 묻는다. "백성인가, 군왕인가?" 그러자 이동진은 '이 산천을 위해 건넌다'고 답한다. 이동진은 최치수가 죽기 전에 고향을 떠난다. 5년 후 간도, 연해주에 머물던 이동진이 고향에 잠시 들르고 최치수, 윤씨 부인의 죽음 등을 알게 되고 다시 고향을 떠난다.

마을에 괴질 호열자가 돌아 강청댁·임이네 아들 둘·최참판댁 돌이·봉순네·윤씨 부인 등이 죽는다. 서희는 아버지 최치수와 할머니 윤씨 부인이 죽어 혼자 남고 길상이와 봉순이, 수동이가 곁을 지킨다. 할머니는 죽기 전 서희 방에 농발을 막대기로 바꾸어 놓고 서희에게 말하는데, 이것은 윤씨 부인이 서희를 위해 마련해 놓은 비상 자금이었다.

최치수가 죽은 후 그리고 윤씨 부인이 죽기 전, 조준구는 부인 홍씨와 꼽추 아들 병수를 데리고 평사리에 온다. 최참판댁 재산을 가로채기 위해 왔으나 아직은 윤씨 부인의 서슬이 푸른 때라 기회를 엿본다. 윤씨 부인이 호열자로 죽자 조준구와 홍씨는 본격적으로 최참판댁 재산을 차지하고 고방 열쇠도 차지하여 사실상 최참판댁은 몰락한다. 조준구가 득세하자 삼수가 최참판댁과 관련된 마을 일을 처리하면서 보리 흉작에 푸는 기민미 등을 자의적으로 행사한다. 그리고 봉기 딸 두리를 겁탈하는 등 마을 사람들에게 온갖 악행을 저지른다. 1903년 보리 흉작이 크게 들던 해, 마을 사람들은 조준구가 기민미를 공평하게 나누지 않고 자기 마음에 드는 사람들에게만 주자, 곰보 목수 윤보가 이 사실을 서희에게 말하고, 서희는 고방 문을 열어 마을 사람들에게 곡식을 나누어준다.

김훈장은 유생의 전통을 중요시하는 양반으로 서희의 글 선생이기도 하다. 딸 하나만 있는 그는 대를 잇기 위해 먼 일가에서 양자를 데려오고 며느리를 들이고 딸을 결혼시킨다. 김훈장은 조준구가 마음에 안 들지만 양반이라는 이유로 그와 여러 차례 대화하고 대화를 통해 세상 돌아가는 정세를 알게 된다. 러일전쟁, 한일의정서 등이 일본에 의해 조인되고 이후 을사보호조약이 체결되어 조선이 일본의 통치하에 들어감을 마을 사람들에게 설명한다. 김훈장은 인근 유생들과 고향을 떠나 동분서주하였으나 성과 없이 돌아온다.

곰보 목수 윤보는 과거 동학에 참여한 적 있는 사람으로, 최참판댁과는 상하 관계에 있지 않은 자유로운 의식의 소유자다.

그는 가족도 없이 혼자 살고 있다. 일을 따라 이곳저곳을 떠돌아다니며 세상 돌아가는 일에 눈뜨고 직접 참여한다. 윤보가 평사리로 돌아오자 마을 사람들은 조준구의 집을 습격하기로 한다. 그 이유는 친일 인사인 조준구를 처치하고, 고방을 열어 의병 활동에 쓰고자 함이다. 서희에게는 길상이 미리 이야기를 해놓아 알고 있다. 조준구의 수하인 삼수는 어떻게 알고 윤보를 찾아와 자기가 그동안 잘못했다면서 참여 의사를 밝힌다. 마을 사람들이 조준구가 있는 집을 습격하였을 때 삼수가 문을 열어준다. 마을 사람들은 곡식과 갖은 폐물들을 모두 쓸어 담고, 조준구와 홍씨를 찾지만 찾을 수 없다. 조준구와 홍씨는 사당 마루 밑에 토지 문서를 가지고 숨어 있다. 이 사실을 미리 알고 있던 삼수는 마을 사람들에게는 조준구를 못 찾았다고 하고, 조준구에게는 마루 밑에 있는 것을 알고 있으니 한 재산을 달라고 하는 이중성을 보인다. 마을 사람들은 조준구를 처치하지 못한 채 재물을 가지고 마을을 떠나 의병 활동을 하러 간다. 살아난 조준구는 다음 날 헌병대에 신고하고 주동자로 고발된 삼수는 처형당한다. 헌병대는 의병으로 나간 마을 사람들의 집을 수색하고, 조준구는 평소 자기를 홀대하던 마을 사람들 중 정한조를 모함하여 헌병대에 끌려가 죽게 한다.

길상이는 평사리로 돌아와 혼자 살고 있는 한복이 집에서 또래인 관수·양길이와 동생뻘인 한복이·영만이·작은쇠 등과 모여 글을 가르치고 배우며 세상 돌아가는 일을 논의한다. 길상이

좌장 역할을 한다. 관수는 아버지가 동학당에 참여한 적이 있는 사람으로 동학에 열정적인 모습을 보인다. 길상은 모임에 갔다 집으로 가는 길에 거지 한 사람을 만나는데, 그가 말하기를 최 참판댁 별당아씨는 5년 전에 죽었다고 한다. 그 거지는 구천이 였다. 구천이는 윤씨 부인이 요양차 연곡사에 갔을 때, 우관선 사의 친동생인 동학 대장 김개주가 윤씨 부인을 겁탈하여 낳은 아들이다. 고방에 갇혀 있던 구천이와 별당아씨를 고방 문을 열 어 함께 도망가게 한 것이 윤씨 부인이었다.

서희는 조준구의 세력에 맞섰던 마을 사람들과 함께 간도로 이주한다. 윤씨 부인이 서희를 위하여 준비해두었던 농발은 금은 막대기였고 그것이 간도 이주에 귀한 밑천이 된다. 용이·월선이·임이네 등 용이 가족과 영팔이 가족·김훈장·길상이·이동진의 아들 이상현이 간도에 동행한다. 길상이를 사랑하는 봉순이는 동행하지 않는다.

2) 제2부(5~8권)

1부의 마지막에서 약 2~3년이 경과한 1910년부터 약 7~8년간 간도에 정착한 서희 일행을 중심으로 이야기가 진행된다.

1911년 5월, 용정촌 대화재로 시가지의 절반이 잿더미가 된다. 서희·길상·용이 가족 등은 건설 중인 절 운흥사에 피신 와 있다. 운흥사는 친일파들이 시주하여 짓고 있는 절이다. 서희는 화재가 났는데 자신을 찾아보지 않는 이상현을 괘씸하게 여겨 길상을 보내 소식을 알아오게 한다. 이상현은 길상에게 세상이 바뀌고 반상의 구분이 없어졌다고 해도 서희와의 결혼은 절대 불가하다고 말하고, 길상 또한 이상현에게 서희를 야심의 노리개로 삼으면 가만 있지 않겠다고 말하며 팽팽한 대립 관계를 보인다.

서희와 이상현 두 사람이 냉랭한 관계가 된 이유는 서희가 이상현의 아버지 이동진이 사람을 보내 청한 군자금을 거절했기 때문이다. 서희가 길상에게 회령에 가서 목재를 사 모으라고 하자, 길상은 집 짓는 데 꼭 필요한 목재만 사서 오고 화재로 고통받는 사람을 대상으로 돈 벌 생각하지 말라며 자신의 주장을 굽히지 않는다.

서희는 하동을 떠나 용정에 정착할 때, 할머니 윤씨 부인이 비상시를 위해 준비해 놓았던 금은 덩어리를 가지고 돈으로 바꾸어 콩과 같은 곡물 매점매석과 청나라 상부국의 토지 매입 등을 통해 재산을 불린다. 서희의 용정 정착에는 객주를 운영하는 거간꾼인 월선이의 삼촌 공필선 노인이 많은 도움을 준다. 서희는 화재로 타버린 토지 위에 새 집과 건물들을 지어 이전의 부를 그대로 유지하고, 부를 이루기 위해서 친일파들과도 교류하여 용정에서 무시할 수 없는 인물이 된다. 서희는 고향으로 돌아가야 한다는 일념으로 독립운동가들과 선을 긋고 친일을 한다. 그리고 공노인을 통해 광산 개발과 미두에 빠진 조준구의 재산을 모두 거덜내고, 조준구에게 빼앗겼던 최참판댁 재산을 모두 되찾아 마침내 고향으로 갈 수 있게 된다. 서희는 평사리가 아닌 진주로 귀향한다.

길상은 서희를 보호하면서 인간적 연민과 사랑을 느끼면서도 양반과 하인이라는 관계에서 오는 주변의 시선 때문에 많은 갈등과 방황을 한다. 서희는 이미 결혼한 이상현을 사모하는 마음이 있으나 오누이가 되자 하고, 길상이와 결혼하겠다고 하자 이상현으로부터 '그 어미에 그 딸'이라는 모욕적인 말을 듣는다.

하동에서 함께 온 김훈장·이상현은 반상의 구분이 엄격함을 들어 서희와 길상의 결혼을 노골적으로 반대한다. 이동진마저도 둘의 결혼을 기쁜 마음으로 응원하지 못한다. 그러나 서희는 길상과 혼인하여 환국이·윤국이 두 아들을 낳는다. 길상은 서희를 사랑하면서도 고독한 결혼 생활을 한다. 길상은 간도·연해주에 있는 독립운동가들과 이전부터 교분이 있었으나, 결혼 후 본격적으로 교류한다. 길상은 서희의 귀향에 동행하지 않고 간도에 남는다.

길상은 서희의 사업을 위해 회령을 자주 왕래하고, 회령으로 가는 길에 과부댁 옥이네를 처음 만나게 된다. 길상은 가난한 옥이네에게 도움을 주고, 서희와 갈등할 때 옥이네를 찾으며 방황한다. 그러나 옥이네는 멀리 떠나 외국인 목사 집에서 살림을 돌봐주며 생활한다.

길상은 공노인을 통해 용정을 찾아온 환이를 만나고, 김환이 윤씨 부인의 아들이라는 믿지 못할 사실을 알게 된다. 이 사실을 알고 며칠을 방황하지만 환이와 어울리며 그를 이해하게 된다. 이 사실을 서희에게 알려주자 서희 역시 기막혀 하지만 결국은 받아들인다. 최치수·별당아씨·윤씨 부인 모두 죽고 난 이후에야 질긴 인연의 고리가 풀어진다.

월선이는 월선옥이라는 국밥집을 차려 운영하는데 장사가 잘 되고, 용이는 용정에서 장사를 하지만 잘 적응하지 못한다. 결국 용이·임이네·홍이는 월선이에게 빌붙어 사는 신세가 된다. 임이네는 월선이에게 붙어살면서도 가게 돈을 몰래 훔쳐 돈놀이를 하고 양심의 가책을 느끼지 않는 등 탐욕적인 모습을 보인다. 용이는 그런 임이네를 보며 괴로워한다. 영팔이는 통포술에서 청나라 사람의 작인으로 살고 있는데, 용이도 용정 생활을 접고 통포술로 가서 농사를 짓는다. 농사가 없는 겨울에는 용이와 영팔이가 함께 산에 들어가 벌목 일을 한다. 용이는 아들 홍이를 생모인 임이네가 키우면 사람 버릴 것 같아서 월선이에게 맡긴다. 월선이는 홍이에게 지극한 사랑을 쏟고, 홍이도 월선이를 친엄마보다 더 잘 따른다. 그러나 월선이는 암에 걸려 죽을 날을 기다리고 있고, 용이는 산판일을 끝내고 월선이를 찾아온다. 용이가 오고 나서 사랑을 확인한 월선이는 용이 품에서 죽는다. 월선이가 죽자 서희는 성대한 장례식을 치러줌으로써 월선에 대한 애정을 보인다. 그러나 월선의 장례 과정에서 보여준 임이네의 끝없는 탐욕 앞에 용이는 또 한 번 좌절한다. 월선이가 죽은 후 용이네 식구·영팔이네 식구는 서희와 함께 귀향한다. 또한 김훈장은 서희와 길상의 결혼은 반대하였으나 서희의 도움으로 생활하다 삼원보에서 죽어 귀향하지 못한다. 길상은 김훈장의 유품을 챙겨온다.

최치수를 죽인 김평산의 큰 아들 거복이는 김두수라는 이름의 밀정이 되어 용정에 나타난다. 김두수는 간도·연해주에 있는 독립운동가들을 죽이고 상해를 입히는 등 비열한 활동으로 승승장구하여, 회령에 있는 일본 경찰서 순사 부장까지 된다. 그리고 최치수를 죽인 김평산처럼 서희와의 악연을 이어가며 독립운동가들을 끈질기게 괴롭힌다.

독립운동을 위해 고국을 떠난 이동진은 간도·연해주에서 권필응·송장환·장인걸·박재연 등 젊은 독립운동가들과 교류한다. 간도에 신흥강습소가 설립되고, 연해주는 반일 감정이 치열하여 무장 투쟁의 중심기지 역할을 한다. 이동진은 젊은 독립운동가들과 교류하며 자신이 왜, 누구와 무엇을 위해 독립운동을

하는지 등에 대한 근본적인 질문을 고민하며 그들에게 열등의
식을 느끼기도 한다.

권필응은 날카로운 감각과 예리한 판단력을 지닌 사람으로
만주 일대의 독립운동가 운헌 선생의 아들이다. 송장환은 용정
의 부자 송병문의 아들로서 용정 상의학교를 운영하고 아이들
을 가르친다. 용정에서 홍이·두메·정호 등을 가르쳤다. 박재연
은 연해주에서 의병장으로 활동을 했던 박재수의 동생이고, 박
재수는 정호의 아버지로 김두수에게 넘겨져 총살당했다.

이동진은 아들 이상현에게 실망해 간도·연해주에서의 생활
을 청산하고 고향으로 돌아가 일본 유학을 하라고 한다. 이상현
은 서울에서 일본 유학을 준비하던 중에 만난 서의돈·임명빈·
황태수 등의 중인·양반가 자제들과 어울린다. 이상현은 기생
기화가 된 봉순이를 만나고, 기화도 이들과 어울리며 서의돈과
한때 사랑하기도 한다. 그러나 서의돈은 기화를 떠나고, 기화
역시 어느 한곳에 매어 있지를 못하고 떠돈다.

단청이나 불화를 그리는 금어였던 혜관스님은 지리산 사나이
들과 바깥 사람들의 가교 역할을 한다. 지리산으로 돌아온 혜
관은 운봉 양재곤과 환이를 만나고, 환이는 윤씨 부인이 준 오
백 섬지기 땅을 동학 군자금으로 쓰겠다고 말한다. 구례 윤도
집 집에서 동학당 모임을 가진다. 운봉 양재곤·윤도집·김환·윤
필구·송관수·강쇠·석포·조막손·임가·장가·지삼만이 모여 변
절한 동학 지도자에 대해 말하고, 앞으로의 진로를 갑론을박한

다. 당시 이용구는 동학을 배반하고 일진회 회장을 맡으며 친일파로 변절하여 시천교를 창설하였으며, 일파는 화적당으로 전락하여 잔명을 유지하고 있었다. 그리고 일부는 그 숫자는 적으나 절개를 굽히지 않고 가슴에 불길을 그대로 간직한 채 명맥을 이어간다. 여기에 모인 사람들이 그들이다. 그들은 향후 동학의 진로에 대해 낮에 일하고 밤에 쉬는 포교 중심으로 갈 것인지, 낮에 쉬고 밤에 일하는 의병 활동으로 갈 것인지 정해야 할 것이라고 논의한다.

한편 구천이(김환)는 평사리 영산댁 주막에서 마을 사람 봉기·마당쇠 등에 의해 별당아씨를 데리고 도망가서 최참판댁이 망했다고 집단 구타를 당하고, 구천이는 자학하는 심정으로 맞는다. 지리산 춘매의 집에서 회복한다.

3) 제3부(9~12권)

최서희 일행이 간도에서 귀국한 다음 해인 1919년 가을부터 1929년 광주 학생운동까지 약 10년여의 세월을 그려내고 있으며 배경은 1920년대 서울·진주·만주 등이다.

하동 본가에서 억쇠가 3·1운동 이후 신문사를 그만두고 방황하는 상현을 찾아온다. 억쇠는 진주 최서희가 임명빈댁에 전하는 편지를 전달하고, 편지에는 돈 오백 원이 들어 있다. 임명빈의 아버지 임역관은 최서희가 조준구 재산을 빼앗을 때 알게 된 사람으로, 대구에서 3·1운동 때 죽었다. 아들 임명빈은 감옥에 있고 딸 임명희는 구금되었다 풀려난 상태로, 최서희가 호의를 베푼 것이다. 상현의 주위 사람들은 상해나 해외에 있다. 이상현은 친구를 따라 전주에 갔다가 기화의 소식을 듣는다. 기화를 만난 상현은 한동안 함께 지내고, 술청에 나갔다 뺨을 맞고 돌아와 울고 있는 기화와 밤을 지낸다.

임명빈은 감옥에서 나오고, 동생 임명희와 신여성과 여성의 결혼에 대해 이야기한다. 임명빈은 명희에게 정열이 없는 신여성은 죽도 밥도 아니라며 결혼을 독촉한다. 명희는 일본 유학 당시 학교 선배인 강선혜를 찾아가 신여성에 대해 이야기한다. 강선혜와 함께 귀족 조병모의 집에 머물고 있는 친구 덕화를 찾아가고 거기서 조용하·조찬하 형제를 만난다. 임명희가 다짜고짜 이상현의 하숙집에 찾아가 결혼에 대해 이야기하자 이상현은 당황해 거절 의사를 밝힌다. 이상현은 서울에 와 있는 기화를 찾아간다. 기화는 이상현을 남편 대하듯 했으나 이상현은 그렇지 않다.

이상현은 이야기 쓰는 것을 비루한 것이라고 여기는 양반사회의 분위기 속에서도 소설을 쓰고자 한다. 그러나 그것도 잘 안 되어 방황한다. 이상현은 신문사 기자와 만나 상해 임시정부의 불안정한 상태, 3·1운동, 중국 5·4운동, 동양척식주식회사로 대변되는 일본의 경제 침탈 등에 대하여 이야기한다. 그리고 서의돈의 귀국을 축하하는 모임에 황태수·이상현·임명빈·선우일·성삼대 등이 모여 상해 임정 와해, 공산당 세력 확장 등 국내외 정세에 대하여 이야기한다. 이후로도 이들 지식인들의 입을 통해 관동 대지진, 물산 장려 운동, 의열단 활동, 계명회 사건, 박열의 히로히토 천황 암살 미수 사건, 흑하사변, 무정부주의, 사회주의 등 1920년대 정치·사회·경제 사건에 대한 의견과 이야기들이 전해진다. 한편 이상현의 아버지 이동진은 노령 연추에서 죽는다. 이상현은 기생 산호주를 통해 기화가 아이를 낳았다는 소식을 듣는다.

서의돈·선우일·성삼대·유인성·유인실·오가다·길상이 연류된 계명회 사건이 터진다. 계명회는 사회과학연구단체로서, 용정에 온 서의돈이 공노인과 관계되면서 길상과 연결된다. 이 사건으로 길상은 2년형을 받고 서대문형무소에 수감된다. 서희는 임명빈의 연락을 받고 길상의 수감 사실을 알게 된다.

이상현은 하얼빈 신태성의 집에 머물며 할 일 없이 지내는 자신의 처지를 비관한다. 이곳에 송장환이 찾아와 술자리를 가지던 중 신태성과 이상현이 충돌하자 송장환은 이상현을 데리고 나온다. 사실은 신태성이 변절의 의심이 있어서 조직을 보호하고자 이상현을 데리러 온 것이었다. 당시 국내에서는 공산당 1,000여 명이 검거되는 일이 있었다. 이상현이 송장환과 함께 연추 세리판 심 집에 초대되어 갔을 때, 주갑이가 송장환에게 피신하라고 알려주러 온다. 신태성이 조직을 배신한 것이다.

임명희는 귀족인 조용하와 결혼하고, 임명빈은 조용하 집안에서 운영하는 학교의 교장이 된다. 중인 출신 역관의 딸인 명희는 명문가인 조용하 집안의 보이지 않는 멸시를 받고, 조용하로부터 동생 조찬하와의 관계를 의심받는 등 결혼 생활이 행복하지 않다. 임명희는 조용하로부터 정신적 학대를 받으며 결혼 생활을 이어간다. 조용하는 성악가 홍성숙과 불륜을 저지르지만 임명희와는 이혼하지 않는다. 임명빈은 자신 때문에 동생 명희가 불행한 결혼 생활을 한다고 생각하고 교장 사표를 낸다. 그리고 이상현으로부터 온 편지를 명희에게 준다. 편지에는 이상현이 양현의 존재를 인정하고 아비로서 그 역할을 하려 하니 원고료를 아이를 위해 써달라는 부탁이 담겨 있다.

임명희의 학교 제자인 유인실은 관동 대지진 때 일본인 오가다와 함께 행동하며 조선인 학생들을 구한다. 그 인연으로 유인실과 오가다는 연인이 된다. 그러나 조선인과 일본인이라는 큰

장벽 앞에 그들의 사랑은 순탄하지 못하다.

영팔이 아들 제술의 혼인 잔치에 갔던 용이는 쓰러진다. 용이 아들 홍이는 진주로 와서 좋은 학교를 못 가고 좀 떨어지는 학교를 다니며 삼석이·남수·근태 등 친구들을 사귄다. 진주에 처음 왔을 때 홍이는 준수한 외모와 독립운동에 대한 관심 등 건강한 사고를 지니고 있었으나 점차 부정적으로 변한다. 관수가 쓰러진 용이를 위해 오골계를 가지고 와서 약을 하라고 두고 가지만, 그 생모인 임이네는 오골계를 자신이 먹어버리는 등 끝없는 탐욕으로 홍이와 전쟁을 치른다. 그로 인해 홍이는 방황한다. 홍이는 동네 처녀 장이를 짝사랑하는데, 어느 날 야학을 마치고 나오는 장이를 겁탈하여 그에 대한 죄의식으로 방황한다. 이후 홍이는 부산에서 자전거포 점원으로 일하고 진주로 와서 장이를 만나기도 하는데, 장이는 다른 데 혼담이 오가는 상황이다.

병이 든 용이는 최서희의 배려로 평사리 최참판댁에 가 있게 되고 거기서 육손이·언년이와 함께 생활한다. 홍이는 용이와 함께 용이 부모님 산소를 성묘하며 그동안 쌓였던 부자지간의 앙금을 털고 화해하며, 용이가 홍이에게 월선이 묘 이장을 부탁한다.

추석날 오광대놀이 사건으로 붙잡혀 간 홍이는 석방된다. 홍이는 김훈장의 외손녀 보연이와 혼인을 한다. 이후 화물차 운전수가 된 홍이는 일본으로 시집간 장이가 친정에 다니러 온 것을 알게 되고 장이가 홍이를 찾아와 둘은 불륜을 저지르게 된다.

그 일로 홍이는 평생의 상처를 안고 살게 된다. 한편 홍이의 생모 임이네는 결핵성 복막염으로 수술을 하고 죽어가면서도 생에 대한 집착과 탐욕을 보이다 죽음으로써, 용이와 홍이에게 번뇌를 안긴다. 용이는 쓰러진 지 십여 년이 지나 죽고 평사리 사람들이 그의 가는 길을 배웅하며 추억한다. 용이의 죽음 이후 홍이는 만주로 갈 생각을 한다.

관수는 백정 사위라는 이유로 사람들로부터 여러 차례 봉변을 당한다. 양반들의 횡포에 이를 갈던 상민들이 천민들에게 양반보다 더한 횡포를 부리는 악순환을 보인다. 백정각시놀이와 옥봉교회 사건을 통해 백정에 대한 일반인의 의식을 보여준다. 백정 자녀들의 교육 문제로 시작한 형평사 운동은 농청 등 상민들의 거센 저항에 부딪히고, 관수의 자식들은 진주가 아닌 부산에서 학교를 다닌다. 관수는 동학당과 형평사 운동에 깊이 관여되어 있다.

관수는 한복이 집에 들러 김두수 소식을 전해주고 한복에게 만주로 가서 군자금을 전달하라고 한다. 한복이는 용정으로 가서 공노인을 만나 군자금을 전달한다. 한복이는 그곳에서 길상을 만나고, 길상이로부터 아버지의 굴레를 벗어나 너의 인생을 찾으라는 말을 듣는다. 한복은 길상과 함께 훈춘으로 가서 장인 걸·송장환 등을 만난다. 연해주의 독립운동 후원자인 최재형이 죽고 연해주 독립운동 기지가 약화된다. 용정으로 돌아온 한복이는 공노인으로부터 최서기를 찾아가라는 말을 듣고 가서 형

김두수를 만나게 된다. 한편 김두수는 하얼빈에서 심금녀를 붙잡아 감금하고 독립군에 대한 정보를 빼내려고 그녀를 괴롭히나, 침묵으로 맞서던 금녀는 자살한다. 이후 김두수는 일본에 있는 아들이 폭행사건에 연루되어 일본으로 가기 위해 탄 기차 안에서 조준구를 만난다. 자신이 김평산의 아들 김두수라고 밝히고 회령 순사 부장을 지냈다고 말하며 조준구를 위협한다.

환이와 강쇠가 주막에 도착하였는데, 수상해 보이던 주막집 사내는 지삼만이 보낸 자객이었고 환이가 이를 잡아낸다. 다음 날 환이와 강쇠는 남원으로 향하고, 굴속에서 동학당 모임을 갖는다. 거기에 김환·윤도집·지삼만·관수·강쇠·석포·임가 등이 모인다. 평소 김환과 윤도집은 전략적 노선 차이로 대립한다. 그리고 그날 지삼만은 쌓인 불만을 털어놓는다. 몸으로 뛰는 자신들은 바지저고리냐고 항변하고 지식인들을 혐오하며, 재주 부리는 곰이 되기 싫다고 주장한다. 그러자 석포는 그동안 지삼만이 행한 배신적 행위를 고발한다. 지심만이 상해 임정 인사가 온 것을 경찰에 고발 투서하고, 김환에게 자객을 보낸 것 등을 무리 앞에서 지적한다. 지삼만과 강쇠가 결투를 하고, 그날은 윤도집도 배신자를 비난하는 것에 동의한다. 관수가 그들의 싸움을 중재한다. 김환은 동학당이 나아갈 길로 의병 활동을 제시한다. 그러나 윤도집은 교세 확장을 주장하며 김환과 계속 대립힌다.

이십 년 만에 평사리 추석은 풍요롭다. 추석을 맞아 서희는 마을 사람들에게 전곡을 내리고, 마을 사람들을 위해 오광대를 부른다. 추석날 저녁 오광대놀이가 한창일 때 최참판댁에 환이가 숨어들어 피신시켜 달라고 한다. 서희는 환이를 사당 마루 밑에 숨겨주고, 지리산에서 내려온 동학당을 찾으러 온 일본 병사들이 서희 집을 수색하지만 아무도 찾지 못하고 철수한다. 한편 마을 사람들은 일본 병사들의 감시하에 오광대놀이가 펼쳐지는 강에서 밤을 새운다. 이때 마당쇠가 총에 맞아 죽는다. 다음날 오광대는 빠져나가고, 마을 사람 16명이 헌병대에 잡혀가는데 그 속에 홍이도 들어 있다. 오광대 속에는 강쇠·짝쇠·조막손 손가 등 지리산 의병이 들어 있었다. 정작 평사리에서는 의병이 잡히지 않고, 하동 이외 산청·임실 등에서 방화, 왜인 살인 등 의병 활동이 일어난다. 이는 임실 지삼만이 지리산 의병 소문을 내어 일본 헌병에게 밀고하자, 윤도집과 김환이 이를 알고 역으로 작전을 짜서 벌인 일이다.

최참판댁 윤씨 부인 제삿날, 3~4년 동안 사라졌던 환이가 윤씨 부인의 무덤에 나타난다. 강쇠가 환이 뒤를 따라오고, 강쇠는 환이에게 지삼만이 청일교 교주가 되어 혹세무민하고 있음을 알린다. 주막에 들른 환이와 강쇠를 알아본 지삼만의 수하가 지삼만에게 환이가 나타났음을 알리러 가고, 지삼만은 임가를 불러 환이를 제거할 계획을 짠다. 산청 석포의 객줏집에 환이와 강쇠가 들러 회포를 풀며 동학의 의미를 새길 때, 석포의 객줏집에 경찰이 오고 환이와 석포는 잡혀간다. 석포는 고문 끝에 관수가 의병 활동에 연결되어 있음을 말하고 죽는다. 환이는 의병 조직을 보호하기 위해 스스로 목을 졸라 죽는다. 강쇠와 짝쇠는 지삼만을 죽이기 위해 청일교 본산으로 가는데, 청일교 내부의 자중지란으로 청일교 신도가 지삼만을 죽인다. 환이의 죽음 이후 동학당의 미래는 불투명해진다.

지리산 동학당과 세상의 가교 역할을 하던 혜관스님은 용정으로 간 뒤 소식이 없다.

가난한 물지게꾼에서 교사가 된 석이는 어머니의 자랑이 되고, 관수를 통해 동학당과 연결된다. 기화를 남몰래 사랑해온 석이는 기화가 아이를 낳고 평양에서 아편쟁이가 되었다는 소식을 듣고 괴로워한다. 석이는 기화의 사정을 용이에게 말하고, 용이의 주선으로 서희가 알게 된다. 이후 기화(봉순이)는 평사리 최참판댁에 머물지만 계속해서 집을 떠나려 하고, 여러 번 도주하는 등 방황을 거듭하다가 섬진강에 빠져 죽는다. 이에 석이는 방황한다. 석이는 독립운동을 하는 자신의 친구 양필구의 이복동생 양을례와 결혼을 한다. 그러나 양을례는 가난한 시댁을 무시하고, 석이와 기화의 관계를 의심하여 불화하고 가정이 파탄에 이른다. 끝내는 나형사와 내통한 양을례 때문에 석이·관수가 위험에 처하게 된다.

광산과 미두로 전 재산을 날리고 평사리 집 한 채만 남은 조준구는 집을 팔기 위해 평사리에 온다. 서희가 자신을 찾아온 조준구에게 양심과 돈 오천 원 중에 선택하라고 하자, 조준구는 돈 오천 원을 선택한다. 돈 오천 원을 챙긴 조준구는 진주 술집에서 아버지의 원수를 갚겠다는 석이에게 폭행을 당하고, 서희와 장연학의 기지로 관수와 석이는 위기를 모면한다. 조준구는 서희에게 받은 돈으로 서울에서 전당포와 고리대금업으로 부를 쌓으며 찌든 생활을 한다. 고리대금업을 청산하고 다시 옛날 모습으로 돌아간 조준구는 부산으로 가는 기차 안에서 김평산의 아들 김두수를 만나고, 자신이 최치수를 살인 교사하였음을 아는 김두수에게 두려움을 느낀다. 조준구는 통영에서 소목장이로 있는 아들 병수를 찾아간다.

조준구에 대한 복수를 완성한 서희는 허탈감을 느낀다. 그리고 서희는 호적을 고쳐 김길상은 최길상으로, 최서희는 김서희로 변경하여 아들들은 최환국·최윤국이 된다. 큰아들 환국이는 어느덧 자라 서울의 K중학교 학생이 된다. 환국이는 어린 공자라 불릴 만큼 품성이 온화하고 섬세한 모범생이다. 그는 서울 임명빈의 집에서 지낸다. 서희는 감옥에 있는 길상을 면회하러 다니며 길상에 대한 자신의 깊은 사랑을 깨닫는다. 환국이 역시 면회를 하며 아버지에 대한 존경심을 갖는다. 길상의 면회차 서울에 왔다가 내려가는 길에 서희는 부산에서 갑자기 맹장염 수술을 받고, 박 의사가 이를 알고 진주에서 온다. 이를 통해 서희는 자신에 대한 박 의사의 마음을 눈치챈다. 그러나 서희의 마음은 흔들림이 없다. 환국은 미술에 재능이 많지만, 어머니의 바람대로 법학을 공부하기 위해 일본 와세다대학 예과에 들어

간다. 봉순이가 죽은 후 봉순이 딸 양현이는 서희가 진주에서 친딸처럼 기른다. 양현이는 허탈한 서희에게 꽃이 되고 서희의 아들 환국이·윤국이도 양현이를 친동생처럼 아낀다. 서희의 둘째 아들 윤국은 환국과 달리 활달하고 호방한 기질을 지녀 당시 일어난 광주 학생운동에 관심을 갖는다.

4) 제4부(13~16권)

4부에서는 최서희 가족 이야기의 비중이 줄어들고, 해도사·소지감 등 새로운 인물들이 등장하여 지리산 사람들, 동학당과의 관계를 이어간다. 그리고 서울 지식인들과 조찬하·오가다·유인실 등의 대화를 통해 조선과 일본의 역사와 문화, 예술, 사상, 민족성 등에 대한 이야기와 1~3부에 비해 노동자 파업, 광주학생운동, 남경학살, 만주사변 등 역사적 사실과 국내외 정치 상황 등이 자주 언급된다.

통영에서 배를 타고 부산으로 온 강쇠는 부산에 살고 있는 관수를 만난다. 관수는 강쇠에게 원산 노동자 파업을 보고 희망을 가졌다고 말한다. 노동자 파업, 학생들의 동맹 휴학 등이 일하는 것이라며 동학은 맨 나중에 나올 것이라고 말한다.

한편 부산에서 돌아온 지 얼마 안 되어 강쇠의 노모가 죽고, 열흘도 안 돼 강쇠의 열 살 난 딸이 산에서 떨어져 죽는다. 이 일로 강쇠는 큰 충격을 받고, 노모의 장례를 계기로 해도사와 친해진다. 강쇠는 지삼만에게 소식을 알려 김환이 일본 경찰에 체포당해 죽게 만든 한가를 몰래 살해한다.

해도사는 강쇠보다 한두 살 연상으로 큰 눈, 범눈썹을 지닌 것 외 나머지는 평범한 인상의 사람으로, 산속에서 목수 일도 잘하고 장도 담그고 가끔 마을에 내려가 토정비결도 봐주는 사람이다. 본명은 성도섭이다. 강쇠는 해도사에게 아들 휘와 짝쇠 아들·안서방 아들 셋의 교육을 맡긴다. 강쇠는 산속에서 만난 거지 아이를 소지감과 해도사에게 데리고 온다. 강쇠는 소지감에게서 죽은 김환의 모습을 일부 느끼고, 해도사의 외삼촌이 운봉 양재곤이라는 것을 알게 되자 이들에게 어떤 연대감을 느낀다.

길노인 생일을 핑계 삼아 길노인의 집에서 장정들이 모였는데 그들은 길노인·아들 길막동·해도사·소지감·강쇠·윤도집 아들 윤필구·송관수·손태산이다. 그 옛날 윤씨 부인이 김환을 위해 내준 오백 섬지기 땅을 길노인이 관리하여 동학당들에게 자금이 흘러들어 갔던 것처럼, 길상의 출소를 앞두고 최서희가 장연학을 통해 새로운 오백 섬지기 땅을 내놓겠다고 하자 그 일을 논의하기 위해 모인 것이다. 거기서 송관수·윤필구·손태산 등 새로운 지도자급에 대한 평가가 묘사되고, 그들은 동학당 활동이 독립운동임을 확인한다.

부산에서 관수를 만나 함께 관수 집으로 온 한복이는 통영에서 임이를 만나 사는 집을 몰래 알아 오느라고 늦었다고 말한다. 임이는 용정에서 김두수 끄나풀 역할을 하는 남자와 살면서 길상이가 잡혀가는 데 일조한 이력이 있기 때문이다. 송관수는 동학당과 형평사 운동에 깊이 관여하고 있는 인물이다. 한복이는 용정에서 길상이가 자신에게 아버지의 굴레에서 벗어나 네 자신의 인생을 찾으라고 한 말에 힘입어, 남은 인생은 살인 죄인의 아들이 아니라 애국자로 살고 싶다는 의지를 밝힌다. 그러나 관수는 일본에 가 있는 아들 영광이 걱정이다. 영광은 강혜

숙이라는 여학생을 사귀었는데, 영광이가 백정의 손자라는 사실 때문에 강혜숙 집안이 발칵 뒤집어지고 학교에서 퇴학당하고 몰래 일본에 가 있는 것이다. 그리고 관수는 딸 영선이를 데리고 지리산 강쇠에게 가서 며느리 삼으라고 한다. 관수 딸 영선이와 강쇠 아들 휘는 이틀 뒤 혼인한다. 딸의 혼인식을 마치고 관수는 평사리로 와서 비밀리에 길상을 만나 삼월 삼짇날 계획을 모의한다. 그리고 관수는 길상에게 일본에 있는 영광이를 찾아 달라고 아들 사진을 준다.

삼월 삼짇날, 진주에서 술 도매상이며 비빔밥집을 해서 큰 돈을 번 김두만의 집에 상해 가정부를 자칭한 두 명의 괴한이 들어 돈 삼천 원을 가지고 간다. 같은 시간 진주 부자 이도영의 집에도 두 명의 괴한이 들어 오천 원을 가지고 간다. 다음 날 김두만은 일본 경찰에 신고하고 범인 색출에 힘쓰지만 범인은 잡히지 않는다. 반면 이도영은 경찰에 범인 인상착의를 거짓으로 말하고 협조하지 않는다. 김두만은 평사리 김이평의 큰아들이다. 과거 최참판댁 종이었던 간난할멈은 자식이 없어 김이평 차남 영만을 양자로 삼는다. 간난할멈은 윤씨 부인이 면천하며 준 땅을 김이평에게 주고 죽는다. 김이평은 제위답으로 받은 땅을 부치며 살았으나 후에 조준구에게 빼앗긴다. 김두만은 윤보를 따라 서울로 가서 목수일을 배우고, 막딸이와 혼인을 한 상태이나 서울에서 서울네를 데리고 와서 산다. 진주에서 서울네와 쪼깐이 비빔밥집을 시작하고 술 도매상을 하여 진주의 유지 반열에 들었다. 김두만은 자기 집안의 과거가 드러날까 두려워 평사리 사람들을 싫어하고 최참판댁을 미워하며, 형평사 운동에 반대하고 친일 행동을 한다.

그날 김두만 집에 들어간 사람은 송관수와 이범준이었고, 이도영 집에 들어간 사람은 손태산과 양필구였다. 이 사건 이후 김두만의 아버지 김이평이 죽고, 장례식날 김두만은 범인 색출에 열을 올리며 마을 사람들을 의심하고 길상을 의심한다. 장연학은 김두만을 은근슬쩍 친일파로 몰고 친일파에 대한 보복 등 말을 흘려 그를 협박한다.

지리산 해도사는 잘 다듬어진 움막과 몽치를 소지감에게 맡기고 움막을 떠난다. 그리고 휘는 통영 조병수에게 소목일을 배우러 떠난다.

소지감의 외사촌 누이 민지연은 젊은 시절 결혼을 약속하고는 산으로 들어가버린 하기서를 찾아 소지감과 함께 도솔암을 찾아온다. 도솔암에서 일진스님으로 불리는 하기서는 지연에게 돌아가라고 말하지만 지연이 집착의 끈을 놓지 못하고 자살 기도를 하는 등 일진스님을 괴롭히자, 일진이 도솔암을 떠난 후 돌아오지 않는다.

한복이는 추수가 끝나고 만주로 간 지 넉 달 만에 고향으로 돌아오는데, 그사이 아들 영호가 진주농고 맹휴 계획에 연루되어 경찰에 잡혀가 석방되지 않은 상태이다. 마을 사람들은 경찰에 잡혀간 영호를 영웅시하고, 한복이 돌아오자 환대하여 살인 죄인의 아들이라는 굴레를 벗고 마을 사람들과 진정으로 화해한다. 한복이는 홍이를 만나 만주 사정을 얘기해주고, 홍이는 만주로 갈 계획을 말한다. 그러나 한복은 고향을 지키겠다고 한다. 한복이 아들 영호는 영산댁 주막에 있는 숙이와 혼인을 한다. 그러나 영호는 숙이가 윤국이와 알고 지내는 것에 불만을 갖고 그로 인해 불화를 빚는다. 그러나 숙이는 결백하다. 영호는 숙이와의 갈등으로 큰아버지인 김두수의 도움을 받아서 공부하고 싶다는 말을 하고 한복이와 갈등한다. 그러던 중 영산댁은 산에서 숙이 동생 몽치를 만나 데려와서 영호 식구들에게 인사시키는데 영호의 반응이 냉랭하고 몽치도 만만하지 않다.

홍이 집에 석이 모친 석이네와 손주 성환이와 남희·석이 누이 순연네 세 식구가 살고 있다. 한복이는 석이네에게 석이가 만주에 있다는 말은 하지 못한다. 사실 석이는 만주에서 독립운동을 하고 있다. 석이네는 석이 누이 식구와 함께 살면서, 순연이가 조카인 석이 아들딸을 거두어 주지만 석이네는 불만이 많다. 딸 순연이 자기 남편과 아들을 더 챙기고, 조카인 석이 아이들은 홀대한다고 느끼는 것이다. 모녀 사이의 갈등의 골이 깊다.

설날 아침 평사리에서는 평소 사이가 안 좋았던 우서방과 오서방 간의 싸움이 벌어지고 오서방이 술기운에 우서방을 죽이는 살인 사건이 일어난다. 이를 말리려던 홍이는 다쳐 진주병원으로 옮겨지고 치료 때문에 만주로 갈 계획이 미뤄진다. 연학이 서희에게 홍이와 석이네 아이들 소식을 전하자, 서희는 석이네 아이들 교육을 지원할 뜻을 밝힌다. 병원에서 퇴원한 홍이는 영팔 아저씨 집에 가서 행복한 식사를 하고 집으로 돌아온다. 그러나 집에서는 아내 보연이가 친정에 다니러 온 장이를 그동안 남편과 내통하여 온 것으로 오해하여 뺨을 때리는 등 소란을 피운다. 홍이는 이 사실을 알고 괴로워하고, 보연에게 자신과 백년해로 할 생각이면 자기를 믿으라고 말한다.

가족을 데리고 만주에 온 홍이는 신경에 자리잡는다. 공노인이 죽으며 남긴 유산으로 목재상을 하여 돈을 벌고 이후 자동차 서비스 공장을 운영한다. 어느 날 김두수가 홍이를 찾아와 동업을 제안하나 홍이는 거절한다. 김두수는 자기가 군대 폐차를 알선할 테니 일정 비율로 나눠 먹자는 제안을 한다. 홍이가 신경에 와 있는 관수에게 이를 알리자, 관수는 김두수를 역으로 이용할 수 있을 것 같다며 관심을 보인다.

한편 신경에 온 송관수는 영광이에 대한 걱정으로 무기력한 날들을 보내고 있고, 어느 날 홍이와 함께 간 공연에서 색소폰 주자가 된 아들 영광을 본다. 공연을 하러 신경에 온 영광이는 홍이를 찾아가 아버지와 함께 오라고 표를 두 장 주고 간 것이다. 그러나 관수와 영광은 끝내 만나지 못한 채 헤어진다.

그리고 어느 날 홍이 집에 임이가 찾아와 홍이의 아내 보연·딸 상의·아들 상근과 상조를 만나 묘한 신경전을 갖는다. 임이는 이전에도 홍이를 몰래 찾아와 돈을 얻어갔으나 그 돈을 방탕하게 모두 써버리고 다시 찾아온 것이다.

학생운동에 연루된 윤국이는 설날 하루 전에 풀려나고, 평사리 집에 환국이 친구 김제생이 나타난다. 김제생은 일본 유학 시절 알게 된 친구로서, 광주 학생운동과 관련이 있어 피신차 환국이를 찾아온 것이었다. 환국이는 친구를 쌍계사로 일단 피신시키고, 연학이를 통해 도솔암으로 피신처를 옮긴다. 이 과정에서 광주 학생운동에 대한 이야기를 나눈다. 한편 윤국은 아버지 얼굴도 모르고 자신의 집에 재산이 많은 것을 부끄러워하며, 학생운동에 참여하는 열혈청년이다. 어지러운 마음을 달래러 강가에 간 윤국은 아버지와 동생 몽치를 보고 싶어하는 숙이를 만난다.

그 후 윤국은 집을 떠나 서울로 가서 고생을 하고 정양차 다시 평사리로 돌아와 섬진강가에서 숙이와 마주친다. 윤국이 숙이에게 배가 고프니 먹을 것을 갖다달라고 부탁하자 영산댁이 주막에서 먹을 것을 가지고 온다. 시간이 흘러 길상은 한 달 뒤면 출소할 예정이다. 서희는 윤국에게 숙이와의 일을 묻고 윤국은 아무 일 없다고 대답하지만, 평안함을 느끼는 숙이와의 관계를 어머니 서희가 오해하자 아버지의 신분을 상기시키는 등 서희에게 필요 이상으로 대든다.

한편 법학을 그만두고 길상의 도움으로 동경미술학교에 들어간 환국은, 아버지의 부탁으로 동경에서 영광이를 찾으려고 하지만 찾지 못하고 괴로워한다. 그러던 중 보통학교 친구였던 김수봉을 만나 영광이의 소식을 알게 된다. 영광이는 노동자로 일하던 곳에서 일본인을 때리고 도망왔는데, 그들의 복수로 영광이 거의 죽게 생겼을 때 수봉이가 환국이를 찾아와 도움을 청한다. 환국은 영광이 있는 병원에 가서 사촌이라고 거짓말하여 입원 수속을 밟는다. 환국은 병원에서 영광과 함께 살고 있는 강혜숙과 인사한다.

길상은 환국이·윤국이·양현이를 데리고 하동 이상현의 집으로 인사차 찾아간다. 이상현의 아내는 양현을 보고 작은아들 민우와 쌍둥이처럼 닮은 것을 보고 놀란다.

조용하는 홍성숙과의 불륜 이후 임명희에게 좀 누그러진 태도를 보인다. 임명희는 강선혜·길여옥을 만난 후 길여옥을 배웅하러 서울역에 갔다가 만주 여행을 마치고 오는 조찬하를 만나 함께 집으로 돌아온다. 이를 본 조용하는 놀란다. 조용하는 다음 날 임명빈을 초대한 자리에서 임명희와의 이혼을 통보한다. 이를 지켜본 조찬하는 조용하를 산장으로 데리고 가서 그간 쌓인 감정을 격하게 토로한다. 그리고 조용하가 집으로 돌아왔을 때, 임명희는 이혼에 동의한다는 쪽지를 남기고 떠나고 없다. 임명희가 떠난 후 임명희가 다니는 교회 앞에서 기다리고 있던 조용하는 그녀를 납치하다시피 산장으로 데려가 명희를 처절하게 능욕한다. 이후 명희는 길여옥을 만나러 여수로 가는 길에 통영에 들르고, 방조제에서 투신하나 근처에 있던 어부가 명희를 구해낸다. 여수로 간 명희는 여옥을 만나 자신의 불행했던 결혼 생활과 자살을 시도한 이야기를 한다.

유인실은 조용하 집안이 운영하는 야간학교의 선생으로 있으면서 학생이 방직공장에서 부당한 추행을 피하다 팔이 부러진 일을 알고 조용하에게 편지를 써서 만난다. 조용하는 유인실이 명희의 제자라는 점을 들어 접근하려 하고 지저분한 시선을 보내지만, 유인실은 사회주의와 남녀 동등주의 등 자신의 신념을 당당히 밝힌다.

한편 조찬하와 오가다는 서울에 와서 함께 산장으로 간다. 조찬하는 환국이를 통해 임명희가 집을 나간 사실을 알고 있고, 오가다는 유인실을 만나러 서울에 온 것이다. 조찬하와 오가다는 산장에 먼저 와 있는 조용하·제문식과 만난다. 이들은 일본이 만주를 손에 넣으려고 한 제남사건 등을 이야기한다. 이후 오가다는 유인실을 만나고 함께 산장에 온다. 유인실은 조찬하에게 명희가 통영 산골에서 선생 일을 하고 있음을 알려준다. 조찬하·오가다·유인실은 명희를 찾아 통영으로 가서 만난다. 그러나 명희는 조찬하에게 지난 10년의 결혼 생활이 자신의 결백을 증명하기 위한 시간이었다고 밀하며, 조찬하를 매몰차게 대한다. 여관으로 돌아온 오가다와 유인실은 산책을 나가고 조선의 유교문화, 조선·일본·중국의 관계, 식민 상황과 과거 사대주의 비교, 일본의 천황제, 일본의 할복 자살 등 조선과 일본 문화에 대한 긴 이야기를 한다. 조찬하는 임명희를 만난 것을 후회하고 유인실과 오가다의 외출을 오해해 밤배를 타고 말없이 떠난다. 그날 유인실과 오가다는 남녀의 인연을 맺는다.

일본에 와 있던 유인실은 조찬하에게 편지를 보내 만나자고 한다. 조찬하는 임신을 한 유인실을 보고 놀란다. 유인실은 조찬하에게 아이를 부탁하며 오가다에게 비밀로 해달라며 괴로워한다. 아이를 시골에 맡겨 기르고 있던 조찬하는 아내 노리코에게 자신을 믿어달라고 설득하며, 친구들의 아이라고 말하고 데려다 기르기로 한다. 인실의 사정을 모르는 오가다는 조찬하 집에 방문하기도 하면서 문화·문명, 야만 등에 대하여 토론한다. 그리고 윤봉길의 홍구(훙커우)공원 사건에 감동하고 일본의 군국주의, 만주사변, 상해사변 등에 대해 비판적인 태도를 취한다.

　폐암에 걸려 불안정한 생활을 하던 조용하는 자살하고, 그 소식이 조찬하에게도 전해진다.

　유인실은 아이를 낳은 후 용정에 와서 송장환을 만나고 계명회 사건을 이야기하며 자신을 소개한다. 한편 하얼빈 번화가에 있는 심운회 약국은 심운회(세리판 심)의 딸 수앵이가 운영하고 있다. 수앵은 남편 윤광오와 함께 간 레스토랑에서 유인실과 만난다. 유인실은 송장환을 통해 관동 대지진 때 도움을 주었던 윤광오와 만난다. 그 후 하얼빈에 머문다. 오가다는 신경에 있는 건설회사에서 근무한 지 3년이 지나 회사를 휴직하고 여행을 하던 중 하얼빈에서 마차를 타고 지나가는 유인실을 본다.

　송장환은 강두메를 자식처럼 보살피고, 강두메는 군관학교를 나와 독립운동을 한다. 강두메는 전쟁 기운이 감도는 만주에서 용정 동성반점에서 아내 옥이를 만난다. 국내에서는 사상범 보호관찰이 공포되고, 조선 육군 특별지원병 제도가 창설되는 등 전쟁 기운이 사회 전체에 퍼진다.

5) 제5부(17~21권)

5부는 1940년부터 1945년의 기간 동안 국내외에서 벌어지는 상황들이 묘사된다. 학병제, 징병제, 징용제, 정신대, 식량 공출 등 전쟁의 광기 들린 일본 정책들이 조선에서 벌어지고, 그로 인해 고통받는 사람들의 생활이 묘사된다. 지식인들의 대화를 통해 국내외 정세와 일본의 천황제에 대한 비판 등이 전개된다. 또한 의병 활동, 독립운동, 형평사 운동 등에 깊이 관여했던 송관수가 중국 땅에서 호열자에 걸려 죽는다. 관수의 죽음으로 길상·연학·한복·강쇠·소지감·해도사 등 그의 동지이자 친구였던 많은 독립운동가들이 실의와 슬픔에 빠지고, 각자의 방식으로 그를 추모한다.

1940년 8월, 송장환은 자신의 형 송영환의 장례식에 다녀온다. 이웃사람 진 씨는 가문은 재물로 기억되는 것이 아니라 인물로 남는 것이라며 한때 용정 최고 부자였던 송병문 가문을 추억한다. 석이는 일진스님과 함께 상해에 있으며, 두메는 중공군과 합류하여 활동할 것으로 예측된다. 홍이는 주갑 아저씨를 그리워하고 신문에서 풍락극장 광고를 보고 영광이를 떠올린다.

한편 송관수는 백정 사위가 되어 자식의 앞날을 망쳤다고 자책하며 영광이를 걱정하고 아내를 부정하고 장인을 탓하며 괴로워한나. 홍이는 관수에게 공상 일을 상의하러 와서, 그농안 김두수와 일정 부분 동업 아닌 동업을 한 것을 청산하겠다고 말하며,

연강루 진씨와 상의하겠다고 한다. 연강루 진씨는 식당을 운영하며 겉으로는 친일파이나 속은 독립운동가들을 지원하는 연결책이다. 홍이는 공연차 신경에 와 있는 영광이를 찾아가 이번에는 꼭 아버지 송관수를 만나고 가라고 부탁한다. 관수는 업무차 목단강에 가 있다. 그러나 영광이는 관수를 못 만나고 길림으로 공연을 떠난다. 목단강에 간 관수는 호열자에 걸려 죽는다.

영선네와 영광이는 송관수의 유해를 안고 진주에 도착하여 남강여관을 찾아간다. 장연학은 5년 전 최참판댁으로부터 독립하여 남강여관을 운영하며, 활동가들에게 거점을 제공하고 있다. 연학은 관수의 죽음을 애통해한다. 오랜 친구이자 오랜 동지, 생사를 같이한 쌍두마차였고 분신이었던 강쇠와 관수, 또한 자식을 나눈 사돈인 강쇠는 그의 죽음 앞에 충격을 가눌 수 없다. 강쇠는 고함을 지르고 한바탕 소란을 피우며 관수를 추도한다. 영선네와 강쇠 가족, 사위 휘는 처음 인사를 하고 엄마와 딸 영선은 서로를 위로한다. 그들이 관수의 유해를 안고 도솔암으로 찾아가자 소지감은 도솔암의 주지스님이 되어 있다. 양반 출신 소지감은 백정 사위이자 독립운동가, 형평사 운동에도 깊숙이 관여한 관수에게 신분과 학식을 뛰어넘은 민족의 동질감을 느끼며 관수의 죽음을 애도한다. 영광과 휘는 관수의 유골을 섬진강에 뿌린다. 관수가 본인의 죽음을 예감하고 쓴 유서에는 자신은 여한 없는 삶을 살았다고 쓰여 있다. 장례가 끝나고 영선네는 절에 남기로 한다.

장연학은 석이 가족을 챙긴다. 자신의 여관에서 일하던 석이의 조카 귀남이가 신장병에 걸리자 치료를 돕는다. 관수 죽음 이후 연학은 상실감에 빠지고, 여관을 다른 사람에게 맡기고 평사리 최참판댁에 와서 머문다. 연학은 한복에게 관수의 죽음을 알리고 한복은 자신을 독립운동의 세계로 이끌었던 관수의 죽음을 애통해한다. 성환할매는 성환이가 학병에 나가자 눈이 먼다. 이후로도 연학은 석이의 딸 남희가 엄마 양을례에게 가 있다가 일본 장교에게 겁탈당하고 성병에 걸려 할머니에게로 돌아왔을 때 거두어 치료를 받게 하고, 도솔암에 맡겨 보살핀다. 후에 남희는 간호부가 되고 싶다고 말한다.

　　지리산 해도사의 움막에 길상이·강쇠·해도사·연학·길막동이 모여 있다. 이들은 동학당도 아니고 동질성이 없는 사람들이지만 나라를 찾겠다는 일념은 같은 사람들이다. 그러나 오늘은 해체를 위한 모임이다. 길상은 독립자금 강탈 사건을 실패로 규정하고 전세가 각박해져 자신의 수감을 예상하고 무의미한 침체에서 조직의 멍에를 벗겨주는 게 낫다는 판단을 한 것이다.

　　시간이 흐른 뒤 산 사람들은 임명희가 기부한 거금 오천 원을 어떻게 활용할 것인가에 대해 논의한다. 그러나 전시 상황이 심각해질수록 살아남는 것이 중요하므로 그 돈을 식량 구입에 쓰기로 한다.

　　신경의 홍이 역시 관수의 죽음 이후 의욕을 상실하고 외로움과 공포를 느낀다. 공장도 불황이다. 요양차 통영에 갔던 보연이

가지고 온 금붙이 때문에 조선에서 온 형사에게 홍이와 보연이가 체포되어 간다. 전시 상황이라 국민들은 일체 금붙이를 소유할 수 없었던 것이다. 홍이가 체포된 이후 천일이가 연락하여 통영에서 상의 외삼촌 허삼화가 와서 상의·상근이·상조를 데리고 통영으로 가고 송장환이 그들을 배웅한다. 홍이는 풀려나와 만주를 다녀와 사업체도 정리한다. 그러나 다시 만주로 간다.

강쇠 아들 휘는 통영에서 조병수의 제자로 소목일을 하고 있다. 한복이 아들 영호는 어업 조합에 다니며 통영에서 휘와 이웃으로 살고 있고 몽치도 통영으로 와서 고깃배를 타고 있다. 숙이와 영선이는 친했으나 영호와 휘는 별로 친하지 않다가 영선이가 송관수 딸인 것을 알고 난 이후 영호의 태도가 변하여 친하게 지낸다. 그리고 영호는 몽치와도 처음에는 대면대면 하였으나 차차 사이가 좋아진다. 숙이 동생 몽치는 어장애비가 되는 큰 꿈을 안고 있다. 몽치는 술집을 운영했던 애 딸린 과부 모화와 결혼한다. 숙이는 모화를 반대했으나 나중에는 받아들인다. 징병제, 징용제가 강화될수록 소집을 피해 지리산으로 숨어드는 청년들이 늘어난다. 몽치도 징용갔다 도망친 홍석기를 배에서 일하게 해주다 지리산으로 피신시킨 일로 경찰에 잡혀가 고초를 치르고 풀려난다.

홍이의 딸 상의는 홍이가 용정에서 다녔던 상의학교 이름을 따서 지었다. 상의는 통영으로 온 이후 진주 ES여고에 다니며 기숙사 생활을 한다. 그러나 자유로운 의지를 중요시하고 자존

심이 강한 성격으로, 통제적인 기숙사 생활을 싫어한다. 일본 전시 상황이 어려워지자 상의를 포함한 졸업반 여학생들이 한밤중에 기숙사에서 나와 군인들 주먹밥을 만드는 일에 동원되기도 한다. 상의는 일본인 선생의 차별적인 대우와 부당한 처우에 반발하기도 하지만 무사히 졸업한다.

명희는 조용하가 자살한 지 5년 뒤에 서울에 올라오고 법적으로는 아직 이혼되어 있지 않아 그의 유산을 물려받는다. 명희가 유산을 물려받기까지 조찬하의 역할이 컸다. 그녀를 탐탁지 않게 생각하는 부모와 갈등을 겪은 후 임명희가 법적으로 형의 아내로 되어 있으니 유산을 물려받는 것이 당연하다고 주장하여 명희가 유산을 받을 수 있도록 돕는다. 명희는 혜화동에서 모란유치원을 운영하며 혼자 산다.

한편 강선혜는 임명희를 찾아와 자신의 남편 권오송이 예맹 사건과 관련하여 잡혀갔다 나온 일과 문화 예술 지식인 집단의 갈등, 질투, 모함, 변절 등을 이야기한다.

또한 배설자라는 무용가가 임명희를 찾아오고 함께 있던 강선혜에게 면박을 당한다. 배설자는 아버지가 일본 밀정이었음에도 상해에서 독립운동을 했다고 거짓말하여 상류층 여성들, 문화 예술인들과 교류하며 기생충처럼 사는 여자로 일본 스파이라는 의심을 사고 있는 여자다. 그는 일본인 곤도 형사와 추악한 관계를 이어오다 어느 날 밤, 귀가하는 길에 괴한에 의해 살해당한다. 범인이 독립운동가라는 설도 있지만, 사건은 미궁으로 빠지고 범인은 잡히지 않는다.

임명희 친구 길여옥은 반전 공작 운동 기독교도 검거 선풍으로 옥고를 치르고 반송장이 되어 나온다. 여옥의 석방에 많은 도움을 준 최상길은 여옥에게 애정을 느낀다. 명희는 여옥을 지극정성으로 간호하고 여옥은 건강을 회복한다. 여옥은 명희와 함께 도솔암에 다녀오기도 하고, 최상길과 우정을 확인하며 각자 독립적인 삶을 살아간다. 명희는 여옥의 삶의 모습에 자신의 삶을 비추어 본다.

임명희의 오빠 임명빈은 병에 시달려 많이 쇠약해졌으나 소지감이 있는 지리산에 가기로 한다. 임명빈은 최상길과 아들 희재와 함께 기차를 타고 진주로 가서 평사리 최참판댁에서 하루를 머문 뒤 도솔암으로 간다. 명빈은 도솔암에서 건강을 회복했다가 나빠졌다가를 반복한다. 이후 명희는 자신의 재산을 정리하여 거금 오천 원을 가지고 도솔암에 찾아가 지리산 사람들을 위해 써달라고 내놓는다.

한편 하얼빈에 간 조찬하는 운회약국에서 우연히 유인실을 만나 아이가 있다는 사실을 오가다에게 말하라고 하고, 유인실은 오가다를 만나 아이가 조찬하 집에서 자라고 있다고 말한다. 오가다는 일본으로 오는 배에서 아이가 성인이 될 때까지는 조찬하가 기르는 것이 맞다고 이야기하고 조찬하는 고마워한다. 일본에 있는 조찬하 집에 온 오가다는 그동안 봐왔던 쇼지가 자신의 아들이라는 것을 알고 애틋한 감정을 느낀다. 조찬하의 배려로 히비야공원에서 쇼지와 즐거운 한때를 보내고 조찬하·오가다·쇼지 셋이서 만주를 여행한다. 이후 일본의 전쟁 상황은 더욱 나빠져 동경에도 미 공군기가 폭격을 가하고, 조찬하 가족은 북해도로 이주한다.

환국이는 동경 미술학교를 졸업하고 서울에 있는 사립중학교 미술선생으로 재직하고 근화방직 사장 황태수의 딸 덕희와 결혼하여 아들을 낳는다. 아들 재영이의 돌잔치를 맞이하여 환국이 집에는 길상이가 임명빈·황태수·서의돈을 맞아 술자리를 갖는다. 술자리에서 시국 이야기가 오가고 길상은 친구이자 동지인 송관수의 죽음 때문에 매우 비통해한다. 대화를 통해 당시의 국내 상황을 드러내는 전쟁의 기운, 공포와 창씨개명, 조선어 사용 금지, 지원병 제도, 민족 신문 폐간, 노동력 착취, 식량 공출 등 우울한 사회 분위기 등의 이야기가 이어진다. 앞으로 예상되는 탄압으로는 신사 참배 거부자 색출, 기독교 탄압, 징병 제도 등이 있다.

길상은 관음보살 탱화를 그리기 위해 도솔암으로 간다. 조병수는 조준구가 찾아온 이후 소목일을 그만두었다. 조준구는 이후 중풍으로 쓰러진 뒤에도 삶에 집착을 보이며 병수를 괴롭히다가 눈도 못 감고 죽는다. 조준구의 죽음으로 선대의 악업이 막을 내린다. 그리고 병수는 장인으로서 소지감과 대화를 통해, 정성을 다해 작업을 마치고 나면 쓸쓸함과 허기를 느낀다고 말한다. 사물과의 인연이 완성되어 떠나보내는 허전함을 느끼는 것이다. 병수는 길상의 관음보살 탱화를 보기 위해 아들 남현과 도솔암으로 온다. 길상의 관음보살 탱화를 본 병수는 그림에서 길상의 외로움을 보고, 자신의 외로움과 그의 외로움이 만나는 체험을 한다. 병수의 얼굴은 환희로 빛난다.

한편 서희는 길상의 관음보살 탱화를 보러 도솔암으로 가는 길에 박효영 의사가 자살했다는 소식을 듣고 차 안에서 운다. 그러고는 도솔암으로 바로 가지 않고 평사리에 들렀다 가기로 한다. 평사리 집으로 가는 중에 길에서 성환할매가 면서기 우개 동 자전거에 부딪혀 넘어진 것을 보고 서희가 개입하여, 우개동 의 오만함을 꾸짖는다. 우개동은 이후에 지리산으로 피신한 사 람을 염탐하다가 산사람들에 의해 붙잡혀 맞아 죽는다. 서희는 평사리 집 별당에서 박 의사의 죽음을 생각하며, 박 의사가 자 신을 사랑했고 자신도 길상이 감옥에 있는 동안 심적으로 박 의 사에게 의지했음을 깨닫는다. 그리고 별당아씨와 구천이의 사 랑을 이해한다. 도솔암에 가서 길상을 만나고, 목욕재계한 후 관음보살 탱화를 바라본다. 서희는 법당을 나서며 자신에게 사 람의 본질은 무엇인지 질문하며 쓸쓸해한다. 그리고 길상은 오 누이로 자란 윤국과 양현의 결혼은 안 된다며 서희의 의견에 반 대한다. 그러면서 사람이나 짐승이나 자기 태생대로 살 수 있게 놓아달라고 하며, 인간의 귀소본능에 대해 이야기한다. 길상과 의 말다툼 뒤에 법당으로 간 서희는 그곳에서 잠이 든다. 다음 날 서희는 길상과 나선 산책길에 박 의사의 자살 소식을 알리며

운다. 길상은 남편 앞에서 다른 남자의 죽음을 슬퍼하는 서희에게 철없는 아이 같다고 말하지만, 둘 사이에 무한한 신뢰가 있음을 느낀다. 길상은 1941년 12월, 일본의 진주만 공격 며칠 전예비 검속령에 의해 서의돈·유인성·선우신과 함께 수감된다.

한편 아버지 길상의 관음보살 탱화를 보러 도솔암에 온 환국은 조심스러운 마음으로 그림을 본다. 현란한 색채이면서도 청초하고, 풍만한 육신에서 투명함을 느낀다. 그리고 관음보살 탱화에서 길상의 외로움을 느낀다. 지감은 환국에게 길상이 자신의 원력을 걸고 하나뿐인 탱화를 그렸음을 이야기한다. 환국은 길상의 그림을 보고 난 이후 자신의 미술세계에 대해 방황한다.

영광은 아버지 송관수의 장례를 마치고 평사리에 환국이를 찾아가다 잠시 들른 강가에서 꽃다발을 강물에 띄워 보내는 한 여자를 보고 의아하게 생각한다. 영광은 최참판댁에 도착하여 윤국이를 만나고, 강가에서 본 여자가 윤국이와 함께 있는 것을 본다. 그 여자는 양현이었다. 영광이를 본 윤국은 이상한 감정을 느끼고 강으로 낚시를 간다. 그리고 윤국이는 양현이와 이상현의 집에 가기로 약속한다. 양현이는 최양현에서 이양현으로 호적을 고친다. 이상현의 장남 시우는 진주도립병원 의사로 있고 차남 민우는 일본에서 학교를 다니고 있으며, 동생 양현의 출현으로 혼란스러워한다.

서울역에서 만나 양현은 진주로, 영광은 통영으로 가는 기차를 함께 타고 가면서 많은 이야기를 나눈다. 영광은 양현에 대한 자신의 마음이 도망치면서도 다가가며 그녀가 운명적인 여자라고 느낀다. 양현 역시 자신의 출생의 괴로움을 공유하면서 동병상련을 느낀다. 양현은 명희를 찾아가 자기 존재에 대해 괴로워하고, 아버지인 이상현에 대해 묻기도 한다. 명희는 양현에게 많은 위로가 된다. 친정에 간 명희는 오빠 임명빈로부터 이상현이 상해에서 살아 있다는 소식을 듣는다.

양현은 환국의 아내 덕희와 많은 갈등을 겪는다. 부잣집 딸인 덕희는 친딸도 아닌 양현을 온 식구가 감싸는 것을 시기 질투하고, 자신이 집안에서 주목받아야 한다고 생각한다. 이로 인해 양현은 졸업 후 인천의 개인 병원에 취직하여 집을 떠난다. 덕희와 환국은 양현 때문에 갈등한다. 서희는 양현과 윤국을 결혼시키려 하지만 양현은 오누이 관계에서 벗어나지 못하고 괴로워하며 결혼하지 않겠다고 자신의 의사를 밝힌다. 양현은 영광에게 사랑을 고백한다. 양현은 자꾸 도망가는 영광에게 백정의 아들이든 기생의 딸이든 모두 인간이라고 말한다. 서희는 길상에게 윤국과 양현의 결혼을 이야기하지만 길상은 반대한다. 윤국은 아버지 길상을 생각하며 양현과의 결혼을 포기한다.

영광은 인천으로 양현을 찾아가고, 둘은 수인선 기차를 타고 가다 염전에 내린다. 허허벌판 염전에서 둘은 사랑하는 마음을 확인한다. 영광은 윤국과 양현의 결혼이 이루어지지 않은 것을 알고 있다. 윤국은 학병에 지원한다.

이상현은 하얼빈에서 술주정뱅이가 되어 생활한다. 석이는 이상현을 돌보며 송관수의 죽음 이후 무기력증에 빠져 있다. 영광은 이상현을 찾아와 송관수 아들임을 밝히며 인사하고, 이상현은 영광에게서 특별한 감정과 동질감을 느낀다. 영광은 하얼빈에서 카바레 연주자로 일하게 된다.

서희는 인천에 있는 양현을 찾아가 윤국이와의 결혼 이야기로 불편했던 마음을 풀고 서로 화해한다. 양현은 병원을 그만두고 서희·환국과 함께 평사리로 돌아온다. 서희와 환국은 히로시마 원폭 투하와 전쟁에 대하여 이야기한다. 강가에 나간 양현은 마을 사람으로부터 일본이 항복했다는 소식을 듣고, 집으로 돌아와 서희에게 소식을 알린다. 서희는 자신을 감고 있는 쇠사슬이 땅에 떨어지는 것을 느낀다. 마을에 나갔던 연학은 모자와 두루마기를 벗고 춤을 추며 우리나라 독립 만세를 외치며 돌아온다.

《토지》읽은 후 느낌

《토지》는 5부 21권으로 구성되어 있다. 《토지》를 모두 읽고 나서 느낀 점은 1~3부와 4, 5부는 별개의 소설 작품으로 여겨졌다는 것이다. 1~3부의 내용이 서희를 중심으로 한 최참판댁 일가와 평사리 사람들의 개인사가 주로 전개되었다면 4, 5부는 당대 사회적 사건을 중심으로 이야기가 전개된다. 책을 읽은 감상도 전체적인 느낌과 각 부를 나누어 쓰고자 한다.

전체적인 느낌

《토지》21권을 모두 읽고 난 첫 느낌은 '뿌듯함'이었다. 우리나라에 21권보다 더 많은 분량의 소설이 있는지 모르겠지만, 21권이나 되는 소설을 읽은 것이 처음이었고 그 많은 양을 끊김 없이 한번에 다 읽었기 때문이다. 소설책을 읽었을 뿐인데 마치 내가 굉장한 일을 한 것 같은 느낌이 들어서 뿌듯했고 살짝 자랑스럽기도 했다. 그래서 책을 읽고 나서 한동안은 주변 사람들만 만나면 《토지》를 읽어 보라고 권유했다. 왜 그렇게 뿌듯함을 느꼈을까 생각해보니 단지 이야기책이 아니라 큰 울림이 있는 생애와 역사를 읽어낸 것이라고 여겨졌기 때문이다. 《토지》

를 읽고 나니 이제 웬만한 책은 가볍게 읽을 수 있을 것 같은 자신감이 들었다. 독서의 호흡이 길어졌고, 《토지》를 읽은 이후에 국내 대하소설을 섭렵하기 시작했다. 그게 2004년의 일이다.

《토지》를 읽고 난 두 번째 느낌은 '놀라움'이었다. 소설 속 이야기가 진행될수록 '내가 이렇게 우리나라 역사에 대해서 무식한 사람이었나' 새록새록 깨닫게 되었다. 나는 평소 우리나라 역사와 세계사에 관심이 많고, 역사에 대해서는 좀 안다고 자부하고 있었는데 아니었다. 특히 만주·연해주를 중심으로 한 해외 독립운동에 대해서는 처음 알게 되는 것들이 많았다. 책을 읽으면서 '어머어머' '와' '어떡해' 같은 바보스런 감탄사를 연발하며 책을 읽어갔다. 그 많은 역사적 사실을 조사 고증하며 글을 썼을 작가의 노고를 생각하니 고개가 절로 숙여졌다.

《토지》 이후 많은 대하소설을 읽었다. 그중 조정래 작가의 《아리랑》은 《토지》와 시대 배경이 거의 겹친다. 《아리랑》은 좀 더 본격적으로 역사적 사실을 중심으로 쓰인 소설이므로, 역사적 사실에 대한 고증이 더욱 본격적으로 이루어졌으리라 생각한다. 어느 작품이든 창작의 고통에 더해 역사적 사실의 고증까지 수고를 아끼지 않은 작가들에게 감사와 경의를 보낸다.

1) 제1부

1부에서 인상적이었던 점은 작가가 한복 차림이나 옷감에 대한 묘사로 인물에 대한 성격이나 상황 묘사하는 것이 문학적으로 매우 아름답게 느껴졌다. 특히 1권에서는 등장인물 소개가 많은데 이와 같은 방식의 묘사가 자주 등장한다. 아래 본문 내용으로 확인해보자.

까치들이 울타리 안 감나무에 와서 아침 인사를 하기도 전에, 무색 옷에 댕기꼬리를 늘인 아이들은 송편을 입에 물고 마을길을 쏘다니며 기뻐서 날뛴다. (1권 39쪽)

최참판댁 사랑은 무인지경처럼 적막하다. 햇빛은 맑게 뜰을 비춰주는데 사람들은 모두 어디로 가버렸을까. 새로 바른 방문 장지가 낯설다. (1권 40쪽)

팔월 한가위는 투명하고 삽삽한 한산 세모시 같은 비애는 아닐는지. (1권 42쪽)

1권 첫머리에서 추석을 맞아 가난한 농민의 아이들도 물들인 옷을 입고 송편을 먹으며 기뻐하는 풍요로운 모습과 그 반대로 물질적으로 풍요한 최참판댁은 명절임에도 사람의 왕래가 없고 맑은 햇빛과 새로 바른 창호지의 아름다움마저도 적막 속에 가려지는 것처럼 묘사하여 앞으로 최참판댁에 일어날 일을 암시하고 있다. 고급 옷감인 한산 세모시마저도 올이 곱고 투명하지만 '삼삼하다'라는 표현을 써서 현재의 평화와 다가올 위험을 동시에 표현하고 있는 것 같다.

용이는 바짓가랑이를 발목에 꼭 쥐어지고 복숭아뼈 쪽으로 넘겨 접더니 옥색 대님을 친다. (중략) 용이는 일어서서 두루마기를 입는다. 올이 고르지 않은 데다 파리똥 같은 딱지가 붙은 열세 무명 두루마기는 그러나 입은 사람의 풍신이 좋아서 번치가 났다. 이미 망건은 쓰고 있었고, 벽에 걸린 갓을 내려서 용이는 입김으로 먼지를 턴다. (1권 148쪽)

봉순이는 노랑 명주 저고리에 남치마, 빨간 염낭을 찼으며 어미의 명주 수건인듯 눈이 불거질 만큼 턱을 감싸서 머리 꼭대기 쪽에 질끈 동여맨 모습이었다. (1권 153쪽)

길상이는 무명 바지저고리를 입고, 차고 있는 염낭은 수박색인데 연두색과 노랑색의 수술 두개가 달린 염낭끈이 그의 인물을 돋보이게 했으며 검정 갑사댕기를 드린 머릿결이 부드러워 보였다. (1권 153쪽)

자줏빛 옷고름과 끝동을 물린 흰 무명 저고리의 옷섶 앞이 벌어져 있었다. 검정 치마도 불룩하게 솟아 있었고 몸 풀 때가 얼마 남지 않았을 것 같은데 임이네 얼굴은 좋았다. (1권 154쪽)

옥색 명주 저고리를 입은 월선이의 얼굴은 파아란 것같이 보였다.
(1권 157쪽)

검정빛 양복에 모자, 구두를 신은 서울의 신식 양반 조준구는 상체에
비하여 아랫도리가 짧은 데다 두상은 큰 편이었으므로 하인들 눈에도
병신스럽게 보였을 것이며, 하인들은 그것을 양복 탓이라 생각하는 모
양이다. 조씨댁의 내림이 그러하였던지 생시 조씨부인도 작달막한 몸
집에 다리가 무척 짧았었다. (1권 199쪽)

칠빛 같은 검은 갓에 눈이 부시게 흰 도포 자락이 놀을 받아 아름다
웠다. 하인은 말고삐를 잡았다. 언덕을 향해 내려가는 이동진의 갓끈과
도포 끈이 바람 부는 곳으로 나부낀다. (1권 212쪽)

아낙들은 바위 뒤켠 그늘진 곳에 가서 모두 함께 나자빠진다. 해진
삼베적삼 사이로 맨살이 드러난 등에 시원한 잡풀이 닿았다. 말려 올라
간 삼베 단방치마, 속곳 가랑이를 질끈질끈 동여맨 무르팍 아래 종아리
가 그냥 드러난다. (3권 84쪽)

두 번째 가마에는 자줏빛 치마에 검정 선을 두른, 생고사 깨끼적삼을
입은 서희가 그림처럼 앉아 있었다. (3권 117쪽)

오광대놀이가 열리는 읍내에 나가는 봉순이와 길상이·용이

의 모습을 그린 장면이다. 변변치 못한 옷을 입어도 빛이 나는 용이와 최참판댁 침모인 봉순네의 따뜻한 손길이 닿은 어린 봉순이의 앙증맞은 모습, 최참판댁 하인이지만 부드러운 심성과 잘생긴 외모를 가진 어린 길상이의 모습, 용이를 먼발치에서 사랑하는 월선이의 여린 심성을 드러내는 파리한 얼굴 등 1권에서는 앞으로 계속 등장할 인물들의 성격을 한복 차림을 통해 묘사하고 있다.

자줏빛 옷고름과 끝동을 물린 저고리 차림을 통해 색기와 건강함을 지닌 욕망 덩어리 임이네의 모습을 표현하고 상체와 하체가 불균형한 몸에 양복을 입은 조준구를 통해 일제시대 시류에 영합하며 자신의 욕망을 위해서는 어떤 행동도 마다하지 않는 비뚤어진 성향을 잘 표현하고 있다. 눈부신 흰 도포 자락과 바람에 날리는 갓끈과 도포 끈을 통해 청백리 자손인 이동진이 독립운동가가 되어 헤쳐 나갈 모진 세월을 암시한다. 3권에서는 일하다 쉬는 동네 아낙들의 해진 삼베적삼, 말려 올라간 치마 등을 통해 고된 삶을 그려내고 있으며, 성장한 서희의 모습을 통해서는 자줏빛과 검정색의 조화로 권위를 부여하고 있다.

1부는 《토지》 전 5부 중에서 이야기적 흥미가 가장 뛰어난 부분이다. 서희의 아버지인 최치수 살인 사건을 둘러싼 욕망의 충돌이 1부의 중요한 이야기 중 하나이다. 몰락한 무반 출신 양반 김평산은 학식도 재산도 없이 게으르고 탐욕스런 인물이다. 갈은 양반이면서도 가난한 자신과 최치수를 비교하며 열등의식에 젖어 물질적 욕망을 채우기 위해 최치수 살인 모의를 한다. 임이네 남편 칠성이는 무지렁이 농민으로 최치수를 처치하고 한 재산 받을 수 있으리란 기대로 모의에 참여한다. 어린 서희로부터 모욕을 당한 원한이 사무친 최참판댁 하녀 귀녀는 노비 신분을 벗고자 하는 욕망이 크다. 별당 아씨가 떠나간 최참판댁에서 자신이 최치수의 눈에 들어 아이라도 낳으면 신분 상승을 꾀할 수 있을거라 생각하지만 뜻대로 되자 않자 김평산·칠성이와 살인을 모의한다. 임신을 위하여 칠성이와 작당하며, 강포수와도 하룻밤을 보낸다. 최치수가 귀녀를 강포수에게 주려고 하자 귀녀는 김평산에게 서둘러 살인을 시행할 것을 요구하고, 김평산이 최치수를 삼끈으로 교살한다. 최치수가 죽은 뒤 모든 사실이 발각되고 귀녀는 윤씨 부인에게 사실대로 고한다. 귀녀는 감옥에서 강포수의 극진한 옥바라지와 사랑을 받고 아들 강두메를 낳은 후 죽는다.

최참판댁은 겉으로는 엄청난 재산과 명성을 지닌 양반 가문이지만 속으로는 곪을대로 곪아 있는 집안이다. 별당아씨가 노비 구천이와 야반도주한 이후 복수심에 불타는 최치수·어린 딸 서희·나이든 윤씨 부인이 있는 최참판댁에서 당주를 죽이는 음험한 살인 사건이 일어난 것이다. 신분 상승과 물질에 대한 욕망, 그 수단으로 이용된 성적 욕망 등 이 모든 욕망의 총화가 최치수 살인 사건이었던 것이다. 살인 사건으로 인해 김평산은 처형당하고 그의 아내 함안댁은 자살하고 어린 두 아들 거복이와 한복이는 마을을 떠난다. 훗날 거복이는 그때의 일이 사무쳐 밀정 김두수가 된다. 남편 칠성이가 처형되고 임이네 식구는 마을을 떠났다가 몰래 숨어 들어온다. 임이네를 동정해 돌봐주던 용이가 하룻밤 욕정으로 연을 맺어 홍이를 낳아 질긴 악연을 이어가게 된다. 최참판댁을 몰락시키려던 살인 모의는 가담자들의 남은 식구들을 몰락시키는 결과가 되고 긴 업보의 시간을 이어가는 시작점이 된다. 그런 점에서 1부의 최치수 살인 사건은 이야기 전개에 있어서 중요한 의미를 지닌다.

2) 제2부

2부의 중요한 내용은 간도로 이주한 최서희 일가의 모습과 간도·연해주 일대의 독립운동가들의 삶 그리고 동학 잔당들의 이야기가 중심을 이룬다. 1부에서 주로 최서희 집안의 이야기를 다루었다면, 2부에서는 최서희뿐만 아니라 독립운동가 이야기가 한 축을 이룬다. 그리고 동학은 갈라져 일파는 교세 확장과 친일 변절로 이어지고, 다른 일파는 동학 잔당들이 산발적으로 의병 활동을 하는 것으로 나뉜다. 소설의 공간적 배경이 하동에서 만주로 옮겨간 것은 단순한 공간뿐만 아니라 이야기의 주제가 개인적인 것에서 사회적인 것으로 확장됨으로써 인식의 확장을 의미하는 것이라고 볼 수 있다.

서희는 할머니 윤씨 부인이 자신을 위해 숨겨 놓았던 금은덩이를 가지고 만주로 가서 곡물 매점매석과 토지 투자를 통해 대상이 된다. 함께 간 농민들에게 다소간의 도움을 주기도 하지만 그들 자력으로 생활한다. 최서희는 양반임에도 불구하고 사농공상의 맨 바닥에 있는 상업에 종사하며 철저하게 자본주의적 사고를 지닌 사업가로 성장하고 만주에서의 사업을 위해 친일도 마다하지 않는다. 또한 길상과 혼인을 하기 위해 하동에서부터 함께 간 김훈장·이상현과 갈등하고 독립운동을 위해 먼저 와 있던 이동진과도 신분 차이를 넘어선 결혼에 대한 의견 차이를 보인다. 그러나 반대를 무릅쓰고 길상과 혼인한다. 길상은 서희에게 이성으로서의 충만한 사랑이라기보다 인간적 연민을 가지고 있다고 느낀다. 서희는 고향에 돌아가리라는 의지를 담아 장남의 이름을 환국이라 짓는다. 그리고 3부 9권에서 서희는 급기야 진주로 귀향해서는 김길상을 최길상으로, 최서희는 김서희로 호적을 고친다. 환국이는 최환국이 되고 윤국이는 최윤국이 된다. 21세기인 요즘에도 모계 성을 따르려면 추가적인 절차가 필요하고 그 밖에는 자연스럽게 부계 성을 따르는데, 호적까지 고쳐 최씨 가문을 보존하려는 최서희의 집착이 대단하다고 여겨졌다.

그 후 서희는 공노인을 통해 자신이 조준구에게 빼앗겼던 하동의 집과 재산을 되찾아 목적을 달성하고 고향집이 아닌 진주로 돌아간다. 최서희가 그토록 지키려고 한 것은 최씨 가문일까, 양반 신분일까, 재산일까 아니면 그 모든 것이었을까 최서희를 통해 작가는 무얼 말하고자 했을까.

그리고 2부에서 작가는 많은 지면을 할애하여 삼도천, 귀마동, 관음상 등 불교에 대해 이야기한다. 서희를 통해 현실의 세계관을 보여준다면, 길상을 통해서는 인간 본성에 대해 고민하는 모습을 보여주려 한 것은 아닐까.

2부에서는 하동에 살던 살인 죄인 김평산의 아들 김거복이 밀정 김두수가 되어 나타난다. 그가 국가에 대해 말하는 장면이 있는데, 친일파 중에서도 가장 비열한 밀정이 된 그가 변명을 늘어놓는다. 본문을 통해 확인해보자.

홍! 의병장? 독립운동? 개나발 같은 소리 작작해. 왜놈이 임금이건 조선놈이 임금이건 나한테 무슨 상관이야? 어느 놈이 잘 살든 못 살든 내 알 바 아니고 내가 근심할 일은 내 일신 하나뿐이야. 언제 어떤 놈이 나를 대신해주었더란 말인가? 천대와 구박… 천대와 구박, 내가 받은 건 그것밖에 없었다. 나라가 망했다고 울어? 우는 눈구멍에 오줌을 깔기지. 나라가 뭐야? 망해라! 망해! 살인 죄인의 자식인 이 김두수, 조선 백성 되길 버얼써, 십여 년 전에 사양해온 터라. 개돼지 취급이라도 조선 만세를 부를까? 조선 백성? 발붙일 곳이 없어도 내 나라 내 강산이라며 울까? 의병장? 독립투사? 여부가 있나. 주렁주렁 한 줄에 엮어서 그 절개 높은 상판에다 똥칠을 할 테다! 난 대일본제국의 주구요 역적이요 대악당 김두수란 말이야. (중략) 우국 열사라는 놈들이 목숨을 걸었으면 나도 목숨을 걸었다. 걸었어! (5권 124쪽)

우리가 반일하고 독립운동을 하는 인물들에 대해서는 많은 관심을 가지고 있으나, 친일파들에게는 그 변명의 기회를 준 적이 별로 없는 것 같다. 그런데 친일파 중에서도 동족 등 뒤에서 칼을 꽂는 비열한 밀정에게 그 이유를 물으니, 도대체 국가로부터 구박과 천대밖에 받은 게 없는데 왜 국가를 위해 울어야 하냐고 반문한다. 개인에게 국가란 무엇인가? 정말로 내 나라에서 개돼지 취급을 받고 내 나라에 발 붙일 곳 하나 없는 그런 처지라면, 그런 사람에게 국가에 대한 충성을 강요할 수 있을까? 당위론적인 애국 애족이 아니라 진정한 국가의 역할이 무엇인지 한 번쯤 생각해볼 가치가 있는 대목이다. 그럼에도 불구하고 수많은 독립운동가들은 힘 없고 받은 것 없는 조국을 찾겠다고 평생을 바친 걸 생각하면 가슴 한 편이 싸하게 아려온다.

그리고 2부에서는 무당 딸이라는 이유로 용이와 사랑을 이루지 못하고 평생을 뒤에서 지켜봐야만 했던 월선이가 죽는다. 월선이는 용정에서 용이와 임이네 사이에서 태어난 홍이를 친자식처럼 키우며 용이에 대한 사랑을 홍이에게 베푼다. 병을 얻어 죽어가는 순간까지 산판에 벌목 일하러 간 용이를 기다렸다가 용이가 돌아와 서로의 사랑을 확인하고 눈을 감는다. 살아서는 관습의 굴레 때문에 이루지 못했던 사랑을 죽는 순간에 보상받는다. 《토지》에서 가장 아름다운 사랑이 마무리되는 순간 중 하나였다.

2부에서 지리산 사나이들에 대한 이야기가 비중 있게 묘사되고 있어 동학에 대한 작가의 애정이 드러난다. 혜관과 윤도집의 대화를 통해 변질되어 가는 동학의 모습에 대하여 이야기하고 있고, 윤도집과 김환 등 지도자의 대화를 통해 동학의 미래 진로에 대해 고민하는 모습을 보여준다. 이용구와 같은 초기 지도자들이 변질하는 모습을 보여주고, 이름 없는 동학 잔당들의 의병 활동을 보여준다. 운봉 양재곤·김환·윤도집 등 지도부의 모습과 그 후배인 윤필구·송관수·지삼만 등 다양한 인물을 통해 동학에 대한 다양한 논의를 보여준다.

3)제3부

2004년 《토지》를 처음 읽었을 때 만주·러시아에서의 독립운동을 담은 3부에 대한 느낌은 신선함과 경이로움이었다. 소설을 통해 학교에서 배우지 못했던 우리 역사를 접한 놀라움, 부끄러움, 신선함이 혼재했다. 그리고 늦게나마 알게 되어서 다행이었다. 그러나 2020년 《토지》를 다시 읽었을 때의 느낌은 무력함이었다. 당시 암울했던 시대 묘사 때문이기도 했지만 전 계층에 걸친 무력함이 나에게도 전이되어 읽기가 수월하지 않았다. 또한 당시 상황을 지식인들의 입을 통해서만 전달하는 것이 지루하게 느껴지기도 했다.

글을 읽는 것만으로도 이러한데 실제로 그 시대를 살았던 사람들의 삶은 얼마나 힘들었을까? 소설 속 인물들도 크게는 친일파와 반일파로 나눌 수 있고, 친일파도 나라를 팔아먹은 친일파 귀족들, 적극적으로 친일하는 인간들, 소극적으로 친일하는 인간들로 나누어 볼 수 있겠다. 반대로 반일하는 사람들도 계급을 초월하여 적극적으로 독립운동 하는 사람들, 입으로만 걱정하는 지식인들, 계급 타파를 통해 인간다움을 찾으려는 사람들, 먹고 사는 게 힘들어서 어떤 역사의식도 지닐 틈 없이 하루하루 연명하는 사람들로 나눌 수 있겠다. 만약 그 시대에 살았다면 나는 어떤 삶을 선택했을까.

3부에서는 최서희 가족의 이야기 비중이 많이 줄고 동학 잔당과 식민지 지식인들의 이야기가 중심을 이룬다. 또한 용이·

임이네·김환 등 부모 세대가 죽음으로써 이야기가 자연스럽게 다음 세대로 넘어가 1, 2부와 연결되어 전개된다.

그리고 3부에는 소설가 이상현의 입을 통해 작가의 역할과 정치 중립적인 태도에 대한 의견을 피력하는 장면이 있다. 저자의 생각이 들어 있을지도 모른다. 본문을 통해 확인해보자.

지가 무슨 성자라고 설교야. 예술은 예술일 뿐 누구를 지도하고 계몽하는 따위, 그건 구역질나게 불순한 거란 말이야. 그럴 양이면 문학 따위 집어치우고 운동으로 나가는 게야. 엄격히 말해서 문학이란 어느 면에 서서도 안 된다. 그게 내 지론이야. 오늘 이 시점에서는 비겁자로 몰아붙일 테지만, 비겁자라는 말에도 불사하고 자신의 문학관을 지키고 나가는 거야말로 진정한 예술가라 할 수 있지. 비겁자 소리 듣는 것 두려워하고 설교 따위, 왜놈에게 안 잡혀갈 정도의 저항문학을 하면서 젊은 치들의 갈채를 기대하는 그따위야말로 비겁자와 위선자 아니겠느냐 나는 그렇게 생각하네. (10권 296쪽)

3부에서도 작가의 동학에 대한 관심과 애정은 계속 이어진다. 교세 확장을 통해 힘을 키우기 위해 낮에 활동하자는 윤도집과 의병 활동 등을 위해 밤에 활동하자는 김환의 의견이 계속 대립한다. 그러는 와중에 지삼만 같은 인물은 동지들과 연대를 통해 독립을 쟁취하기보다 자기 자신이 돋보이고 영웅이 되기 위하여 반일 사상과 동학 교리를 적당히 혼합하여 청일교라는 사이비 종교를 만들어 혹세무민한다. 그러는 중에도 절개를 굽히지 않는 의병 활동이 산발적이나마 이루어져 희망을 놓지 않는다. 그러나 윤도집과 김환의 죽음 이후 동학의 미래는 점점 어두워진다.

3부에서는 용이·임이네·김환 등 《토지》의 1세대 등장인물들의 죽음을 통해 인연 또는 악연의 굴레를 벗는다.

용이는 자신이 죽음으로 월선이·강청댁·임이네와의 현생에서의 질긴 인연을 매듭짓는다. 특히 임이네의 죽음은 용이뿐만 아니라 아들인 홍이에게도 갈등과 번뇌를 안겨준 질긴 육친의 굴레를 벗어나게 해준다.

그리고 김환의 죽음을 통해서 최치수·별당아씨·윤씨 부인 등 최참판댁과의 길고 긴 악연의 고리가 끊어진다. 서희는 비로소 악연의 고리에서 풀려나 자유의 몸이 된다.

4) 제4부

《토지》 4부는 1~3부와는 이야기의 연결성이 별로 없어서 별개의 소설 같다는 느낌이 들었다. 최서희 가족의 이야기보다는 서울 중심의 지식인들 이야기 그리고 새로운 등장인물들과 그들의 이야기를 중심으로 전개된다. 3부에 이어 국내와 간도·연해주에서의 식민지하 독립운동 활동이 주로 묘사되고 있다. 홍이의 이야기가 1~3부와의 연결고리 역할을 한다.

4부에서는 조선과 일본의 국민성, 문화, 사상에 대하여 비교 설명하는 부분이 자주 나오는데, 이야기 속에서 자연스럽게 녹아 있기보다는 대화가 나열식으로 이루어져 있어서 중언부언하는 느낌이 들고 지루하게 느껴졌다. 특히 15권 9장 〈남쪽 겨울 밤바다〉(15권 101~133쪽)에서는 오가다와 유인실 두 사람의 대화 형식으로 조선과 일본의 문화에 대해서 비교하는데, 그 양이 방대하고 마치 강연처럼 전개되어 매우 지루하게 느껴지고 소설의 재미적인 측면이 반감되었다. 물론 식민지 조선인 여자와 압제 국가의 일본인 남자라는 특수성이 있지만 연인 사이의 대화라고 하기에는 대화의 양이나 내용이 자연스럽지 못하다는 생각이다. 작가가 조선의 사상과 문화의 우월함을 말하려는 뜻은 알겠으나 과유불급이라는 생각이다.

그리고 이어지는 15권 10장 〈자기기만의 의적〉(134~174쪽)에서는 일본인 오가다와 조선 귀족 조찬하가 일본 천황제에 대하여 대화를 나눈다. 조찬하는 아버지가 왕실과 친척 간이어서 받은 귀족 작위를 거절하지 못하고 친일파로 사는 것에 대해 자학한다. 조찬하는 일본 여자와 결혼하여 자녀를 낳고 살고 있는 조선 귀족이고, 오가다는 사학을 전공하고 관동 대지진 때 조선인을 구한 뒤 유인실과 연인이 된 일본인이다. 둘 다 자신의 뿌리와 반대되는 적을 사랑하며 부유하는 이방인들이다. 이들의 대화도 마찬가지로 일본 천황제의 부당함을 필요 이상으로 길게 설명하고 있어 지루하게 느껴졌다. 소설이란 기본적으로 이야기다. 이야기 속에 자연스럽게 역사나 이론이 녹아 있는 것은 수용할 수 있지만 일방적으로 가르치는 듯한 서술은 소설의 매력을 떨어뜨린다.

소설 속에서 작가는 조찬하를 고뇌하는 인물로 그리고 있다. 조찬하는 조선인이고 부모가 왕실과 친척 관계로 귀족 작위를 받고 일본 여성과 결혼하여 자녀를 낳고 살고 있는, 문화적 식견이 높은 사람이다. 오가다는 일본인이고 대학에서 사학을 전공했으며 관동 대지진 때 조선인을 구하고 조선인 유학생 유인실을 사랑하는, 코스모폴리탄을 지향하는 사람이다. 조찬하는 오가다와 많은 교류를 하며 자신의 처지를 비관하고 자학하기도 한다. 그러나 일본의 압제하에 대다수 동포들이 하루하루의 생계를 걱정하며 살고 있고, 스스로는 팔아먹은 적도 없는 나라를 찾겠다고 풍찬노숙 독립운동을 할 때, 안락하고 따뜻한 집안에서 친일파 아닌 친일파가 되어버린 자신의 처지를 비관하는 조찬하는 자신이 말했듯 '세끼 밥 먹고 할 일 없는 돼지'일 뿐이다. 형인 조용하보다 덜 권력적이라는 이유로 조찬하를 온정적으로 표현하는 것에는 동의하기 어렵다. 그는 그냥 안락한 친일 귀족의 길을 걸었던 한 사람일 뿐, 미화의 대상은 아니라고 생각한다.

작가는 《토지》 전체에 걸쳐 동학 후예들에 관한 이야기를 묘사함으로써 그들에 대한 애정을 표현한다. 4부의 시대적 배경은 동학이 이미 쇠퇴한 1930년대임에도 남아 있는 동학 후예들에 대한 이야기를 계속 이어나간다. 선대 동학 지도자에 이어 동학의 후예 중 지도자급이라 할 수 있는 송관수·손태산·윤필구에 대한 묘사가 이어진다. 그리고 서희는 감옥에 있는 길상이가 출소를 앞두고 또 만주로 가 버릴까 봐 가까이에 두고자 하는 바람으로, 장연학을 통해 비밀리에 동학 잔당들에게 오백 섬지기의 토지를 내놓겠다고 한다. 새로운 토지의 수용을 놓고 동학 후예들의 논의가 이루어진다. 그 옛날에도 윤씨 부인이 김환을 위해 우관선사를 통해 오백 섬지기의 땅을 내놓은 것이, 길 노인을 통해서 관리되고 동학 잔당에게 흘러 들어갔다. 시간이 흘러 만주에서 자본 축적을 위해 친일도 마다 않던 최서희가 남편을 가까이 두고자 거금을 내놓은 것이다. 서희는 결혼 후 독립운동에 뜻이 있는 길상을 주저앉히지 못한다. 그리고 길상이 감옥에 있는 동안 길상에 대한 자신의 사랑을 확인한다. 서희가 길상이와 결혼 후 의식이 변모한 것인지, 아니면 남편을 또다시 만주로 보내기 싫어서 국내를 거점으로 동학 잔당과 연계를 만들기 위함인지 그 이유가 모호하기는 하지만, 이유 여하를 떠나 윤씨 부인과 서희의 대를 이은 땅 기부가 그들에게 도움이 되었길 바래본다.

4부에서는 아버지의 악업의 굴레를 벗기 위해 지난한 노력 끝에 마침내 자각하는 인간으로 재탄생한 한복이를 통해 희망을 보여준다.

평생을 살인 죄인의 아들이라는 멍에를 안고 살아온 한복이는 일본의 밀정이 된 김두수의 위치를 역이용하려는 관수에 의해 군자금을 만주로 가져가는 일을 수행하게 된다. 한복이는 용정에서 길상을 만나 길상으로부터 이제 아버지의 굴레에서 벗어나 네 자신의 인생을 찾으라는 조언을 듣는다. 거지꼴로 함안 외가에서 평사리까지 걸어와 고향과 어머니의 산소를 찾던 어린 방랑자에서 마을에 정착하여 살게 되기까지 한복이는 수많은 번뇌와 갈등, 멸시를 그의 성실함으로 이겨낸다. 아버지의 악업을 어머니는 죽음으로 갚으려 했고, 한복이는 성실함으로 극복하려 하였다. 거기에 한복의 아들 영호가 광주 학생운동의 여파로 전국에 불어닥친 학생운동에 진주농고 학생 신분으로 참여하였다가 투옥되자 마을 사람들은 영호를 영웅시하고 한복이를 환대한다.

어머니의 죽음, 자신의 성실함, 아들 영호의 학생운동 참여로 한복은 진정으로 마을 사람들과 화해하고 그 일원으로 받아들여진다. 또한 자기 인생을 찾으라는 조언의 의미를 되새기며 새로운 인간으로 탄생한 한복은 자신의 남은 생을 애국자로 살다 갈 것을 다짐한다.

5) 제5부

5부에서는 소목장이로서 정성을 다한 육신의 노동으로 기존의 허물을 벗고 새로운 존재로 탄생한 조병수를 통해 새로운 세상으로 나가는 희망을 제시한다.

조병수는 조준구의 아들로 양반이지만 곱사등이 장애인으로 태어나 부모로부터 사랑받지 못한다. 하동에서 어릴 적 서희를 몰래 사모하기도 하였으나, 조준구 내외가 자신을 서희와 혼인시켜 서희의 재산을 차지하려 하자 부모를 만류한다. 이후 다른 양반가 여자와 결혼하여 서희의 하동 집에 머물기도 하지만 통영으로 거처를 옮긴다. 통영에서 소목장이가 되어 제자를 키워내며 평온한 삶을 살아가던 중 말년의 조준구가 찾아오고, 병수는 이후 중풍에 걸리는 조준구의 병수발을 들며 그의 마지막을 지킨다.

소목장이가 된 조병수는 육신으로 행하는 정성스러운 작업을 통해 사물과 인연을 맺고 떠나보내는 과정에서 새로운 인간으로 태어난다. 또한 이 과정은 부모의 악업을 갚아 나가는 행위이기도 하다.

독립운동으로 감옥 생활을 마치고 나온 길상은 어릴 적부터 마음에 담아 왔던 관음탱화를 그려 완성하는 또 다른 면모를 보인다. 관음탱화를 바라보던 병수는 길상과 자신의 외로운 영혼이 만나 서로 위로하고 위로받는 체험을 한다. 그 경험으로 새로운 인연이 맺어지는 것을 느끼고 그 인연을 통해 새로운 세상으로 나아갈 힘을 얻는다. 본문을 통해 확인해보자.

일을 하나 마치고 나면 왜 그리 허기가 드는지요. 밥을 먹어도 허기
는 가시질 않고, 알 수 없는 허기, 속이 텅 비어서 껍데기만 남은 것 같
아서 말할 수 없이 쓸쓸해집니다. (중략) 일을 다 끝낸 뒤 다 된 것을 바
라보고 있노라면 과연 내가 한 일일까? 의심이 들지요. 정말 저걸 내가
만들었는가. 일한 시간은 간 데 없고 흔적도 없는데 물건이 하나 내 눈
앞에 있다는 것이 여간 신기하지가 않소. 내 손은 연장에 불과한데 무엇
이 나로 하여금 만들게 하는가. 생각이야 늘 하는 거지만 그것이 어떻게
물건으로 나타날 수 있는가. (중략) 병수는 한 칸 일방과 한 칸 서재에
서 망망한 세계를 주유한다고 지감은 생각한 적이 있었다.

(17권 277~278쪽)

그런데 어떤 사람은, 이것도 어떤 쟁이받이의 얘긴데, 큰일을 하나 끝
내고 나면 설움이 왈칵 솟는다 하더이다. 왜 그럴까요? 글쎄올시다…
인연이 끊어지니까 그런 것 아닐까 싶은데… 무슨 인연? 물(物)과의 인
연 말입니다. 정성을 다할 때 그것은 하나의 인연이오. (21권 92쪽)

불구자가 아니었다면 나는 꽃을 찾아 날아다니는 나비같이 살았을
것입니다. 화려한 날개를 뽐내고 꿀의 단맛에 취했을 것이며 세속적인
거짓과 허무를 모르고 살았을 것입니다. 내 이 불구의 몸은 나를 겸손하
게 했고 겉보다 속을 그리워하게 했지요. 모든 것과 더불어 살고 싶었습

니다. 그러나 결국 나는 물과 더불어 살게 되었고 그리움 슬픔 기쁨까지 그 나뭇결에 위탁한 셈이지요. 그러고 보면 내 시간이 그리 허술했다 할 수 없고 허허헛헛… 내 자랑이 지나쳤습니까? (21권 93쪽)

병수는 선 자리에서 주저앉고 말았다. 최서희의 모습이 안개같이 떠도는 것 같았지만 그러나 다만 그것은 아름답고 유현한 관음보살이었을 뿐이다. 머나먼 곳에서 비쳐오는 빛과도 같이, 구원과도 같이 아름다운 관음보살. 깊이 모를 슬픔이며 환희 같기도 했다. 그러나 어느덧 경이로움과 감동은 떠나갔다. 대신 길상의 외로움이 가을밤처럼 숙연하게 묻어오는 것을 느낀다. 그것은 이상하게도 병수의 마음을 편안하게 해준다. 자신의 외로움과 동질적인 길상의 외로움이 겹쳐지면서 외롭지 않다는 묘한 느낌이었던 것이다. 영혼과 영혼이 서로 닿아서 느껴지는 충일감 같은 것이기도 했다. (21권 96쪽)

병수는 겨우 몸을 일으켰다. 관음탱화를 바라본다. 그의 얼굴에는 미소가 떠올랐다. 길상 형, 고맙소. 사람의 가장 아름다운 영혼이 다가와서 병수의 손을 굳게 잡는 것 같았다. 그것은 길상의 손이었고 관음탱화는 길상의 그 영혼의 세계였다. 그리고 그의 소망의 세계였다. 법당에서 물러난 병수의 얼굴은 밝았고 희열에 차 있었다. (21권 104쪽)

5부에서는 서희를 짝사랑했던 박 의사의 죽음, 이상현과 봉순이 사이에서 태어난 양현이와 송영광의 사랑 이야기, 양현이를 누이가 아닌 이성으로 사랑한 최윤국 등 남녀 간의 사랑 이야기가 한 축을 이루고 있다.

사랑은 어느 시대, 어떤 상황 속에서도 포기할 수 없는 인간의 고유한 속성이 아닐까 한다. 그러나 사랑의 화살은 상대에게 마음먹은 대로 올바르게 가 닿지 않거나 빗겨가면서 안타까움을 주기도 한다. 《토지》 전체에 걸쳐 등장한 남녀 간의 사랑을 살펴보고자 한다.

• 용이와 월선이

용이는 첫사랑인 월선이를 사랑하지만 무당 딸이라는 신분상의 이유로 둘의 혼인은 이루어지지 않는다. 그러나 용이는 평생에 걸쳐 월선이를 사랑했고 월선이 또한 한 발짝 뒤에서 언제나 용이를 사랑했다. 제도와 관습에 얽힌 현실에서는 이루어지지 않았지만, 병에 걸린 월선이는 용이가 산판 일을 마치고 올 때까지 기다려 용이의 품에 안겨 죽음으로써 완성되는 그들의 사랑은 《토지》 전체에서 가장 순수하고 아름다운 사랑이라고 생각한다.

• 강포수와 귀녀

노비라는 신분에서 벗어나고 싶은 욕망이 강했던 귀녀는 상전인 최치수 살인 모의를 하여 잘못된 방식으로 자신의 욕망을 실현하고자 했던 인물로, 결국 감옥에서 아이를 낳고 죽는다. 그러나 살인 음모를 모르는 강포수는 귀녀와 하룻밤을 보내고 귀녀를 진심으로 사랑한다. 신분 상승 욕구가 강한 귀녀의 눈에 강포수가 들어올 리 만무하다. 그러나 임신한 귀녀는 감옥에 갇혀 갖은 포악을 떨지만, 강포수는 지극정성으로 귀녀를 위하고 사랑을 베푼다. 귀녀도 결국에는 강포수의 진심을 받아들이고 죽음을 맞이한다. 강포수는 아들을 강두메라 이름 짓고 지극정성으로 키우고 만주로 가서 교육을 맡긴다. 그러나 자신의 존재가 두메에게 그 어미의 일을 들추어 내어 앞날에 방해가 될까봐 사고로 위장해 스스로 목숨을 끊는다. 귀녀와 두메를 향한 강포수 순수한 사랑에 감탄하지 않을 수 없다.

• 길상이와 서희

오랜 기간 하인과 상전의 관계로 지내다 용정으로 이주한 후 부부의 연을 맺는다. 길상은 서희의 곁에서 그를 보호하는 역할을 하였지만 여자로 서희를 사랑했는지는 모르겠다. 그러나 천애고아인 서희는 갈등하면서도 길상을 인간적으로 사업적으로 많이 의지하며 사랑한다. 신분의 차이를 넘어서는 결혼을 한 이후에는 길상에게 심적으로도 많이 의지한다. 결혼 생활 중에도 항상 외로움과 번민을 느끼는 길상이 서희를 연민과 동정으로 바라보았다면, 서희는 길상을 진심으로 사랑했다. 길상의 충만한 사랑을 받지 못한 서희가 조금은 애처롭다.

• 길상이, 이상현, 석이와 기화(봉순이)

어릴 적 봉순이는 기생 기화가 된다. 이상현과의 사이에서 딸 양현이를 낳지만, 이상현은 양현의 존재도 모르고 있다가 후에 서희에 의해 입적시킨다. 상현은 한때 기화를 사랑했지만 독립 운동가인 아버지 이동진과 비교해 그에 못 미치는 자신을 자책하고, 하인이었던 길상이가 서희와 결혼하고 독립운동가가 된 것에 대한 패배의식과 열등감으로 긴 시간 방황한다. 자기연민에 빠져 누구를 챙길 여력이 없는 사람으로 사랑에도 무책임하다.

기화의 도움으로 찢어지게 가난한 물지게꾼에서 학교 선생이 된 석이는 기화보다 어리지만 인정 넘치는 성격에 반해 기화를 사랑하게 되고 오랜 시간 마음속에 담아두지만 인연은 맺지 못한다. 그러나 후에 기화를 빌미로 포악한 그의 아내와 사이가 벌어진다.

어릴 적 봉순이는 길상이를 사랑했으나 길상이가 서희와 결혼하자 마음을 접는다. 그 이후 상현을 사랑하게 되지만, 상현에게 사랑받지 못하고 몰래 양현이를 낳고 숨어 살며 아편쟁이가 된다. 서희가 기화를 찾아내 보살핌을 받고 지내던 중 기화는 섬진강에 몸을 던져 자살한다. 석이에게 사랑을 받지만 그 사랑은 받아들이지 않는다. 한편 만주의 떠돌이 독립군 주갑이도 그녀를 사모했다. 봉순이가 사랑한 사람과 봉순이를 사랑한 사람은 엇갈림 속에서 만나지 못한다.

• 송영광, 최윤국과 양현이

송영광은 보부상의 아들로 태어나 백정의 사위가 된 송관수의 아들이다. 잘생긴 외모와 똑똑한 두뇌를 지녔다. 고등학교 시절 강혜숙을 사랑하였으나 백정 자식이라는 이유로 그 집안으로부터 모욕을 당하고 퇴학당한다. 자신의 출신에 대한 원망과 열등감으로 괴로워하다 일본으로 건너가 노동자 생활을 하고 깡패 조직에 몸담았다 다리 불구가 된다. 이후 트럼펫 주자가 되어 전국을 떠돈다. 환국이를 만나러 갔다가 양현이를 보고 첫눈에 사랑에 빠지지만 새로운 신분 차이와 허무를 이기지 못해 만주로 떠난다. 이후 양현이 양반 이상현과 기생 기화의 딸이라는 출생의 비밀을 알고 동병상련의 아픔과 함께 더욱 사랑을 느낀다. 양현은 영광에게 "기생 딸하고 백정의 아들, 다를 게 뭐 있지요? 우리는 사람이지 않나요?" 하며 사랑을 고백한다. 영광과 양현은 서로를 진실로 사랑한다.

윤국이는 최서희의 둘째 아들로, 봉순이가 죽고 난 후 서희가 양현이를 친딸처럼 키우면서 양현이와 친오누이처럼 자라지만 양현이에게 이성으로서의 사랑을 느낀다. 그러나 양현은 윤국을 오빠로 생각하고 이성으로는 사랑하지 않는다. 서희는 윤국이가 양현이를 사랑하는 것을 알고는 고민 끝에 양현이를 상현에게 입적시키면서까지 윤국과 양현을 결혼시키는 데 집착을 보인다. 그 일로 길상과 양현이의 반대에 부딪혀 갈등한다. 의사가 된 양현은 서희를 떠나 인천의 개인 병원에서 지낸다. 이후 인천에 찾아온 서희와 화해하고 평사리에서 함께 해방을 맞이한다.

《토지》 이슈별 검토

박경리 작가는 소설 전반에 걸쳐 동학 농민 운동의 후예들이나 형평사 운동 등으로 고통받는 대중에 대한 관심과 애정을 지속적으로 표명한다. 저자는 작중 인물의 사실적인 묘사를 즐겨하고 때로 사실적 묘사를 뛰어넘어 표현하는 경우도 많다. 그러나 그와 별개로 작가의 계급 의식에 의문을 갖게 하는 장면도 많았는데, 이슈별 검토를 통해 살펴보고자 한다.

1) 작가의 계급 의식에 대한 의문

《토지》의 시작점은 1897년 가을이다. 1894년 7월부터 1896년 2월까지 실시된 갑오개혁으로 공사노비 제도 폐지를 중심으로 한 신분제가 철폐되고 조혼 금지, 과부의 재가 허용 등이 이루어졌다. 그리고 1894년 동학 농민 운동에서도 노비 문서 소각, 7종의 천인 차별 개선, 청상과부의 개가 허용 등이 주장되었다. 그러나 소설 속 사람들의 실생활에서는 여전히 신분제 사회의 관습이 이어진다.

작가는 소설 속 많은 인물이 등장하는 가운데 신분제 사회 질서에 순응하는 사람은 대체적으로 유순하고 긍정적으로 묘사하고, 개인적이든 사회적이든 욕망을 지닌 인물에 대해서는 부정적으로 묘사하는 경향이 있는 듯하다. 다양한 인물들에 특성을 부여한 것으로 이해하고 넘어갈 수도 있지만, 공통적으로 드러나는 속성인 것 같아 작가의 계급 의식에 기인한 것이 아닌가 하는 의문을 갖게 되었다. 참고로 저자는 1926년생으로 1896년 갑오개혁으로부터 꼭 30년, 한 세대 이후에 태어났다.

• 귀녀와 삼수의 신분 상승 욕구는 잘못된 것인가?

최참판댁 하인 중 귀녀와 삼수를 제외하고는 대부분 상전에 대해 순종적이다. 간난할멈·김판술·김서방댁·삼월이 등 순종적인 노비들은 비교적 긍정적으로 묘사되고, 귀녀와 삼수는 상대적으로 부정적으로 묘사된다. 귀녀는 최치수 살인에 가담한 인물로서 잘못된 방법으로 자신의 신분 상승 욕구를 실현하려고 한 인물로 감옥에서 죽는다. 삼수는 자신의 할아버지로 인해 최치수의 부친이 죽은 일로 천덕꾸러기로 자란다. 조준구가 득세하자 그의 하수인 노릇으로 마을 사람들에게 온갖 세도를 부리고, 마을의 여인을 겁탈하는 등 악행을 저지르며 최참판댁에 복수하고 신분 상승하려는 욕망을 가진다. 대흉년으로 마을 사람들이 최참판댁을 습격하였을 때 대문을 열어주고 조준구가 숨은 곳을 발설하지 않고 살려준 대가로 자기 몫을 챙기는 기회주의적인 인물이다. 그의 이중성을 알아본 조준구가 그를 왜병에게 넘겨 죽는다. 귀녀와 삼수의 행동은 야비하고 탐욕스러우며 비난받아 마땅하다. 그러나 그들의 행동과 욕구를 분리해서 본다면, 귀녀와 삼수의 행동이 잘못된 것이지 그들의 신분 상승 욕구를 부정적으로만 볼 수 있을까? 노비는 자기 인생에 대한 자각과 욕망을 가지면 안 되는가? 노비로 태어났으니 상전이 주는 밥 먹고 죽도록 일만 하다가 죽어야 하는가? 고민이 생기는 지점이다.

• 평사리 농민들은 최참판댁 땅을 소작하는 사람들이 많아서인지 최참판댁과 자연스러운 주종 관계를 형성하고 있다. 대부분 최참판댁을 상전으로 모시고 순종적이다. 평민들의 삶의 묘사에 있어서도 주종 관계를 인정하는 사람들은 대체적으로 긍정적으로 묘사된다. 대표적으로 용이는 최치수와 어릴 적 동무이면서도 엄격한 주종 관계를 따른다. 마음속에 자신의 생각이 있어도 겉으로는 드러내지 않는다. 용이는 작품 전체에서 가장 이상적인 사람으로 묘사된다. 농민으로서 자기 일에 충실하고 나름의 정의감이 있으나 자기 위치를 알고 절대 선을 넘지 않는다. 당시의 신분 계급을 인정하고 있기 때문에 긍정적으로 묘사한 것 아닐까 한다.

그러나 다른 평민들의 삶의 묘사는 좀 다르다. 일부 사람들의 삶은 좀 지나치다 싶을 정도로 극악스럽게 묘사되고 있다. 막딸네가 자기 집 호박이 없어진 것을 알고는 온 마을이 알게끔 소란을 피운다. 그러면서 그동안 있었던 계란이며 콩·가지 등 소소하게 도둑맞은 이야기까지 꺼낸다. 모두 먹고 살기 힘든 시절이었다고 해도 그깟 호박 하나에 그렇게 악다구니를 쓰는 것으로 묘사를 할 필요가 있었을까? 인물의 특성과 팍팍한 삶을 절실하게 표현한 것이라고 생각되지만, 저자의 대중에 대한 인식이 궁금해지는 부분이다.

임이네 식구들의 식탐을 표현한 부분은 그 정점이다. 물론 칠성이가 최치수 살인에 가담한 인물이고, 임이네가 생활력과 건강함이 있는 동시에 색정과 식탐과 욕망이 넘치는 복합적인 인물인 것을 감안하더라도 칠성이·임이네·임이·아들 네 식구의 떡 먹는 장면을 걸신들린 아귀 집단처럼 묘사하고 있다. 특히 어린 아이들까지 탐욕스럽게 묘사한 부분에서는 사실적 묘사를 넘어 슬픔이 느껴졌다. 이들 가족 묘사에서 '가난한 삶에는 모성도 혈육의 정도 없는가' 하는 회의가 들 정도였다. 사실적 묘사로 받아들이기에는 석연치 않은 느낌이 계속 남아서 고민스러웠다. 가난한 사람만 모성이 없는가? 한편으로 생각해보면, 별당 아씨는 부러울 것 없는 양반댁 며느리임에도 어린 서희를 버리고 사랑을 쫓아 구천이를 따라나서지 않았던가? 본문으로 확인해보자.

임이네 가족 묘사

빌어묵을 놈의 새끼, 배도 안 고플 긴데 저 지랄을 하네. 마루끝에 가서 걸터앉은 임이네는 치마 말기를 내린다. 연방 흐느끼며 무릎 위에 기어오른 아이는 젖꼭지에 달라붙는다. 일은 많고 새끼한테 뜯기고 정말 못살겠네. 누가 많이 내질리라 카더나. 칠성이 싹뚝 한마디했다. 나 혼자 맨든 자식이오? 아이는 꺼이꺼이 가쁜 숨을 쉬며 젖을 넘긴다. (중략) 아 아얏! 임이네는 어린것의 **뺨**을 찰싹 친다. 잠이 깜빡깜빡 들려던 어린것이 젖꼭지를 놓치지 않으려고 물었던 모양이다. 빌어묵을! 우는 아이를 냅다 밀어 던진다. 자식이고 뭐고 다 귀찮다. 울든지 말든지 배애지가 불렀이믄 처자**빠져** 자라! 젖꼭지만 물리고 있으믄 일은 지리산 중놈이 해줄 것까! 선잠을 깬 아이는 울면서 더욱더 기어오른다. 이런 기이 다 애물이지, 애물. (2권 51~53쪽)

옴마아, 떡! 임이가 또 말했다. 떡 떡 하는데 무신 떡고? 아아, 아까 두만네 집에서 두만 할매 생신이라꼬 떡을 가지고 왔더마요. (중략) 새끼들이 떡 돌라고 우찌 지랄을 하던지. 했으나 칠성이는 먼저 주지 그랬느냐는 말은 하지 않는다. 말없이 돼지처럼 먹는다. 아이들은 급하게 먹다가 목이 메어 숨을 모아 쉬고 눈물까지 글썽였으나 먹는 것만은 멈추지 않았다. 임이네 역시 콧물을 닦아가며 부지런히 씹어 삼킨다. 네 식구 먹을 만큼 보내온 떡을 제가끔 흉년 만난 들쥐처럼, 굶주린 이리 가족처럼 으르렁대기라도 할 듯이, 조금이라도 제 입에만 많이 넣으려고 경쟁이다. 아따! 아프느니 죽겠느니 하더마는 잘도 처묵는다. 뱃속에 섬을 찼나? (중략) 한동안 말이 끊어지고 네 식구 먹는 소리뿐이다. 떡이 있이믄 저녁밥은 그만둘 일이지. 간뎅이가 커서 살림 망해 묵기 십상이다. 칠성이 또 눈을 부릅떴다. 떡은 떡이고 밥은 밥이지. 뉘 앞에서

건중건중 악다구니고! 아가리 찢을라! 저녁 안 해놨이믄 또 처자빠져서 저녁 굶긴다고 알리베락할기믄서. (중략) 낯신 음식이 있이믄 독에 넣어두었다가 내일 다시 줄 생각은 않고 입에 맞는다고 배가 터지게 앉은 자리에서 처묵어 없앨라 카이. 흥, 엽전에 씨(구더기) 싫겄소, 그만두소! 안 묵을 긴께. 공연한 트집을 부리더니 칠성이는 떡 먹은 뒤 밥 한 그릇도 뚝딱 먹어치웠다. (중략) 빌어먹을 제집년, 어구로 처묵으믄서, 아프기는, 내일 아침에도 안 일어났다만 봐라, 방구들을 파부릴 기니.

(2권 116~118쪽)

• 소설 속에서 윤씨 부인은 요절한 남편의 명복을 빌러 지리산 천은사에 갔다가 휴양차 와 있던 김개주에게 겁탈을 당한다. 김개주는 천은사 우관스님의 동생이고, 나중에 동학 지도자 중의 한 사람으로 동학 혁명이 실패로 끝나자 처형당한다. 김개주에게 겁탈당해 낳은 아들이 구천이, 곧 김환이다. 구천이는 윤씨 부인을 찾아 최참판댁에 와서 그 집 노비로 일하다 최치수의 아내 별당아씨와 사랑하게 되어 둘은 도망친다. 별당아씨는 산에서 죽고 구천이는 방황한다. 후에 구천이는 정신을 차리고 동학 잔당의 지도자가 된다. 구천이가 평사리 사람들에게 몰매를 맞고 찾아든 춘매의 집에서 간병을 하던 춘매가 구천이에게 하는 말을 살펴보면, 동학 대장 김개주의 아들이므로 구천이도 대단한 사람이라고 말한다. 이것이 동학에 대한 민중들의 정서적 지지를 의미하는 것인지, 지도자의 아들이므로 그렇게 매를 맞

고도 불사신처럼 살아나는 게 당연하다는 말인지 혹은 왕후장
상의 씨가 따로 있다는 말인지? 작가의 계급 의식이 의심되는
부분이다. 본문으로 확인해보자.

> 정신이 좀 드는가배? 떴던 눈을 감아버린다. 어이구 시상에, 이리 맞
> 고도 심이 안 끊어졌어이, 하늘이 아는 자손 아닌가, 하모 그 어른이 냄
> 긴 흔적인데 그리 어수럭히 가기야 할라꼬. 춘매는 환이의 손을 잡고 손
> 등을 쓸어준다. (7권 50~51쪽)

• 앞서 대하소설을 읽는 즐거움 중 하나로 사투리 같은 우리
말의 아름다움을 느낄 수 있기 때문이라고 밝혔다. 《토지》의 지
리적 배경은 하동·용정·진주 등으로 평민들의 대화에 사투리
가 많이 등장해 책 읽는 즐거움을 높여준다. 그런데 최참판댁
양반들은 사투리를 쓰지 않는다. 왜일까? 말할 때도 구어체보
다는 문어체를 써서 그런가? 최치수 할머니가 서울 사람이어서
그런가? 윤씨 부인은 남원 사람이라고 하는데 왜 사투리를 쓰
지 않는지 의문이 들었다. 뒤에 비교해서 읽을 소설 《아리랑》
같은 경우 김제·군산 등이 배경으로 양반들도 사투리를 사용한
다. 《토지》의 경우 사투리를 사용하지 않음으로써 양반과 평민
을 구분하고 양반에게 권위를 부여하기 위해 사투리를 쓰지 않
도록 한 것은 아닐까 지나친 의심을 해본다.

2) 왜 평사리 사람들은 구천이를 집단 구타 했을까?

최서희 일행이 간도로 이주한 후 평사리에 남은 농민들은 조준구 일가의 행패와 일제의 토지 조사 사업, 토지 개혁에 따라 땅을 빼앗기고 일부는 소작마저 빼앗기는 등 삶이 어려워진다. 그때 마을 어귀 영산댁 주막에 구천이가 나타난다. 구천이를 알아본 마을 사람들은 대부분 자신과 상관없는 일이라며 돌아서지만, 봉기와 마당쇠 등 일부는 구천이를 집단 구타한다. 구천이는 자학하는 심정으로 매를 맞고 평사리를 떠난다. 영산댁이 말리지 않았으면 맞아 죽었을지도 모를 일이다.

그때 가장 앞장선 사람은 봉기라는 인물이다. 봉기는 평상시 자기 이익만을 중요시하며 속물적이고 약삭빠르게 자기 가족만 끔찍이 챙기는 그런 인물이다. 결코 공동체를 위하거나 정의감 있는 인물은 아니다. 그에 가담한 마당쇠 또한 본래 평사리 사람이 아니고 다른 마을에서 들어온 사람이다. 그런 사람들이 주축이 되어 구천이를 집단으로 구타한 이유는 뭘까.

그들은 최참판댁이 망했기 때문에 자신들이 어렵게 살고 있다고 생각한다. 그리고 최참판댁이 망한 최초의 이유는 종놈 구천이가 별당 아씨를 데리고 도망갔기 때문이라고 생각한다. 거기에 최치수가 죽고 괴질이 돌고 조준구가 최참판댁 재산을 가로챘기 때문이라고 생각한다. 그들은 자신이 최참판댁 일원이 아님에도 상전인 양반과 자신을 동일시한다. 물론 최참판댁 땅을 소작하는 주종 관계이기는 하다. 자신들의 팍팍한 삶의 원인을 남탓으로 돌릴 만한 희생양이 필요했는데, 그것이 마침 눈앞에 나타난 구천이었다고 생각한다. 먹고사는 문제의 원인을 자기 자신이나 사회 제도 등에서 찾지 못하고 그저 양반이나 지주 밑에서 소작이라도 지어서 먹고 살 수 있다면 괜찮은 삶이라고 생각하는 당대 인식으로 이해하려고 한다.

　구천이 집단 구타는 자각 없는 대중들의 집단 화풀이였다. 그리고 그중 누군가는 삼강오륜을 들먹이며 자신은 상놈이니 그 아래 있는 천민 종놈은 매질을 해도 된다고 말한다. 상민인 자신들도 양반으로부터 억압과 피해를 당해왔으면서도 그런 생각을 한 것이다. 또한 구천이가 감히 노비 주제에 양반댁 아씨마님을 차지하여 욕망을 실현한 것을 질투하는 것일지도 모른다. 상민이 천민보다 우월하다고 생각하는 것밖에는 내세울 것이 없는 불쌍한 인간들의 집단 화풀이와 질투가 집단 구타의 본질이라고 생각한다. 그들이 말하는 구천이를 구타해도 되는 이유이다. 본문을 통해 확인해보자.

　봉기는 나잇값을 하느라고 일장연설을 하고 있었다. 모두들 한분 생각해보는 기이 좋을 기구마. 와 우리가 오늘 이 지겡으로 살기가 답답해졌는지를. 그거는 날아가는 새 잡고 물어봐도 알 기구마. 그거는 으흠! 그거는 두말하믄 입 아플기고, 그거는 최참판댁이 망한 때문이다. 어째서 망했노! 할 것 같으믄, 아무아무 땜에 망했다 할 수도 있고, 자손이 끊깄이니께 할 수도 있고오, 괴정 땜에 그랬다 할 수도 있지마는, 그러나 그 시초는 구천이라, 머슴놈 구천이가 별당아씬가 하는 제집을 업고 달아나지만 안 했이믄 아무리 망했다 망했다 해도 이 지경까지는 안 됐을 기라. 이 동네가 아주 풍지박산이 된 것도 자초지종… 하는데 어디서 난데없이 그렇구마. 최참판네만 안 망했이믄 왜놈한테 땅을 팔았이까! 내가 순사놈한테 쫓기서 논골을 나오지도 않았을 기고오! (중략) 우리가 아무리 무식한 농사꾼이지마는 조상 대대로 지키온 기이 삼강오륜이라아. 알것나아! 봉기 자신도 모르면서, 그러나 신이 나서 목을 뽑는다. (중략) 그러니 머슴놈 구천이는 남으 제집을 돔바갔이니 옛 법에는 장살감이라! 그렇나 안 그렇나! (중략) 지금이사 양반의 세도가 땅으로 뚝 떨어졌고 거기다가 이 동네는 양반이 모두 집을 비우고 없는 기라. 하니께 우리도 삼강오륜을 지키온, 상놈일지라도 천민은 아니고 보믄 종질하든 구천이놈 작실을 못 낼 것도 없다. 내 말은 그거라. (중략) 봉기가 앞장 선 한 무리의 마을 사람들은 손에 손에 몽둥이를 들고 주막으로 달려간다. (중략) 구천이 네 이노옴! 이리 나오니라아! (7권 34~35쪽)

3) 관습의 굴레와 운명의 희비극성

• 용이의 인생을 관통하는 관습의 굴레

용이는 사랑하는 월선이가 무당 딸이라는 신분 차이 때문에 결혼하지 못하고 헤어지지만 평생에 걸쳐 서로 사랑한다. 신분 제도하에서 천민과 평민의 차이 때문에 빚어진 일이지만 용이도 대단하게 지킬 것이 있는 것도 아니다. 부모가 맺어준 조강지처 강청댁과의 사이에는 자녀가 없고 용이의 마음이 월선이에게 향하고 있어 강청댁은 마음고생을 많이 한다. 거기에 칠성이가 처형당한 후 마을을 떠났던 임이네가 돌아오는데, 불쌍한 마음에 돌보아주던 임이네가 용이와 하룻밤을 보내고 임신을 하자 강청댁의 마음은 더욱 무너진다. 강청댁은 호열자로 죽는다. 강청댁이 죽던 해 임이네는 아들 홍이를 낳는다. 강청댁의 죽음과 홍이의 탄생, 얄궂은 운명이다.

그리고 대를 잇는 아들 홍이의 출생은 어떤가? 사랑하는 여인이 낳은 아이도 아니고 조강지처가 낳은 아이도 아닌 하룻밤 욕정으로 태어난 자식이 아닌가? 아들로 이어지는 가문, 형식은 뿌리 깊은 전통이나 내용은 초라하기 그지없는 욕정의 산물, 내용은 없어지고 형식만 남아 아들로 대를 잇는 관습이 이어진다. 사랑하는 사람과 함께하지 못하고 불륜 아닌 불륜으로 이어진 대 잇기, 모두에게 관습의 굴레가 너무 가혹하다. 그래도 용이가 죽은 뒤, 용이의 무덤 앞에서 아버지를 회상하는 홍이의 기억 속에 용이가 괜찮은 사람으로 기억되니 다행이다. 본문을 통해 확인해보자.

인간 이용이, 홍이는 멋진 남자였다고 생각한다. 뇌리를 스쳐가는 간도 땅에서의 수많은 우국 열사들, 흠모하고 피가 끓었던 그 수많은 얼굴들, 그러나 홍이는 아비 이용이야말로 가장 멋진 사내였다고 스스럼없이 생각한다. 열사도 우국지사도 아니었던 사내, 농부에 지나지 않았던

한 사나이의 생애가 아름답다. 사랑하고, 거짓 없이 사랑하고 인간의 도리를 위하여 무섭게 견디어야 했으며 자신의 존엄성을 허물지 않았던, 그 감정과 의지의 빛깔, 홍이는 처음으로 선명하게 아비 모습을, 그 진가를 보는 것 같았다. (13권 93쪽)

• 비뚤어진 욕망을 실현하려다 감옥에서 아이를 낳고 죽는 귀녀 그리고 그런 잔혹한 귀녀를 아무 조건 없이 사랑하는 지고지순한 강포수, 강포수의 아이인지 다른 누구의 아이인지도 모를 아이 두메의 탄생, 아이 출산 후 귀녀의 죽음. 그리고 시간이 흐른 뒤 아들 두메의 출생의 비밀이 드러날까 염려하여 아들 인생에 장애가 없기를 기원하며 자살하는 강포수, 그들의 운명이 짠하다.

• 청백리의 자손으로, 동학에 온정적인 태도를 보이고 일찌감치 독립운동에 뜻을 두어 고향 하동을 떠난 이동진은 최치수의 친구이자 이상현의 아버지이다. 양반과 상놈의 차이가 분명하다고 주장하는 최치수와는 달리 신분제에 대해 의견 차이를 지니고 있었다. 그러나 정작 만주 땅에 와서는 자신이 군왕의 편인지 백성의 편인지, 무엇 때문에 독립운동을 하는지 자기 정체성에 대하여 확신을 갖지 못하고 열정적인 젊은 독립운동가들을 보며 열등감을 느끼고 번민한다. 그러던 중 간도에서 어릴 적부터 보아온 서희가 양반의 신분으로 하인인 길상이와 혼인

을 하겠다고 했을 때 진심으로 축복하지 못한다. 머리로는 변화하는 시대를 지지하는 듯하였으나, 실제로는 관습에서 벗어나지 못한 한계 앞에 초라한 자신을 발견한다. 선구적으로 행동하는 양반이었던 이동진마저도 관습의 굴레를 벗어나기 쉽지 않음을 보여주는 사례이다.

• 백정의 사위였던 송관수의 아들 송영광은 최환국을 만나러 갔다가 양현이를 보고 첫눈에 사랑에 빠진다. 그러나 송영광은 백정의 자식이라는 출신에 대한 열등감으로 끊임없이 방황한다. 양현이를 사랑함에도 자신의 감정으로부터 도피한다. 그러나 의사가 된 양현이는 영광에게 자신이 양반 이상현과 기생 기화 사이의 딸임을 말하며, 백정의 아들이나 기생의 딸이나 모두 사람이지 않느냐고 말하고 둘은 사랑을 확인한다. 신분 계급이라는 질긴 관습의 굴레 때문에 평생을 방황하던 영광이 양현의 시각으로 본 새로운 세상을 맞이했기를 기원해본다.

조정래 《아리랑》

소개

줄거리

읽은 후 느낌

이슈별 검토

일러두기

이 책에서 다룬 《아리랑》은 해냄출판에서 발행한 제2판 25쇄(2006년 2월 15일 발행)본을 기초로 하고 있음을 밝힌다.

조정래의 《아리랑》 소개

소설 《아리랑》에 대한 소개는 제1~4부의 첫 번째 책인 제1, 4, 7, 10권 서두에 있는 〈작가의 말〉에 작가가 작품을 통해 무엇을 말하고 싶은지 잘 나타나 있다. 《아리랑》은 본문 인용을 허락받지 못한 관계로 내용을 직접 요약하였다.

작가는 우리 조국은 민족의 것이고 무슨 주의자들 것이 아님에도, 우리나라가 남북으로 분단됨에 따라 해방 이후는 물론 식민지 시대의 역사마저도 왜곡되어 있다고 말한다. 그러나 식민지 시대에 민족의 독립을 위해 노력한 사람들의 업적은 공정하게 평가되고 공평하게 대접받아야 한다고 말하며, 훗날 우리나라가 통일되었을 때 우리의 역사가 올바르게 기록되고 조국 독립을 위해 애쓴 사람들 모두 정당하게 대접받기를 희망한다고 말한다. 그와 같은 앞날을 기대하며 식민지 시대의 민족 수난과 투쟁을 직시하고자 소설 《아리랑》을 쓰게 되었다고 한다.

일제 강점이 시작되면서 우리 민족은 살던 고향을 떠나 생계와 독립운동을 위해서 또는 일본에 의한 강제 이주 등 다양한 이유로 세계 각지를 떠돌아다니며 살게 된다. 작가는 그 자취를 따라 미국·중국·러시아·일본·동남아시아 등을 돌며 자료를 수집, 확인하며 《아리랑》을 썼다고 말한다. 그러나 정작 북한 땅은 가보지 못하고 소설을 완성하게 되었다며 분단의 아쉬움을 토로하고 있다.

또한 《아리랑》을 쓴 이유 중의 하나가, 일제 식민지 시대에 일본에 의해 죽어간 우리 동포들의 숫자가 얼마인지를 밝혀내는 것이라고 한다. 죽임당한 우리 동포의 숫자는 공개되거나 공식화되어 있지 않다고 한다. 작가는 그 숫자가 어림잡아 3백만에서 4백만 정도가 될 것이라고 말한다. 독일 나치에 의한 유대인 학살 숫자는 영화나 다큐멘터리 등을 통해 잘 알려져 있고 그 숫자가 6백만에 이른다고 한다. 작가는 다른 나라의 현황에 대해서는 잘 알고 있으면서 정작 우리 민족의 피해 현황에 대해 모르고 있고 알려고 하지 않는 우리의 자세에 일침을 가한다.

그리고 일본이 식민지 시대에 저지른 만행에 대해 우리나라의 용서를 구하지 않고 오히려 교과서 왜곡, 일부 국회의원들의 망언 등 뻔뻔하게 나오는 태도를 지적한다. 독일의 정치가 빌리 브란트는 전 세계를 향해 1970년 폴란드의 유대인 추모비 앞에 무릎을 꿇고 사죄하며 용서를 빌었다. 그러자 유대인들은 '용서하되 잊지 않는다'는 민족적 동의에 도달했다고 한다. 일본이 우리에게 독일식 진정한 용서의 태도를 보일 때까지, 우리 국민들은 일본을 용서하지도 말고 잊지도 말자고 당부한다.

《아리랑》 줄거리

〰〰〰

조정래아리랑문학관이 있으나 홈페이지를 찾을 수 없어 줄거리를 직접 요약했다. 《아리랑》은 역사적 사건을 큰 줄기로 해서 거기에 이야기를 덧붙인 형식으로 판단되어, 각각 등장인물의 이야기보다 역사적 사실을 중심으로 줄거리를 요약했다.

- 제1부(1~3권)
- 제2부(4~6권)
- 제3부(7~9권)
- 제4부(10~12권)

1) 제1부 〈아, 한반도〉(1~3권)
제1부에서는 역사적 사건과 함께 등장인물들의 소개가 주를 이룬다.

(1권) 《아리랑》은 감골댁과 그의 아들 방영근·이웃사람 지삼출 세 사람이 한여름의 징게맹갱외에밋들이라 불리는 김제·만경 평야를 걸어가는 장면으로 시작한다. 감골댁은 농민군으로

나갔던 남편이 2년 만에 병든 몸으로 돌아와 지내다 죽었고 영근이·보름이·정분이·수국이·대근이 오남매를 두었다. 그중 장남인 방영근은 대륙식민회사를 통해 20원에 하와이 사탕수수 농장 노동자로 팔려 간다. 감골댁은 20원 중 18원은 빚을 갚고 2원은 큰딸 보름이 시집보낼 돈으로 쓰려고 생각하고 있었는데 대륙식민회사의 장칠문이 2원을 떼어먹는다. 이를 받으러 간 곳에서 감골댁을 도와주던 지삼출이 장칠문을 폭행하자 장칠문이 지삼출을 고발하여 지삼출은 일본군 헌병에게 끌려간다. 1904년 7월 조선의 치안이 군사경찰훈령에 의해 일본에 넘어갔다.

지삼출은 동학 농민 운동에 참가하였다가 돌아와 숨어서 살아온 인물로 감골댁 집 일을 자기 일처럼 돌봐주는 좋은 이웃이다. 지삼출에게는 아내 무주댁과 아들딸이 있다. 장칠문을 폭행하여 철도 공사장에 끌려갔다가 돌아온다.

백종두는 아전 출신으로 평생 양반에게 굽실거리면서도 무시를 당한 것이 뼈에 사무치는 사람이다. 그는 시류에 재빠르게 편승한 인물로, 변한 세상에서는 족보보다 돈이 최고이고 일본세를 거스르지 않고 업혀야 한다고 생각한다. 그래서 일본말을 배워야 하고 아들 백남일에게도 일본말을 가르치려고 하나, 공부에 별 뜻 없는 아들은 나돌기만 좋아해 기대에 못 미친다.

장덕풍은 보부상 출신으로 군산에서 잡화상을 운영하고 있다. 아들 장칠문이 아버지 가게에서 사탕을 물고 대륙식민회사가 별로 재미를 못 보고 있다고 불평하자, 장덕풍은 회사는 형식일 뿐 사람을 모집하는 일을 통해 동학 잔당을 색출해서 일본군에게 넘기는 것이 숨은 뜻이라고 말한다. 이와 같은 방식으로 일본에 협력하여 가게도 번성한 것이다. 장칠문은 돈보다는 권력에 더 집착하는 인간이고, 장덕풍은 돈에 집착하여 절대 손해 보는 일은 하지 않는 인간이다. 장덕풍은 일본 사탕이 인기를 끌자 작은아들을 사탕 공장에 보내 기술자로 만들어 돈 벌 궁리를 한다. 장덕풍 가게에 드나드는 보부상이 있는데 빈대코 김봉구와 탑싹부리 방태수이다. 그들은 보부상으로 일하면서 전국을 다니며 동학 잔당을 색출해 장덕풍에게 알리는 역할을 한다.

일본인 하야가와는 목포우체국 군산 출장소 소장으로 마을 사람들에게는 매우 겸손하고 예의 바른 사람으로 알려져 있으나 사실은 음흉한 속내를 숨기고 있다. 일본은 우체국을 장악하여 전국의 정보를 한성으로 집결시켜 조선 땅 전체를 그들의 손아귀에 넣고자 하였다. 그는 장덕풍을 조직원으로 삼아 정보를 수집하고 우체국 급사인 양치성을 공부시켜 훗날 일본 정보원으로 양성한다.

일본인 토지회사 총지배인 요시다는 논을 구입하기 위해 가난한 양반 출신 이동만을 주임으로 삼아 부리는데, 그는 재산을 모으고 가난에서 벗어나기 위해 요시다의 개처럼 행동한다.

영사관 서기 쓰지무라는 고문 정치 실시와 함께 일본에 협력하는 조직을 꾸리는데 그것이 일진회 군산지부이다. 회장으로 일본을 적극 지지하고 행동에 적극성이 있으며 지역에서 이름이 알려진 어느 정도 지식이 있는 자가 필요했는데, 쓰지무라는 회장으로 현직 이방을 지내고 있는 백종두를 선임하고, 장칠문도 회원으로 가입한다.

일본의 고문 정치는 1904년 8월 22일 제1차 한일 협약으로 일본인 재정 고문·미국인 외교 고문을 지정하여 나라의 외교권과 재산권을 외국에 주어 조선을 실질적인 식민지로 삼는 것이다.

송수익은 양반 출신으로 땅으로 재산을 모으는 것은 결국 농부들의 살과 피를 깎는 일이므로 재산을 더 모으려 하지 말고 바르게 살라는 아버지 뜻을 받들어, 양반과 상민이 함께하는 세상을 꿈꾸며 학교를 세우기 위해 주변에 뜻을 같이할 사람들을 모으기 위해 정재규·신세호 등을 찾아다니지만 쉽지 않다. 그리고 마을 사람들에게 일본인에게 땅을 팔지 말고 일본 앞잡이 단체인 일진회에 가입하지 말라고 알린다.

을사보호조약이 체결되고 《황성신문》에 장지연의 〈시일야방성대곡〉이 발표되어 알려진다. 송수익은 친구 신세호를 찾아가 의병 활동을 함께 하자고 권유하나 거절당한다. 신세호는 전통 유생의 길을 지키려는 사람으로 의병에 대해 회의적이다. 송수익이 상감의 뜻이 의병을 일으키는 것이라고 말하고 돌아서자 신세호는 멈칫한다. 마을에는 의병에 대한 소문이 떠돌기 시작하고 송수익은 신세호가 소개한 양반 출신 임병서 등을 만나 의병 활동에 대해 논의한다. 다른 한편 일본인 우체국장 하야가와는 의병 활동을 막기 위해 장덕풍에게 더 주시하고 정보를 모아올 것을 지시한다. 의병을 일으키려는 세력과 그를 방해하려는 세력이 공존한다.

 (2권) 의병은 충청도에서 가장 먼저 일어나 경상도와 전라도로 파급된다. 그러나 의병은 신식 무기로 무장되어 있지 않아 일부 지역의 패배 소식이 들려오고, 의병들도 무장 필요성을 느낀다. 그때 일진회원 몇몇은 총으로 무장하고 있었는데 돈이 있어도 무기를 구할 수 없는 의병은 탈취해서라도 무장할 필요가 있었다. 지삼출과 손판석은 마을에 나타난 일진회원을 속여 그들을 죽이고 총을 한 자루 탈취한다. 송수익은 지삼출·손판석에게 며칠 뒤 기병할 것이라고 알리고, 최익현과 임병찬이 전북 태인에서 봉기를 일으켜 정읍·임실·순창으로 이동하면서 가담자들이 더 늘어난다. 그러나 담양에서 무장 일본군을 만나 최익현·임병찬이 체포되고 의병의 절반 이상이 죽고 생포된 사람이 백여 명을 넘는다. 송수익은 충격을 받는다. 그러나 의병들이 임실 주재소를 습격해서 일본 헌병 넷과 조선인 둘을 몰살하고 총을 빼냈다는 소문이 들려온다.

 호남평야 중간 지점인 태인에서 의병이 봉기하자 그 일대는 비상사태가 된다. 통감부 조직은 각 군마다 토벌대로 일본군 20명씩 파견한다. 의병이 일어나자 정보를 모르고 있던 백종두·장덕풍 같은 일진회 인물들은 쓰지무라로부터 질책을 듣는다. 의병을 쫓는 세력이 일본군 토벌대, 주재소 병력, 일진회 회원들로 구성된다. 그들은 의병만 쫓는 것이 아니라 마을을 들쑤시고 다니며 가담자를 색출하기에 바쁘다. 남자가 없는 집은 금방 표가 나고 일곱 명이 집을 떠난 송수익네 마을은 쑥대밭이 된다. 마을 남자들은 헌병대에서 앞으로 누구도 의병에 가담하지 않겠다는 서약을 하고 손도장을 찍는다.

남쪽의 의병 열기는 북쪽으로 퍼져 나가고, 위기를 파악한 통감부는 그 대비책을 서둘러 마련한다. 대비책으로 일본의 조선 사법권 장악과 고문 경찰제의 대폭적인 확장이었다. 그리고 이민법을 시행하여 가족 단위의 많은 일본인이 군산항을 통해 이주해 들어왔다. 송수익은 산에서 의병을 이끌며 지내고 최익현 사후 의견이 달랐던 양반 유생 중심 의병 조직과 결별한다. 송수익의 대원들은 거의 다 총을 가지게 되었고, 무장 없이 사람 수만 늘리는 것은 인명 손실을 자초하는 것이라 여겨 무장이 안 된 사람들은 돌아가서 후방에서 돕도록 조치한다. 또한 송수익은 부두 노동자 조직을 본떠서 부대를 재조직하여 대장이 되고, 지삼출은 60명의 부하를 거느린 의병장이 된다. 전국에 걸쳐 의병 활동이 없는 군은 몇에 지나지 않는다. 시간이 갈수록 유생 의병장은 줄어들고 평민 의병장이 늘어난다. 그중에서 가장 이색적인 사람을 만나는데 그는 스무 명 남짓한 승려들과 열댓 명의 민간인으로 이루어진 부대를 이끄는 승려 공허였다. 그는 크고 튼튼한 기골과 그에 어울리는 목소리와 말하는 품이 활달한 듬직하고 예의를 갖춘 사람이었다. 승려라기보다 기운 세고 믿음직한 남자의 인상이었다.

한편 일본군은 의병만 상대해서 싸우는 것이 아니라 의병을 도피시키거나 흉기를 은닉한 자를 엄벌에 처하고 현행범은 그 촌락에 책임을 지워 온 마을을 엄중하게 다스릴 것이라는 방을 붙이고 통변을 통해 그 사실을 알린다. 일진회원들도 일본군과 마찬가지로 무장을 하고 마을 사람들을 위협한다. 의병이 걷잡을 수 없이 일어나자 통감부는 병력, 화력의 강화뿐만 아니라 여러 조직을 통해 밀정을 늘려 의병 활동을 탐지하고 일반인들의 움직임도 샅샅이 염탐한다. 의병장들의 목에 현상금이 걸리고 다른 지방에서는 의병의 기세가 줄지만 전라도에서는 수그러 들지 않는다.

손판석은 부하들과 생포당해 고문을 당한 후 철도 공사장으로 끌려가 고생을 한다. 손판석이 처형을 면한 것은 미리 교육된 대로 대원들 모두 입을 맞추었기 때문이었다. 손판석은 후에 철도 공사장을 도망쳐 나온다.

의병의 활동이 수그러 들지 않자 통감부는 남한 대토벌 작전을 실시한다. 이 작전을 통해 4년에 걸쳐 전국의 의병 세력을 안심할 정도로 진압한다. 대토벌 작전의 기본 전술은 빗질 작전이라고도 하는 교반적 전술로 일정 지역에 포위망을 치고 밤낮으로 기습공격하여 조금이라도 혐의가 있는 사람은 모조리 잡아내는 무차별적인 작전이었다. 대토벌이 계속되면서 의병들의 시체는 산골마다 즐비하고, 마을 어귀나 큰 길목에 설치된 통나무 걸침목에는 시체가 줄줄이 대여섯씩 매달려 있다. 그 시체들은 토벌대가 마을 사람들 앞에서 시범적으로 죽인 의병들이었고 전시 효과를 위해 철거 금지가 내려진 것이었다. 송수익은 대토벌이 시작된 지 한 달 만에 자신의 부대가 반 이상 피해를 입었다는 것을 알고 대안 마련을 고심한다. 그는 토벌대와의 싸움에서 부상을 입고 부하의 도움으로 몸을 피한다. 1909년 10월, 남한 대토벌 작전이 끝난다. 의병의 기세가 높았던 3년 동안 일본군이 학살한 의병 수는 1만6천7백 명이었고, 부상자는 3만6천8백명이었다. 불탄 집은 6천 채가 넘고 죽어나간 민간인 수는 누구도 알지 못했다.

토벌이 약해지기는 했지만 계속 의병들 뒤를 쫓는다. 회복의 기미가 없는 의병의 힘은 점점 약화되고 통감부는 예상대로 합병의 수순을 밟는다. 신변 위험을 넘긴 송수익은 상처를 어느 정도 회복하고 공허의 알선으로 피신처를 세 번째로 옮겼다. 공허가 소개해준 절에서 운봉 스님을 만나고, 그의 주선으로 홍씨 부인에게 시 한 수를 적어준다.

송수익은 공허에게 임병서를 만나게 해달라고 부탁하여 만나는데 신세호가 함께 온다. 송수익은 의병 활동의 새로운 대안으로 만주로 갈 것을 밝힌다. 그리고 신세호는 신채호의《성웅 이순신》과《을지문덕》을 구해 읽으며 자신도 해야 할 일이 있음을 깨닫는다. 한편 송수익은 남아 있는 의병들에게 새로운 일을 하기 위해 임시방편으로 해산하자고 설득한다. 대원들은 아쉬움을 안은 채 두셋씩 짝을 지어 하산하며, 아리랑을 부르며 마지막을 함께한다.

1910년 8월 29일 한일합방조약이 공포된다. 일본은 대한제국을 조선으로 개칭하고 조선총독부를 설치한다. 총독부는 일진회·대한협회 같은 10개의 정치 단체 해산령을 내린다. 해산령에 따라 일진회 군산지부 회장직을 내려 놓은 백종두는 권력의 끈이 떨어져서 전전긍긍하였는데, 행정 제도가 변화하여 이후 김제시 죽산면 면장이 된다. 그리고 아들 백남일을 헌병보조원으로 집어넣는다. 일진회가 해산하자 장철문은 순사보가 되어 제복을 입고 나타난다. 장철문은 정식 순사가 되기 위해 공을 세우고자 신세호의 집을 습격하여 그를 불온서적 소유죄로 잡아들이지만, 신세호는 고령 신씨 문중의 힘으로 풀려난다.

(3권) 지삼출·손판석은 산에서 내려와 자기 가족들과 감골댁 식구들을 데리고 군산으로 야반도주한다. 군산 부두에서는 중국인 노동자와 조선인 노동자가 밥그릇을 놓고 경쟁하는데, 조선인 노동자의 권익을 찾기 위해 싸움을 벌이게 되고 그 과정에서 손판석이 크게 다쳐 절름발이가 된다. 그리고 감골댁 딸 수국이가 백종두 아들 백남일에게 겁탈당하고 방대근이 누이의 원수를 갚고자 백남일을 애꾸눈으로 만든다. 이 일로 지삼출 가족과 감골댁 식구들은 만주로 간다.

일본인 농장의 주임 이동만은 소작 분배로 권력을 행사하여 뒷돈을 챙기고, 소작료 인상 등으로 소작인들을 괴롭힌다. 그는 소작인들의 원성을 사 밤중에 소작인들의 습격을 받아 절름발이가 된다. 논을 사고 싶지만 요시다 눈 밖에 날까 두려워 사지 않고 돈놀이로 재산을 불린다.

장덕풍은 장풍제과사업소라는 사탕 공장을 차려 돈을 모으고 만경 정부자네 장남 정재규에게 노름 밑천을 대주며 재산을 불린다. 장칠문은 거지처럼 떠도는 사람 하나를 붙잡는데, 그는 의병을 하다 숨어든 사람이었다. 장칠문은 그 공으로 정식 순사가 된다.

송수익이 만주로 가서 의병 활동을 한다는 말을 듣고 신세호는 서당을 열어 아이들의 머리를 깨우쳐 힘을 기르는 것도 왜놈들과 싸우는 방법이라고 생각하며 실천한다. 그러나 주재소에서 풀려나온 신세호는 일본이 서당 운영을 금하여 더 이상 할 수 없게 되자 스스로 농사를 짓기로 한다. 그러던 중 송수익 모친이 별세하였다는 소식을 듣고 찾아가 장례를 돕는다. 그곳에서 공허를 만난다. 공허는 상가에서 조선인 순사보와 일본 순사에 의해 잡혀지만 그 둘을 처치하고 도망간다.

통감부는 이미 동양척식주식회사라는 기관을 만들어놓고 나라 전역에 걸쳐 각 지방관청이나 관할관청이 가지고 있는 땅문서들을 모아서 거기 기재되어 있는 논밭을 무조건 국유지로 묶어버리고, 그렇게 모은 땅의 7할 이상을 동양척식주식회사에 넘겨준다. 그 결과 궁장토와 역토·둔토·목장토를 가지고 있던 농민들은 자기도 모르는 사이에 땅을 빼앗기고 만다. 조선 관리들은 궁장토나 역토·둔토 같은 것들 태반이 국유가 아니고 사유지라는 내역을 훤히 아는 사람들이지만, 일본의 음흉한 속내를 알고도 계략에 아무 생각 없이 놀아난다. 대물림해온 사유지가 주인도 모르게 국유지가 되고 소작료가 배정되는 날벼락을 맞은 사람이 하나둘이 아니었고, 땅을 찾기 위해 모인 농민들은 관리들과 경찰에 의해 구타당하고 땅을 찾을 길은 요원하다.

토지조사령과 시행규칙의 공포는 온 나라 모든 땅의 주인을 문서로 확실히 밝혀내고, 그 넓이를 측량으로 정확히 측정하여 토지 등기를 분명하게 갖추는 일이다. 조사를 신속하게 하기 위해서는 동네마다 지주 대표를 두 명씩 뽑고 그 위에 지주위원회를 면 단위로 구성하는데, 지주위원회는 면장을 필두로 지방토지조사국 조사원 하나와 동리 장과 지주 대표 셋을 합해 다섯 명으로 구성하는 것이다. 조사 방법은 소작농을 제외한 모든 농가에 배부한 토지신고서에 개인 소유의 농지를 전부 기재해 신고서를 제출하는 것이다. 신고서가 각 동네의 지주 대표를 경유해서 지주위원회에 접수되면, 지주위원회에서 심사를 거쳐 소유권 여부를 결정짓는 것이다. 이 과정에서 면장과 지주 대표, 지주위원회의 권한은 막강한 것이었다.

죽산면 면장 백종두는 토지조사령을 이용해 한 재산 만들려는 욕망이 꿈틀대고, 지주 대표로 자기 친척들을 밀어넣고 토지신고서를 가능한 늦게 배포하여 농민들이 기한 내에 작성하는 것을 어렵게 만들어 기한을 넘긴 땅은 국유지로 삼았다. 모두 한자로 표기되어 있어 한자로 작성해야 하는 신고서를 농민들이 작성하기는 어려운 일이었고, 농민들에게 또 다른 좌절감을 주었다. 신세호는 마을 사람들의 신고서를 대신 작성해주지만 이 또한 방해받는다.

2) 제2부 민족혼 (4~6권)

(4권) 토지 조사 사업이 계속되고, 그 과정에서 대를 이어 내려오던 땅을 잃어버리게 된 사람들이 땅을 되찾기 위해 벌이는 피눈물 나는 투쟁이 그려진다. 그러나 땅을 되찾는 일은 멀어지고 땅을 잃은 사람들은 고향을 떠나 도시 노동자로 흘러 들어가 피폐한 삶을 살아간다. 토지 조사 사업에서 지주 대표인 지주총대는 주로 양반·서리 출신들이 많았다. 총독부는 〈역둔토 특별처분령〉을 공포하여 일본 총독부가 무력으로 빼앗아 국유지로 삼은 조선 사람들의 역둔토를 일본 이주민들에게 우선 대여해주는 특혜법령을 실시한다. 이로써 일본인의 이민이 늘고 조선 사람들은 생계를 부지하기 위해서 소작이나마 얻으려고 일본에 굴복하지 않을 수 없었다. 신세호는 서당을 못하게 되자 양반임에도 직접 농사를 짓는 모습을 보인다. 그리고 송수익이 자기 아들과 신세호의 딸을 혼인 시키자는 편지를 보내오자, 송수익이 자기를 믿어주는 것에 감사함을 느낀다.

만주에서는 신흥무관학교의 전신인 신흥강습소 개소식이 열린다. 국내에서는 임병찬을 중심으로 나라를 되찾고 임금을 다시 세우자는 복벽주의 독립운동인 독립의군부 활동이 일어났으나 실패한다. 임병서는 만주로 갈 계획을 세우고 공허가 길을 안내한다.

공허는 독립운동 자금을 마련하기 위해 비밀결사조직을 만들어 부자들의 돈을 빼앗고, 일본인 지주 하시모토의 집을 털려다 계략에 빠져 겨우 도망쳐 나온다. 도망하여 간 홍씨 부인의 집에서 홍씨 부인을 만나 남녀의 인연을 맺는다.

하와이에서는 이주해 간 동포들의 결혼을 위해 사진결혼이 유행한다. 하와이에 사는 남자가 사진과 생업을 적어 보내면 사진을 본 여자 쪽에서 사진과 호적등본·부모 동의서를 보내고 남자가 신붓감이 마음에 들면 비용과 동의서를 보내는 것으로 사진결혼이 성사된다. 하와이에서 그런 일을 돕는 곳이 국민회와 교회였다. 그리고 국민회의 전폭적인 지원 아래 박용만 주도로 국민군단이 창설된다. 박용만은 미국 대학에서 군사학을 전공하고 국민회 기관지 《신한국보》의 주필을 맡으면서, 나라를 되찾기 위해서는 무장 투쟁을 전개해야 한다고 주장해오던 사람으로 국민군단 창설은 무장 투쟁론의 첫 단계 실현이었다.

(5권) 백종두는 토지 조사 사업 과정에서 개간지 국유지를 착복하려다 면장 자리를 박탈당한다. 그러나 관官과의 끈을 이어가기 위해 호남친화회를 만들어 회장이 된다. 장덕풍은 백종두가 친화회장이 된 것을 배 아파한다.

장칠문은 과부가 된 감골댁의 큰딸 보름이를 첩으로 삼아 성적으로 학대하고 자신의 영달을 위해 일본인 순사계장에게 바친다. 보름이는 서무룡·장칠문·세끼야 등 여러 남자들에게 고통을 당하며 험난한 생활을 이어간다.

홍씨 부인은 공허의 아이를 임신하고 공허는 만주와 조선을 오가며 독립운동의 가교 역할을 충실히 수행한다. 만주에서 《신한독립사》 책을 가져와 신세호에게 전달하고, 신세호는 그 책을 농사짓는 틈틈이 필사한다. 그리고 공허가 준 박은식의 《한국통사韓國痛史》 '한국의 아픈 역사'라는 책 제목을 깊게 바라본다. 학교에서 일본말을 국어로 가르치는 상황에서 젊은이들에게 조선 역사를 가르치는 데 도움이 되고자 독립운동에 작지만 큰 힘을 보탠다.

감골댁 막내아들 방대근은 신흥무관학교를 졸업한다. 송수익은 방대근에게 백두산 호랑이라는 뜻의 '백호'라는 이름을 선사한다. 방대근과 그의 신흥무관학교 동창들의 젊은 독립운동가 이야기가 그려진다. 또한 만주에서 부는 복벽주의에 대한 젊은이들의 반감이 그려진다.

하와이에서는 이승만의 교육준비론을 겸한 외교점진론과 박용만의 무력급진론 사이의 분열상이 그려진다. 이승만은 무식한 동포들을 교육시켜 독립을 준비해 나가는 동시에 대국인 미국의 힘을 빌리자는 것이고, 박용만은 일본에 나라를 빼앗긴 것은 무력이 허약했기 때문이므로 무력에는 무력으로 대응해야 한다는 것이었다. 안창호가 이승만을 설득하려 했으나 실패하고 하와이를 떠난다.

(6권) 조선에서 토지 조사 사업이 완료된다.

공허 스님은 홍씨 부인이 임신한 이후 홍씨 부인을 위한 나무 비녀와 아이를 위한 나무 노리개를 만들어 사랑을 표현한다.

러시아 혁명으로 국내외에 사회주의 바람이 거세게 몰아친다. 러시아 혁명과 미국 윌슨 대통령의 민족자결주의에 영향을 받아 국내외 여러 단체들의 독립선언 논의 과정이 묘사되고 드디어 3·1운동이 일어난다. 3·1운동은 전국적으로 전 계층에 걸쳐 일어나고, 친일파 백종두는 시위대의 야간 기습으로 맞아 죽는다. 이후 많은 독립운동단체들이 생겨난다. 3·1운동 이후 일제는 문화 정치를 표방하고 나서는데 이로 인해 많은 지역 지식인들이 자문위원으로 포섭되고 친일단체들도 생겨난다.

만주에서는 신흥무관학교가 폐교하고 대종교와 같은 민족종교가 독립운동에 함께한다. 또한 항일 무장 투쟁이 활발하게 전개된다. 봉오동 전투, 청산리 백운평 전투, 완루구 전투, 갑산촌 샘골물 전투, 어랑촌 전투 등 많은 전투에서 일본군을 대량으로 사살하고 혁혁한 전과를 올린다. 그러나 항일 무장 투쟁이 심해지는 만큼 일본의 독립군 토벌도 강화되어 독립군들이 많은 피해를 입는다. 일본은 중국 마적단을 매수하여 고의로 훈춘 일본 영사관을 습격하게 해 훈춘사건을 조작한다. 이 사건으로 일본인이 살해되기도 하는데, 이 사건을 빌미로 일본은 만주에 거주하는 일본인을 보호한다는 명분으로 출병하고 조선의 민간인과 독립운동가들을 무차별 학살한다. 이로 인해 간도의 독립운동가들은 큰 타격을 입는다.

3) 제3부 어둠의 산하(7~9권)

(7권) 조선총독부는 조선 사람들을 위해 산미 증식 계획을 추진한다고 선전한다. 그러나 산미 증식 계획은 일본의 식량 부족을 해결하기 위한 장기 계획이었다. 일본은 제1차 세계대전을 계기로 공업 생산력이 급격히 발전한 반면 농업 생산력은 급격히 떨어져 1918년 대규모 쌀폭동이 일어나자, 공업 생산력은 그대로 유지하면서 쌀을 손쉽게 충당하기 위해 식민지 조선으로 눈을 돌린다. 조선에 있는 일본 농업회사를 통해 바다를 개간해 논으로 만들어 조선인 소작농들에게 5마지기씩 배분하고 이주해 온 일본 농민들에게는 인당 60마지기씩 배분한다. 그로 인해 조선의 농토와 농민들은 일본에 착취당하고 유린당했다.

만주와 러시아 등 해외 독립운동가들 사이에서는 다양한 분파가 생겨나고 그 과정에서 오해에 의한 참변이 일어나기도 했다. 복벽주의와 공화주의의 대립, 독립군의 분열과 연해주 자유시 참변, 빨치산 활동, 의열단 창설 등 다양한 독립운동의 양태가 나타난다. 의열단은 1919년 11월 결성된 신흥무관학교 출신 열혈 청년들이 자신의 몸을 폭탄 삼아 일본 관청을 폭파하고 관리를 암살하는 새로운 독립 투쟁 단체였다.

흑하사변으로 불리는 자유시 참변은 러시아 자유시에서 러시아 적군의 통수권 접수를 거부한 한인 망명 독립군들이 포위 진압된 사건이다. 자유시 참변의 원인은 첫째는 조선인 공산당 상해파(사할린 부대)와 고려공산당(이르쿠츠크) 자유대대 대결이었고, 둘째는 러시아 혁명 정부와 일본이 합의한 조선독립군의 무장 해제였다. 사할린 부대와 자유대대 지휘관은 3천 명에 달하는 독립군을 놓고 주도권 다툼을 벌인다. 국제공산당(코민테른)은 대립을 조정하기 위해 사할린 부대에 고려혁명군정의회의 지휘 아래로 들어올 것을 명하지만, 사할린 부대 지휘관은 이를 거부한다. 설득을 포기한 고려혁명군정의회 사령관은 병력을 동원한다. 적군(赤軍, 당시 소련 육군 명칭) 29연대와 자유대대는 탱크와 기관총으로 사할린 부대를 공격한다. 사할린 부대의 독립군은 소총뿐이었다. 화력에 밀린 사할린 부대와 독립군들은 죽고 잡히면서 무장 해제 당한다. 결국 소비에트 정부는 파쟁에 휘말린 독립군 일부를 체포해 수용소에 가두고 나머지 독립군들을 적군 제5군단에 소속시켜 러시아 땅에서 조선독립군의 실체를 말끔히 지워버리는 결과가 된다.

1923년 9월 일본 관동지방에서 지진이 일어나고, 일본 정부는 일본 내 사회주의 바람과 조선인들의 독립운동 움직임을 탄압할 구실을 찾던 중 조선인이 우물에 독을 탔다는 거짓 소문을 퍼트려 경방단과 자경단, 헌병 사령부를 동원해 조선인 6천 명을 살해하는 관동대학살이 일어난다. 또한 조선에도 사회주의 바람이 불어, 지식인들이 배후가 되어 농민들에게 소작회를 결성하게 하는 등 소작 쟁의가 일어난다.

(8권) 방대근은 의열단원이 되어 인천항을 통해 국내에 잠입한다. 국내에 들어와 손판석과 누나 보름이를 만나고 국내 동향을 파악한다. 국내에도 사회주의가 확산되어 군산 노동자들 사이에도 노동조합이 결성된다. 백종두 아들 백남일이 운영하는 낙합정미소에서 노동자들의 임금을 깎자 파업이 일어나고 뒤에서 돕는 지식인들 덕분에 노동자들이 승리한다. 그리고 노동자 농민 운동의 전국 조직이라고 할 수 있는 조선노동총동맹 창립 총회가 열린다. 사회주의가 세력을 넓힐수록 일제의 사회주의자 탄압도 거세져 1925년 조선공산당 100여 명이 검거되어 사실상 와해 상태가 된다. 그러나 그해 11월 26일 나주의 동척농장 소작인 1만여 명이 소작료 불납 동맹쟁의를 일으키기도 했다.

동경 유학생 사회에서도 사회주의 단체들의 활동이 비밀리에 확산되고 송수익의 장남 송중원도 사회주의에 관심을 보인다. 1924년 4월 17일 한성에서 조선공산당이 창립된다. 해외 독립운동가들도 조선 해방에 도움이 될 것이라는 기대로 중국·러시아 공산주의와 연결되어 러시아 혁명, 중국 혁명에 참여한다. 그러나 중국 내 국공 분열로 인해 중국에 있는 독립운동가들이 진로를 방황하고 어려움을 겪는다. 또한 만주를 지배하는 봉천 군벌 장작림은 조선총독부와 삼시협정을 체결하고 만주의 조선 사람들을 공개적으로 탄압하기 시작한다. 국공 합작으로 북벌전쟁이 시작되자 장작림은 공산당에 대한 적개심을 드러내고 자기 세력권 안에서 공산주의자를 없애라는 소탕 명령을 내린다. 그리고 중국 관헌들은 조선 사람들 중에 공산주의자가 많다는 소문을 빌미로 조선 사람을 잡아가거나 폭력을 휘두르지만 독립운동단체와 독립군들은 그들과 맞서 싸우지 못한다.

한편 송수익·지삼출 일행은 길림으로 거주지를 옮긴다. 이는 나이든 대원들의 안정된 삶의 터전과 경제적·지리적으로 안전한 독립운동 기지를 마련하자는 뜻이었다.

국내외 독립운동의 열기 속에서도 자치주의라는 신종 친일론이 등장하는데 이광수의 민족개조론, 최남선의 일선동조론과 같은 것이다. 자치주의자들은 조선이 일본의 식민지라는 사실을 인정하고 일본을 받들고 일정한 범위 내에서만 자치를 하며 나라 찾는 것을 포기하자는 것이다.

(9권) 김제군 동척 소작인들이 소작료 인하를 둘러싸고 소작쟁의를 일으키고, 그 뒤에는 신세호가 간부로 있는 신간회가 있다. 군 단위로 조직된 신간회는 군내에서 일어나는 소작 쟁의를 돕고 신간회 소속 청년회는 고보학생들을 조직화한다. 신간회는 1927년 비타협적 민족주의와 사회주의 세력의 연대로 결성된 일제 강점기 최대 합법적 독립운동 단체이다. 강령은 민족의 정치·경제적 각성 촉진, 민족의 단결, 기회주의 배격이다. 전국 각지에 지회를 설립하여 강연회, 연설회, 소작 쟁의, 노동 쟁의, 동맹 휴학 지원, 청년운동, 여성운동 등을 지원했다. 그러나 1931년 일제의 탄압 및 민중대회 사건 이후 지도부의 의견 대립

으로 해산을 결정한다.

　만주·연해주·하와이 등 해외 독립운동가들도 민족주의, 공산주의, 무정부주의 등 다양한 진로 앞에 갈등 대립하고 고민하는 과정이 펼쳐진다. 송수익은 가장 효과적인 독립운동의 방법은 화합이라고 생각한다. 그러나 무정부주의자 신채호 체포 사건과 삼부 통합 실패 이후 무정부주의 투쟁을 결심한다. 또한 국제공산당의 1국1당주의 원칙에 따라 만주의 조선공산주의 각 단체는 중국 공산당 휘하에 속하게 된다. 의열단장 김원봉은 최고의 대의는 조선의 독립이라고 생각하고 조선의 독립을 위해서는 모든 세력과 협조할 수 있으며, 중국 공산당 가입도 그 연장선에 있으므로 강압적이지 않고 자율적으로 선택하면 된다고 주장한다. 그리고 이봉창·윤봉길 등의 한인애국단 활동이 이어진다.

　1931년 9월 18일 일본의 관동군이 만주를 침략한 만주사변이 일어난다. 관동군은 관할인 만주철도를 봉천 외곽 지역인 유조구에서 자폭시키고 중국 측의 소행이라고 뒤집어씌운다. 그와 동시에 철도를 보호한다는 구실을 내세워 전격적인 군사 행동을 개시한다. 만주사변 이후 일본의 조선 지배가 2백 년 이상 갈 것이라는 소문이 퍼지고 지식인들 사이에서 독립이 불가능할 것이라는 패배주의와 좌절이 확산되기 시작한다. 또한 일본의 치안유지법 개정으로 사회주의 독립운동이 어려워진다.

　송수익이 장춘(신경)에서 일본군에 의해 체포된다. 감골댁 아들 방대근·천수동 아들 천상길·김판술 아들 김건오는 독립군이 되고 지삼출 아들 지만복은 선생이 되어 조국의 독립에 힘을 보탠다. 송수익의 차남은 의사가 되어 만주에서 독립군을 치료한다. 1세대 독립운동가들이 저무는 대신 만주로 이주해 간 동포의 2세들이 독립운동가로 성장하여 맥을 잇는다. 또한 만주의 수많은 동포들은 어려운 살림에도 독립운동 자금으로 사용되는 군전을 지속적으로 지원하여 조국의 독립에 기여한다.

4) 제4부 〈동트는 광야〉(10~12권)

(10권) 총독부의 경찰력 강화, 만주사변 여파로 일어나는 심리적 위축, 치안유지법을 앞세운 무차별 검거 등의 요인으로 국내 사회주의자들의 활동이 위축된다.

만주에서는 민생단 사건이 발생하여 많은 독립운동가들이 오해와 불신 속에 죽어갔다. 민생단 사건은 간도 지역 독립운동가들이 일본 첩자라는 누명을 쓰고 중국 공산당에 의해 살해된 사건이다. 1932년 조선에서 용정으로 건너온 친일파 김성호가 왜놈들의 사주를 받아 《경성매일신보》 부사장 박선윤·광명회의 정사빈 등과 연합해 민생단이란 것을 조직한다. 민생단은 겉으로 조선인들의 간도 자치를 내세웠으나, 속에 감춰진 목적은 북간도에서 공산주의 운동을 교란시키고 파괴하는 것이었다. 즉 민생단은 대규모 밀정 단체였다. 민생단원들은 일제 통치 지역인 백색 구역의 친공산권은 물론이고, 유격 근거지인 적색 구역까지 자원 유격대원으로 가장해 잠입 침투하여 간도 자치, 생활 보장, 조선인 우대 등으로 교묘하게 속여 내부분열 공작을 벌인다. 그러나 그들의 암약이 뒤늦게 드러나면서 유격 근거지에서 조선 사람은 일단 민생단분자로 의심받는 사태가 벌어진다. 한 사람이 의심받아 고문을 당하면 가까운 사람의 이름을 대는 방식으로 희생자가 늘어난다. 희생자가 늘어날수록 중국 공산당원들은 조선인을 더욱 의심하는 상황이 된다. 게다가 중국 공산당 내의 조선인 분파주의자들이 젊은 사람을 자기편으로 끌어들이려다 말을 안 들으면 민생단으로 모함하는 사태까지 벌어진다. 그렇게 해서 1년 동안 죽어간 조선인이 3백 명에 이른다.

총독부는 농촌 진흥 정책을 실시하여 행정 단위별로 농촌진흥위원회를 조직하고 마을마다 부락진흥회를 만든다. 사회주의 조직을 파괴하고 종교단체의 농민회나 협동조합을 전부 해체시키고 야학을 금지한다. 농촌 진흥 정책이란 식민지배에 조금이라도 방해되는 조직은 완전히 제거하여 전국을 새롭게 조직화하는 농촌 장악 정책이었다. 또한 총독부는 모든 학교에 신사참배령을 내리고 모든 고보에서 군사 교육을 실시하도록 한다.

장춘감옥에 갇혀 있는 송수익의 옥바라지를 위해 차남 송가원이 만주로 오는데 얼마 뒤 송수익은 자식들에게 독립운동을 하라는 유언을 남기고 옥사한다. 송가원은 아버지의 유해를 만주에 뿌리고 독립운동에 뜻을 바치고자 의사로서 서울에서의 안정된 삶을 버리고 사랑하는 옥녀와 함께 만주로 가서 독립군을 치료하는 의사가 된다. 송가원은 옥고 때문에 몸이 약해진 형 송중원에게 잡지사 일도 중요하니 그 역할을 하라고 한다.

군산에서도 소문난 거부가 된 장덕풍은 예순아홉에 풍을 맞고 쓰러져 노망이 들고 그의 아들 장칠문은 군산경찰서 형사계장으로 있다가 아버지 재산을 독차지하기 위해 경찰복을 벗는다. 장칠문은 일조물산이라는 회사를 차려 사세를 확장해 나가고 상공회의소 회원이 되어 일본의 권력자들과 관계를 이어간다. 한편 백종두 아들 백남일은 수국이를 겁간하고 그를 응징하는 방대근에게 눈을 찔려 애꾸가 된 이후 헌병보조원 자리에서 잘린다. 백종두가 남긴 정미소와 미선소를 아편으로 탕진하고 장덕풍 부자에게 다 빼앗겨 거렁뱅이 아편쟁이가 된다.

만주에서는 조선혁명당군의 양세봉 장군이 죽은 뒤 병사들의 사기가 저하되고 이탈자들이 생겨나 분산될 위기에 처한다. 이 때 동북항일연군이 함께하자는 제안을 한다. 그렇게 해서 조선 혁명당군들은 만주에 새롭게 등장한 항일 세력인 동북항일연군에 편입된다. 조국 해방을 위해 민족주의와 공산주의 세력이 연합하고 협동한 것이다. 동북항일연군 결성에 앞서 맨 처음 해결된 것이 민생단 문제였다. 그때까지 미진하게 남아 있던 민생단 사건은 혐의자 100명을 모두 석방함으로써 완전히 매듭지어진다. 방대근은 항일연군 사령부 직속 특무공작대 별동대장으로 활약하며 밀정, 배신자를 처단하는 일을 수행한다. 보름이의 아들 오삼봉은 혈청단원으로 활동하다 동지가 체포되자 가족과 함께 산사로 피신한다. 피신 후 공허 스님과 함께 만주 인삼 장수로 변장하여 압록강을 건너고 물에서 일본군에게 발각되자 오삼봉은 피신하고 공허 스님은 일본군의 총에 맞아 죽음을 맞는다. 오삼봉은 독립군을 찾아 산을 오르고 헤매다가 외삼촌 방대근과 이모 수국이를 만난다. 동북항일연군은 만주 땅 도처에서 무기를 탈취하고 유격대라는 무장 조직을 만들어 활동한다. 동북항일연군의 활동이 활발해질수록 일본 관동군과 만주군의 토벌 작전은 본격화된다. 일본군은 독립군 토벌을 위해 민간인과 항일연군이 접촉하지 못하도록 집단 부락을 만들어 차단 작전을 펼치고, 항일연군의 유격 근거지와 그들 활동에 도움이 되는 산간부락 등을 불태워 버리는 초토화 작전을 병행하였다.

1936년 9월에 선만척식주식회사(이하 만척)라는 만주 이민 중개회사가 설립된다. 일제는 일본인을 조선으로 불러들이고, 조선인은 만주로 이주를 장려하는 정책을 취해 조선과 만주에서 식민지 정책을 수행한다. 일제는 조선인들에게 만주에 기름진 농토가 많고 노자, 양식, 종자, 농기구를 선대해주며 거처할 집을 이미 지어놓았고, 몇 해만 일하면 누구나 자작농이 될 수 있다고 선전해서 사람들을 모집했다. 전국에서 모집된 제1차 만주 이민자는 11,928명이었다. 한 세대당 가족 구성원을 다섯 사람으로 가정하면 6만여 명이 조선을 떠난 것이다.

1937년 8월 21일 소련 인민위원회 및 공산당 중앙위원회에서 스탈린의 직접 명령으로 조선인의 중앙아시아 강제 이주를 결정한다. 강제 이주 결정사항 제1428-326cc호에 기록된 공식적인 이유는 첫째 조선 사람들의 첩자 행위 방지, 둘째 중앙아시아와 카자흐스탄의 농업 인력 공급이었다. 그 명령에 따라 연해주 일대의 조선 사람 20여만 명은 9월 중순부터 11월말까지 중앙아시아 여러 지역으로 강제 이주했다. 러시아 연해주에 거주하던 조선인들은 가족 단위로 화물차 한 칸에 40명씩 짐처럼 실려서 갔다. 화물차는 널빤지로 만든 엉터리 침상이 놓여 있을 뿐 찬바람이 그대로 들어오고 화장실도 없었다. 가을로 접어드는 러시아의 추위는 밤낮의 기온차가 컸고 추위로 인해 많은 사람들이 이동 중에 화물차에서 죽어갔다. 9월 16일에 출발한 기차는 한 달을 넘게 달려 타슈켄트에 도착한다.

　(11권) 조선인들이 도착한 타슈켄트에는 엄청나게 굵고 키가 큰 갈대가 지천이었고, 그것을 묶어 기둥도 만들고 방구들도 놓고 해서 움막을 짓는다. 연해주에서 사회주의 운동을 하던 윤선숙은 중앙아시아 이주를 통해 조선인에게 소련은 무엇인가 라는 회의가 들고 소련에 대해서는 호의도 기대도 지우고 증오만 남는다. 조선인들은 타슈켄트로 이주해 와서도 아이들을 가르칠 학교를 먼저 세우고, 그 학교에서 아리랑을 가르쳤다. 아리랑이 소비에트에 대한 반대 선동 아니냐는 의심을 받아 고난을 당하기도 하지만 부지런한 조선인은 어디서나 자녀 교육과 논농사에 정성을 들였다. 여자들은 밭농사를 짓고 남자들은 소금기 있는 땅에 소금기를 빼고 논농사를 지었다. 소련 관리들은 이주민 신상 조사를 통해 식자층은 일본 스파이나 소련 정부에 반대하는 반동으로 몰아 딴 곳으로 이송하고 조선인들의 정착금을 착복하기도 했다. 사회주의 국가 소련은 러시아인으로 이루어진 중추 당원들의 타락으로 도처에서 병들어 간다.

　1938년 4월 총독부는 소학교·중학교·고등 여학교 규정을 전면 실시하고 중학교 과정의 조선어 시간을 일어·한문·역사·수

학 등의 과목으로 대체하도록 했다. 내선일체를 내세운 조선어 말살 정책의 시작이었다. 그리고 각 도에 일본어 강습소 1천여 개를 개설하고 조선인들에게 일어 강습을 지시한다. 1941년에는 소학교를 국민학교로 개칭하고 조선어 학습을 폐지하는 규정을 공포한다. 이로써 모든 기관에서 조선어 교육이 완전히 폐지되었다.

1940년 2월 11일부터 창씨개명이 실시되고, 춘원 이광수는 2월 20일 《매일신문》에 이름을 향산광랑이라고 창씨개명한 이유를 자신과 자손이 천황의 신민으로 살기 위해서라고 발표한다. 공허 스님은 홍씨 부인이 낳은 자신의 아들에게 동방의 인재가 되라는 뜻으로 동걸이라 이름만 지어주고, 성씨는 죽은 남편의 성을 따라 전동걸이 된다. 전동걸은 창씨개명의 압박에도 웃으면서 이름 앞에 큰 대자 하나만 더 붙이면 된다고 홍씨 부인을 위로한다. 오히려 일본놈들이 우리 성씨를 높여주는 것이라고 호탕하게 말하는 동걸의 모습에서 호방한 공허 스님의 모습이 보인다.

송수익의 장남 송중원은 잡지사 사장이 친일파로 변절되어 가자 잡지사를 그만두고 논 6마지기를 장만하여 고향으로 돌아간다. 고향으로 돌아온 송중원은 마을에서 야학을 하다 경찰에 잡혀간다. 그 후 야학이 아닌 이야기 선생 노릇을 하나, 전향서를 쓰지 않고 창씨개명 거부를 이유로 일제의 조선 사상범 예방 구금령에 따라 경찰에 다시 끌려간다. 송중원의 오랜 친구 허탁이 경성콤 사건으로 체포되고 국내 사회주의자들의 운신의 폭이 점점 좁아진다. 국내 사회주의 활동이 어려워지자 위장 전향하는 사람들이 나타나고 기독교 사회주의 운동이 나타난다.

만척은 조선 사람들을 북만주로 이민시키면서 관동군과 짜고 중국 사람들의 농토를 시가의 10분의 1 정도만 주고 빼앗는다. 그 땅에 집단 부락을 짓고 조선 사람들에게 농사를 짓게 한다. 만척이 중국 사람들을 몰아내고 조선 사람에게 농사를 짓게 한 것은 군량미로 쌀이 필요했고 중국인들은 밭농사밖에 지을 줄 몰라서 논농사에 능한 조선 사람들을 채워 넣은 것이었다. 이주한 조선인들이 가장 먼저 한 일이 밭을 논으로 바꾸는 일이었다. 집단 부락의 조선인은 여름에는 군량미를 생산하고 겨울에는 숯을 구워 연료를 생산해내는 효율적인 전쟁 후방기지 역할을 했다. 농토를 빼앗기고 가난뱅이가 된 중국 사람들은 일본 사람들뿐만이 아니라 조선 사람들마저 '일본놈의 주구 새끼들'이라며 똑같이 취급하고 원한을 품었다. 중국인 입장에서 조선인은 일본군의 보호를 받고 있는 것처럼 보였기 때문이다.

관동군은 〈만주 3개년 치안숙정 계획〉 마지막 해를 맞이하여 〈동변도 치안숙정 계획〉을 구체화시킨다. 그것은 간도·통화·길림 등 동남만주 일대에서 활동하고 있는 항일연군 제1로군을 완전 소탕하는 작전으로, 1939년 10월부터 1941년 3월까지의 기간동안 7만5천 대규모 병력을 투입한 작전이다. 관동군이 대병력을 투입한 이유는 첫째 한만 국경 지역에서 활동하는 제1로군이 항일연군 중에서 제일 강력했고, 둘째는 소련과의 전쟁을 생각할 때 후방기지 겸 작전기지로서 만주의 완벽한 치안이 확보되어야 하기 때문이었다. 관동군은 '진드기 전법'이라고 불리는 유격대 잡는 또 다른 유격 전법을 써서 항일연군을 끝까지 추격하는 작전을 썼고 동시에 제1로군 간부를 잡는 현상금 전단도 병행했다. 방대근은 긴급연락대를 편성해 지휘하고, 휘하 부대를 둘러보던 중 경위여단 대원이었던 조카 오삼봉의 죽음을 확인한다. 이동후방대에 속해 있던 수국이와 필녀도 산속에서 죽음을 맞이한다. 방대근은 항일연군 활동이 이제 막을 내렸음을 느끼고, 부대 해산 이후 어디로 갈 것인가를 고민하고 자유시참변을 떠올리며 소련으로 가는 것은 포기한다. 방대근은 대원들에게 부대 해산을 알리고 후일을 기약한다.

(12권) 1943년 8월 1일부터 조선인 징병제가 실시되고, 1943년 10월 20일부터 학병제가 실시되었다. 공허 스님의 아들 전동걸은 일본 유학 중 사회주의에 눈을 뜨고, 일본이 징병을 시작하자 유학생 모임에서 결정된 사항에 따라 만주에 있는 제8로군 영역 내에 있는 공산주의 계열 조선의용군을 찾아 나선다. 한편 송중원의 아들 송준혁은 신세호와 운봉 스님의 주선으로 학병을 피해 지리산으로 들어간다. 국내에 있던 사회주의자들은 일제의 학병을 피하기 위해 학생들을 지리산에 피신시

켜 자급자족하게 하고 군사 조직을 꾸려 인근 왜놈을 상대로 투쟁을 시도한다. 또한 사회주의 사상 학습을 통해 해방의 날에 대비하는 조직을 꾸리는데 그에 의탁하게 된 것이다. 만주에서는 지삼출 아들 지만복이 마흔한 살의 소학교 선생임에도 징병으로 나가게 된다. 다급해진 일본은 나이를 가리지 않고 조선은 물론 만주에서도 악랄하게 징병 대상을 모집하고 있었다. 일제가 징병으로 전쟁터에 끌고 간 조선인은 학도병 4천5백 명을 포함해 40만 명이다.

일본 지시마(쿠릴) 열도에서 비행장을 만드는 데 동원된 조선인 노동자들이 끌려올 때 들었던 노동 조건은 월 임금 18원이었다. 그러나 18원 중에서 밥값 13원 50전을 떼고 4원 50전이 남고 거기서 옷값·담뱃값·술값 등을 제하면 아무것도 남지 않았다. 그러나 무엇보다 잔인한 일본의 만행은 공습 경보를 울려 집에 돌아갈 날이 가까운 조선인들을 방공호에 모이게 한 뒤 수류탄을 터트리고 기관총을 난사해 살해한 일이다. 지시마 열도 비행장 공사에 동원되어 그렇게 살해당한 조선인이 4천 명이 넘는다.

사할린 탄광 징용 노무자들도 2년 계약을 하고 왔으나 거짓이었고 임금 조건도 월 18원에서 밥값 제외하고 평균 6원을 받았다. 6원 중 3원은 강제 저축하고 나머지는 옷값·담뱃값·술값으로 나가는데 언제나 부족했다. 그리고 매일 12시간씩 석탄을 캐는 그들에게 가장 큰 고통은 부실한 식사로 인한 배고픔이었다. 도망치는 노동자들도 있었는데 대부분 잡혀 와서는 죽임 당했다. 일제가 강제 징용한 조선인의 숫자는 160만 명이었다.

일본이 '군용 위안소'를 운영하기 시작한 것은 1931년으로 유곽의 여자들을 대상으로 했고, 1938년부터는 매춘부가 아닌 일반 처녀들 1백 명을 데려가 직영으로 '육군위안소'를 개설한다. 1941년 7월에는 조선총독부와 일본군이 직접 나서 1만 명의 처녀들을 종군 위안부로 끌고 가기 위해 전국적으로 '여자 사냥'을 시작한다. 경찰과 형사들이 처녀들의 납치에 앞장선다. 1941년 12월 말 태평양 전쟁 전선 전역에 '기지 위안소' 개설을 명령한다. 일본군은 조선여자들을 물품대장에 올려 놓고 각 부대에 물품으로 배급했다. 총독부는 이때부터 근로정신대로 위장한 종군 위안부를 손쉽게 모집하기 위해 친일파 지식인들을 동원한다. 시인 주요한은 1941년 《국민문학》 11월호에 〈댕기〉라는 시를 쓰고, 시인 노천명은 1942년 3월 4일자 《매일신보》에 〈부인근로대〉라는 시를 쓴다. 시인 모윤숙은 친일어용단체인 조선임전보국단 강연회에서 연설하고, 이화여전 교장 김활란은 1942년 《신세대》 12월호에 〈징병제와 반도 여성의 각오〉라는 글을 쓴다. 일제는 1944년 8월 23일 여자정신근로령을 즉시 공포하여 조선인 여자들을 모집하였다. 일제에 의해 위안부와 정신대로 끌려간 조선인 여자들은 30만 명이었다.

1945년 8월 15일 만주 집단 부락에서의 아침, 왜놈들이 다 도망갔다는 외침에 사람들이 놀라 잠에서 깨어났다. 집단 부락 사무실에는 일본군도 만주 경찰도 없었다. 조선인들은 고향으로 돌아가기 위해 남은 식량을 식구 수에 따라 배분하고 짐을 꾸려 함께 길을 떠난다. 그러나 길을 떠난 지 얼마되지 않아 한 무리의 사람들이 소리를 지르며 달려온다. 인근 지역의 중국인들이다. 그들은 손에 연장을 들고 "일본놈 주구들을 쳐죽여라!"고 외치며 집단 부락 사람들을 향해 달려온다. 조선인 남자들은 여자들과 자식들을 반대 방향으로 도망가게 하고 중국인들을 향해 나아간다. 조선 남자들과 중국 사람들이 엉켜 처절한 비명 속에 피가 튀는 난투극이 벌어진다. 남자들이 거의 다 쓰러져 갈 즈음 여자들과 아이들의 모습은 광야 저쪽으로 사라지고 있다. 그들은 압록강과 두만강에서 점점 멀어지고 있었다. 〈끝〉

그들은 그날 이후 오늘날까지 그때를 '해방'이라 부르지 않고 '그 사변'이나 '그때 사변'이라 부르며 살고 있다.

《아리랑》 읽은 후 느낌

전체적인 느낌

다 읽고 나서 첫 느낌은 '무거움'과 '슬픔'이었다. 책을 읽는 내내 짙은 먹구름이 머리를 짓누르는 느낌이 들어서 편안하지 않았다. 시대 배경이 우리 역사에서 가장 아픈 시기인 일제 치하를 다룬 소설이기도 하지만, 아무 죄 없는 순박한 백성들이 위정자가 팔아먹은 국가를 찾겠다고 험난한 시절을 살아낸 것을 생각하면 마음이 아팠다. 그러나 무겁고 슬픈 분위기 속에서도 끈질기게 살아 있는 생명력을 느낄 수 있었고 그 속에서 살아 숨 쉬는, 꺼지지 않는 희망을 보았다. 고향을 떠나 만주로 가 먹을 것이 부족한 상황에서도 자식들을 교육시키고 그 자식들이 자라 부모의 대를 이어 독립운동을 하는 것을 볼 때, 이 아름다운 사람들은 도대체 무엇을 바라고 나라를 찾겠다고 나서는 건지 그 마음이 숭고하게 여겨졌다.

두 번째 느낌은 '놀라움'이었다. 어떻게 이런 소설이 있을 수 있는가? 작가는 도대체 무슨 생각으로 이런 책을 썼는가? 놀라움의 연속이었다. 《아리랑》은 소설이 아니라 역사책이라고 감히 말할 수 있겠다. 12권의 책에 담긴 수많은 역사적 사실들을 확인하기 위해 답사하고 자료를 찾고 정리했을 것을 생각하니 절로 고개가 숙여졌다.

평소 역사에 관심이 많고 많이 알고 있다고 생각했는데 아니었다. 소설 속에 나타난 역사적 사실 가운데 아는 것도 있었지만 모르는 것 또한 많았다. 특히 만주·러시아에서의 독립운동이 그랬다. 자유시 참변, 민생단 사건, 육성촌 사건, 홍범도 장군의 활동, 동북항일연군의 활동, 연해주 조선인들의 중앙아시아 강제 이주 등. 작가가 제1부 〈작가의 말〉에서 '조국은 영원히 민족의 것이지 무슨무슨 주의자들의 소유가 아니'라고 했다. 그런데 우리나라의 역사 교육은 무슨무슨 주의자들 때문에 반쪽짜리 역사 지식을 가진 시민을 만들어낸 것 같다. 나는 1963년생으로, 초중고등학교를 다닐 때 위에서 열거한 역사적 사실들에 대해 전혀 배운 바가 없었다. 해방 이후 남북이 분단되었다는 이유로 우리 조상의 독립운동 역사마저도 반쪽짜리로 배웠다는 사실이 억울하고 한심하게 느껴졌다. 물론 지금 자라나는 세대는 좀 더 정확한 내용의 역사를 배우고 있고, 근간에 들어 묻혀져 있던 역사에 대한 재평가 작업이 이루어지고 있다. 하지만 아직 갈 길이 멀다는 생각이 든다. 학생·교사·군인·경찰·공무원·정치를 하거나 하려는 사람들·우리 역사를 제대로 알고 싶은 사람들 모두에게 《아리랑》을 읽어보기를 권하고 싶다. 진심이다.

세 번째 느낌은 '자연스러움'이었다. 책을 다 읽어갈 즈음 '이 책은 역사적 사실을 큰 줄기로 이야기를 구성했구나' 느끼게 되었다. 그러나 각각의 이야기 속에 역사적 사실이 자연스럽게 녹아 있고 이후의 전개도 자연스러워서 이야기 속으로 빨려들어갔다. 작가의 필력을 느낄 수 있었다.

소설이 제1~4부로 구성되어 있으므로 각 부별 감상을 적어본다.

1) 제1부

제1부의 소제목은 〈아, 한반도〉이다. 일본에 의해 유린당하는 조선 땅의 애처로움을 표현하고 있는 것 같다. 농사만 짓던 고향 땅에 신작로가 생기고 기찻길이 놓인다. 강제로 도로 공사장과 철도 공사장에 끌려갈 때까지도 이런 게 왜 생기는지도 모르다가, 토지 조사 사업처럼 땅을 빼앗기는 상황이 되어서야 일제의 만행에 눈 뜨기 시작한다. 일본은 아무도 눈치채지 못하는 사이에 조선 침략을 위한 사회적 기반 시설과 경제 수탈을 위한 준비작업을 차근차근 해나간다. 어느 위정자 하나 나서서 알려주지 않는 상황에서 이러한 일들이 이루어진다. 소설은 1904년 7월 군사경찰훈령에 의해 조선의 치안이 일본에 넘어간 것을 알리는 것으로 시작된다. 우리는 일본의 식민 통치가 시작된 시기를 1910년 한일합방이라고 배워 왔다. 그러나 실질적인 일본

의 침략은 이미 시작되고 있었던 것이다.

　개인적으로 집에서 신문을 구독하는데 경제 기사를 펼쳐볼 때 가끔 그것이 무엇을 의미하는지 알지 못할 때가 있다. 글자는 읽고 있지만 내용은 모르는 경제 문맹인 것이다. 경제 정책 하나가 만들어지면 그 내용과 목적이 무엇이고 개인과 집단에 어떤 영향을 끼치는지 면밀히 살피는 능력이 있어야 하는데, 그것을 파악하는 능력이 없다면 글자를 읽을 수 있더라도 문맹인 것이다. 아마 당시 일반 백성 대다수가 문맹이었을 것이다. 일본이 조선의 권력을 앗아갈 때 백성은 그렇다 치더라도 그 많은 양반과 지배층은 무엇을 했는지 궁금하다. 지난 일을 탓해서 무슨 이득이 있을까 싶지만 답답하기 그지없다.

　그나마 의식 있는 일부 양반들이 의병을 일으켜 빼앗긴 나라를 되찾으려고 노력한다. 신분 제도는 1894년 갑오개혁을 통해 철폐되었지만 실제 생활에서는 여전히 위용을 떨치고 있다. 나라를 찾는 의병 활동마저도 양반 중심과 양반과 평민 구분 없이 활동하는 집단으로 나뉜다. 소설의 주인공 송수익은 양반 출신으로 지삼출·손판석 등 평민들과 함께 의병을 일으켜 기나긴 독립운동의 시작을 알린다. 그러나 체계적이지 못하고 무기도 제대로 갖추지 못한 농민군 형태의 의병은 일부 일본군에게 피해를 입히고 승리를 거두기도 하지만 그 한계가 분명했다. 의병을 일으킨 사람들도 현재 나라의 정세가 어떠한지 정확히 알지 못하고 자기가 살고 있는 지역에서 산발적으로 의병 활동을 하니 나라를 찾을 길은 요원하였다. 소설을 읽으면서 의병에 나선 사람들의 충정은 알겠으나 뿌연 안개 속 같은 상황과 비조직적인 활동, 불투명한 미래에 가슴이 답답하였다. 뻔히 앞날이 그려지는데도 포기하지 않는 그들의 순결한 마음에 마음이 저려왔다.

그리고 일본의 통치 아래 재빠르게 일본 앞잡이로 나선 조선인들, 그들 친일파는 일본의 손발이 되어 조선 식민지화에 앞장서고 동포들을 악랄하게 괴롭힌다. 소설 속 친일파들은 그들의 비빌 언덕인 일본인과 짝을 이룬다. 백종두와 쓰지무라 군산부과장, 이동만과 요시다 농장 지배인, 장덕풍·양치성과 하야가와 우체국장 등이다. 어느 시기, 어느 나라에나 자기 자신만을 생각하고 시대의 변화에 약삭빠르게 올라타는 기회주의자들이 있지만, 우리나라 일제시대 친일파들은 같은 조선인 동포들에게 일본인보다 더한 모욕과 고통을 안겨주었다. 개인의 욕망만 있고 이웃이나 민족에 대한 공동체 개념은 전혀 없는 인간 군상들을 어떻게 이해해야 할까.

2) 제2부

국내에서는 토지 조사 사업으로 인한 농민들과 일본인, 관공서에서 근무하는 조선인 친일파들과의 여러 분쟁 상황과 만주·하와이 등 해외에서의 독립운동 태동기의 모습이 그려진다. 국내에서의 의병 활동이 한계를 드러내고 일본의 의병 토벌 등이 극심해지자 많은 독립운동가들은 만주로 이주한다. 일본의 식민지 정책이 본격화됨에 따라 그 야욕을 알아차릴 수 있게 되고 독립운동도 이전의 의병에 비해 조직화된다. 만주로 이주한 사람들은 그 어려운 환경 속에서도 신흥무관학교의 전신인 신흥강습소를 세우고 자녀들의 교육에 힘을 쏟는다.

중고등학교 시절 근현대사를 배울 때 항상 의아하게 생각한 것이 있는데, 우리 선조들이 먼 나라에 가서 제일 먼저 한 일 중의 하나로 조선인 학교를 세운 것이다. 시설도 변변치 않고 인원도 몇 안 되는 그런 학교를 왜 세우지? 생각했었다. 그러나 부모가 되어보니 밥을 못 먹어서 굶주려도 자식들을 교육시켰던 그 심정이 이제는 이해가 간다. 몸은 이역만리 타국에 있을지라도 정신만은 올바르게 지니고 살아야 나라를 되찾을 수 있을 거라 믿었던 수많은 독립운동가 덕분에 오늘의 우리 조국이 있다는 것을 알겠다. 다음 세대를 교육시키는 것이 독립운동의 첫 번째 일이었던 것이다.

정치사상가 한나 아렌트의 《예루살렘의 아이히만》이라는 책이 있다. 나치 전범 아돌프 아이히만의 재판 기록을 다룬 책으로, '악의 평범성'이라는 개념으로 유명하다. 그 책의 핵심을 한 마디로 정의하면 '무사유의 위험성'이다. '생각하지 않는 것'이 바로 누구나 악을 저지르게 되는 원인인 것이다. 타국에서의 삶이 남루할지라도 정신만은 올곧기를 바라고 그래야 나라를 되찾을 수 있을 것이라 믿어 자식들을 교육시킨 우리 선조들의 혜안에 감탄할 따름이다. 그래서 작가는 아마도 제2부의 소제목을 〈민족혼〉이라 정하지 않았을까 한다.

2부는 이야기적인 즐거움이 가장 두드러진다. 공허 스님과 홍씨 부인의 사랑 이야기가 그려지고 있기 때문이다. 공허 스님은 송수익과 함께 의병 활동을 하고 국내와 만주를 오가며 독립운동을 한다. 공허 스님이 부자들의 부정한 재산을 빼앗던 중 일본인 지주 하시모토의 집을 털려다 계략에 빠져 고초를 겪고 도망쳐 나와 피신한 곳이 홍씨 부인의 집이었다. 공허 스님은 홍씨 부인과 남녀의 연을 맺은 후 사랑을 이어간다. 공허 스님은 몇 달에 한 번 왔다가 바람처럼 사라지지만 홍씨 부인에 대한 사랑은 충만하다. 홍씨 부인이 자신의 아이를 낳자 동방의 큰 인물이라는 뜻의 동걸이라는 이름을 지어주고 홍씨 부인을 위해 나무 비녀를 깎고 아이를 위해 나무 노리개를 만든다. 엄혹한 시절에도 사랑은 있고 그 사랑의 결실인 아들 동걸은 자라서 아버지의 대를 이어 독립운동을 위해 중국으로 건너간다. 공허 스님은 보름이 아들 오삼봉을 만주에 데려다주는 길에 오삼봉을 구하고 일본군의 총에 맞아 죽는다. 젊은이를 다음 세대에 이어주고 그 밑거름이 된 공허 스님은 죽음마저 낭만적이다. 《아리랑》이 다루고 있는 소설적 배경은 전반적으로 무겁고 슬프지만 그 와중에도 공허 스님 같은 로맨티시스트가 있어 위로가 되었다.

2부의 또 다른 주요 내용은 3·1운동이다. 중고등학교 역사 시간에 근현대사는 항상 학기가 끝나갈 때쯤 빨리빨리 지나가는 부분이었다. 고대사부터 시작하니 뒤로 갈수록 시간이 모자라 근현대사는 대충 배웠던 것 같다. 그러나 최근 교육 과정은 한국 근현대사를 독립된 과목으로 배우니 참 다행이다. 그때 당시에는 1919년에 일어난 3·1운동을 간단한 사항으로 암기했지만, 소설을 읽으며 우리 독립운동사에 얼마나 중요한 사건이었는지 깨닫는 계기가 되었다. 소설을 읽고 역사책을 다시 찾아보았다.

3·1운동은 국내적으로는 고종의 인산일을 계기로, 국외적으로는 러시아 혁명의 성공으로 레닌이 세계의 민족 해방 운동을 지원할 것을 선언한 것과 미국 윌슨 대통령의 민족자결주의에 영향을 받는다. 서울에서 3·1운동이 일어나기 전에 동경에서 일본 유학생을 중심으로 한 2·8독립선언이 있었다. 3·1운동은 전국에서 전 계층에 걸쳐 일어난 평화시위이다. 3·1운동은 일본이 문화통치를 하는 계기가 되었고 대한민국 임시정부 수립의 계기가 된다. 또한 해외 무장 독립 투쟁이 확산되는 계기가 되며, 민

중의 사회의식 고취에 기여하고 세계민족운동에 자극을 주어 중국 5·4운동에 영향을 끼친다. 한일합방이 체결되고 10년 후에야 일어난 3·1운동으로 조선 독립운동은 비로소 조직적이고 체계적으로 진행된다. 소설을 통해 역사를 다시 공부하게 되니 《아리랑》을 어찌 역사책이라고 하지 않을 수 있겠는가?

3) 제3부

국내에서는 일제의 산미 증식 계획에 따라 농민들에 대한 수탈이 강화된다. 1927년 설립된 유일하게 합법적인 독립운동 단체인 신간회 활동이 있었으나 1931년 해산한다. 또한 국내외적으로 공산주의가 유행하여 지식인들을 배후로 한 소작 쟁의, 노동 쟁의가 전국 각지에서 일어난다. 또 1931년 만주사변 이후 일본 지배가 200년 이상 갈 것이라는 패배주의가 지식인층을 중심으로 확산되기도 하고, 자치주의라는 신종 친일파가 등장한다.

해외에서는 독립운동가들 사이에서 다양한 분파가 생겨나고 자유시 참변이 일어난다. 만주에서는 의열단이 창설되어 무장 투쟁이 활발히 이루어진다. 해외 독립운동가들은 민족주의·사회주의·무정부주의 등 다양한 진로 앞에서 고민 갈등하고 대립한다. 일본에서는 관동 대지진으로 무고한 조선 동포들이 죽임을 당한다. 그러는 중에도 만주로 이주한 농민과 독립운동가들의 후손은 독립운동가로 성장한다. 독립운동가 2세들은 독립군으로, 교사로, 의사로 해외 독립운동이 일어나는 각지에서 그들의 역할을 다한다. 1세대 독립운동가 송수익은 장춘에서 일본군에 의해 체포된다.

이야기가 전개될수록 국내외적으로 더욱 가혹해지는 상황에 마음이 참담하였다. 그런 와중에도 의열단·신간회 활동 등이 위안이 되었으며, 자라나는 독립운동가 2세들에 의해 다시 의

지를 불태울 수 있어서 작으나마 희망을 느꼈다. 제3부의 소제
목은 〈어둠의 산하〉이다. 제목처럼 어둠의 긴 터널을 지나는 것
같아 가슴이 답답하고 우울하였다.

4) 제4부

　국내외 사회주의자들은 치안유지법에 의해 무차별 검거되고 밀정으로 인해 활동이 위축된다. 상황이 어려워지자 위장 전향이 늘어나고 기독교 사회주의 운동이 나타난다.

　일제 식민 통치는 날이 갈수록 악랄해진다. 전 고보에서 군사 교육을 실시하며 신사 참배령을 내리고 조선어 말살 정책을 실시한다. 또한 창씨개명과 만18~19세 청년들의 체력검사를 실시하여 징병을 준비한다. 징병제, 학병제가 실시되고 강제 징용, 여자정신근로령, 조선인 위안부 등이 강제로 모집되어 간다.

　1943년 대동아회의 이후 일본의 지배가 계속 이어질 거라는 사회적인 분위기가 퍼져 자포자기하는 분위기와 지식인들의 변절이 늘어난다.

　해외에서는 민생단 사건, 육성촌 사건 등 밀정으로 인한 오해와 도륙으로 수많은 독립운동가들이 희생된다. 송수익은 장춘 감옥에서 옥사하고 그 와중에도 동북항일연군의 가열찬 투쟁이 이어진다. 독립운동가 2세들의 활동으로 대를 이은 독립운동이 이어지며 희망의 끈을 놓지 않는다. 1945년 8월 15일, 만주 집단 부락에서 해방을 맞이한 동포들은 해방의 기쁨을 느끼기도 전에 조선인을 일본놈 주구라고 여기는 중국인들과 혈투를 벌인다. 그들에게 해방은 아직도 '그 사변', '그때 사변'이라 불린다.

　4부를 읽으면서 느낀 점은 수많은 국내외 독립운동가들이 앞이 보이지 않는 상황을 헤쳐 오면서 지쳐가고 있음을 느꼈다. 이미 알고 있는 역사이고, 책을 읽는 것만으로도 이렇게 힘이 들고 지치는데, 그 당시를 실제로 살아온 우리 선조들은 어떠했을까를 생각하니 그 고통이 가늠되지 않는다.

그리고 소설의 마지막 장면이 가장 마음이 아팠는데 만주 집단 부락에서 해방을 맞이한 동포들에게 다가온 것은 해방의 기쁨이 아니라 피비린내 나는 혈투극이었다. 우리 민족이 일제에 의한 피해자임에도 불구하고, 일본놈들의 주구로 인식되어 중국인에게는 가해자가 되어 버린 이 아이러니를 어떻게 받아들여야 하는가. 해방의 날, 기쁨에 넘쳐 고향으로 돌아가야 할 우리 동포들이 만주 벌판에서 중국인 손에 죽어갔을 것을 생각하니 그저 마음이 아플 뿐이다.

작가는 왜 마지막 장면을 만주 집단부락의 난투극으로 마무리했을까. 준비 없이 불시에 맞이한 해방, 해방 이후 우리 역사는 일제강점 36년의 고통에 버금가는 동일 민족 간의 이념 대결, 전쟁으로 이어진다. 비극은 아직도 끝나지 않고 조국 분단 현실로 남아 있다. 그 비극의 시작과 아이러니한 상황의 상징을 일제에 의한 피해자인 조선인과 그들을 가해자로 오해한 중국인의 집단 난투극으로 암시한 것은 아닐까.

《아리랑》 이슈별 검토

읽으면서 흠잡을 데가 별로 없었지만 유일하게 걸리는 부분은 작가의 젠더 감수성이었다. 딸에 대한 편견, 외모로 인해 나뉘는 여자들의 삶, 여성 생식기에 대한 묘사, 조선 여인들의 속곳에 대한 묘사, 남성들의 음담패설 등. 당대 시대 인식을 반영하는 것인지 아니면 작가 본인의 생각인지 모르겠지만 많이 불편했다. 하나씩 살펴보자.

1) 딸에 대한 편견

• 오월이와 보름이는 고향 친구로, 오월이가 오랜만에 만난 보름이에게 혹독한 시집살이를 털어놓으며 자신의 딸에 대해 말하는 장면이다.

남편이 돌림병으로 죽고 난 후에 딸을 낳자 시어머니는 오월이를 의심하고 아들을 못 낳았다고 구박하며 시집살이가 심해진다. 오월이는 자기는 얼굴도 안 예쁜데 무슨 딴짓을 했겠느냐며, 죽은 남편이 변변치 못해서 죽고 그 씨가 부실해서 아들이 아닌 딸을 낳았다고 한탄한다.

오월이가 남편과 애틋함이 없고 딸을 낳아서 시집살이가 심해진 것은 백번 양보해서 그 시대 인식이라 이해하겠지만, 남편 씨가 부실해서 딸을 낳았다고 말하는 대목에서 딸을 아들보다 열등한 존재로 표현하는 것이 매우 거슬렸다.

• 필녀는 토끼 사냥도 할 줄 아는 활달한 산골 처녀로, 화전 민으로 숨어든 독립군들을 알게 되고 송수익을 존경하고 흠모 하여 독립군을 따라 만주로 이주해 간 사람이다. 필녀는 자신 의 남편을 모자란 사람이라고 생각하여 불만이 많다. 이웃에게 남편의 씨가 부실해 딸을 낳는 게 당연하다는 투로 말하고 딸을 아들보다 열등한 존재로 생각하고 있다. 특히 딸이라서 먹이는 젖도 아깝고 키워서 어디다 써먹겠냐고 말한다. 도대체 뭐라 할 말이 없다.

2) 여성의 외모로 인해 나뉘는 이분법적 삶의 궤적

감골댁은 영근이·보름이·정분이·수국이·대근이 5남매를 두 었다. 5남매 중 특히 큰딸 보름이와 막내딸 수국이는 외모가 빼 어나게 예쁘고 정분이는 평범했다. 정분이는 평범하게 시집가 서 산다. 그러나 보름이와 수국이는 이쁜 외모로 인해 험난한 삶을 살게 된다. 결혼 전에도 가난한 살림살이 때문에 더러운 시선과 유혹에 시달리고, 가는 곳마다 돈과 완력을 지닌 남자들 의 성 노리개가 된다. 빼어난 외모 때문에 항상 위험에 노출된 다. 아무리 가난하고 힘이 없어도 두 자매의 인생을 이렇게도 똑같이 고통스럽게 표현해야 했는지 의문이다.

두 자매의 인생이 너무 뻔하게 찍어낸 데칼코마니 같았다. 그나마 다행인 것은 후에 보름이는 홍씨 부인과 이웃하여 편안하게 살 수 있었고, 수국이는 공허 스님의 설법으로 마음의 건강을 되찾고 이후 독립군 유격대가 되어 활동하다 산속에서 전사한다.

보름이와 수국이의 삶을 간단히 요약해보자면, 보름이는 마을 중매쟁이를 통해 논 다섯 마지기를 받고 김참봉 첩으로 들어앉으라는 요청을 받는다. 감골댁은 찢어지게 가난한 가족을 위해 자신을 희생하여 첩으로 들어가겠다는 보름이를 말려서, 지삼출의 처가가 있는 무주로 시집보낸다. 무주 산골로 시집가서 잘 살던 보름이는 남편과 시아버지가 토지 조사 사업의 와중에 억울하게 죽자 아들 오삼봉을 데리고 군산에 살고 있는 마을 아저씨인 손판석을 찾아간다. 식구들은 수국이 일로 이미 만주로 떠나고 없는 상태다. 보름이는 군산에서 장덕풍의 아들인 순사 장칠문에게 겁탈을 당하고, 장칠문은 자신의 출세를 위하여 보름이를 일본인 경찰 세끼야에게 바친다. 보름이는 장칠문과 세끼야의 아이를 낳아 모두 세 명의 자녀를 키운다. 훗날 아들 오삼봉은 독립군 활동을 위해 만주로 가고 홍씨 부인의 이웃으로 실아간다.

수국이는 보름이 만큼이나 빼어난 외모를 지녔다. 가족이 군산으로 이주한 후 대근이 친구 서무룡이 수국이에게 계속 추근 댄다. 미선소에 다니던 수국이는 백종두의 아들 백남일에게 겁 탈을 당한다. 수국이는 그 일로 정신적으로 육체적으로 쇠약해 진다. 수국이의 동생 대근이가 백남일에게 복수하여 애꾸눈으 로 만들고 더 이상 군산에 있을 수 없게 된 가족은 만주로 떠난 다. 수국이는 만주에서 장사꾼으로 위장한 밀정 양치성과 함께 살게 되고, 양치성의 아이를 낳지만 중국인 집에 양자로 보낸 다. 이후 수국이는 독립군 유격대를 따라 나서고, 독립군 활동 을 하다가 산속에서 전사한다.

3) 빈번한 여성 성기 묘사

전개상 꼭 필요한 부분도 아닌데 여성의 성기에 대한 묘사가 매우 빈번하게 나오는 점이 많이 불편했다. 하나하나 살펴보자.

• 백종두가 기생 옥향이에게 일본 게이샤를 칭찬하자 옥향이가 쏘아붙이는 말이다.

옥향이는 왜년들 그것은 전부가 밑으로 처졌다고 하면서, 왜년이 좋으면 가보라고 밑으로 처진 구멍 찾다가 헛김만 다 빠질 거라고 쏘아붙인다. 그러면서 배추 하나라도 자기 고장 것을 먹어야 살로 간다고 말한다. 백종두가 시대에 영합하는 약삭빠른 인간이기에 기생인 옥향에게도 변화하는 시대에 잘 적응하라고 하는 말이지만, 소설 전개에 꼭 필요한 것 같지는 않다. 작가는 무슨 의도로 이 부분을 끼워 넣었는지 모르겠다.

• 하와이 노동자들이 하와이 여자의 성기를 비하하는 대화 내용으로, 하와이에 와 있는 조선인 남성 노동자들은 대부분이 미혼이다. 하와이 농장주들은 그들이 미혼이기 때문 주색잡기와 거친 집단행동을 한다고 판단하여 하와이 원주민 여자들과 결혼시키려고 한다. 그 사실을 알게 된 조선인 노동자들의 대화 내용이다.

하와이 여자들의 성기가 더운 나라의 계절적 특성 때문에 펑퍼짐하고 성적 매력이 없다고 말하면서, 반면 조선 남자들의 성기는 훌륭하다며 하와이 여자들은 양심이 없다고 욕설을 섞으며 공짜로 줘도 싫다고 말한다. 한편에서는 공짜라면 하와이 여자는 물론 일본 여자도 좋다고 말한다. 여자를 남자와 동등한 인격체로 대하는 것이 아닌 오직 성적 대상물로 취급하는 대화이다.

• 러시아에서 조강섭·윤철훈·이광민이 처음 만나서 하는 대화 내용이다.

먼 러시아 땅까지 와서 동포들이 모아 주는 독립운동 자금을 받아가기 위해 러시아 하바롭스크에서 이광민이 윤철훈을 통해 조강섭을 처음 만나는 장면이다. 초면인 이광민 앞에서 친구 사이인 고정자금책 조강섭과 자금운반책 윤철훈의 대화 수위가 높다. 작가는 남자들 사이 음담패설이 서로 간 친근감을 느끼게 해준다며 넘어가는데, 친근해지는 방법이 그것밖에 없는지 의문이다.

윤철훈이 조강섭에게 왜 장가를 가지 않느냐고 묻자, 조강섭은 쓸 만한 여지가 없다며 러시아에는 조선 처녀가 없고 러시아 여자들은 쓸데없이 색이나 밝힌다고 말한다. 그러고는 윤철훈에게 러시아 여자들의 가슴이 조선 여자들보다 크고 출렁이니 그중 골라보라고 말하며, 러시아 여자들이 몸집이 큰 만큼 아래 구멍도 크고 뜨끈뜨끈하고 화끈화끈한 게 겨울 몸풀기에 최고라고 말한다. 추운 날씨에 냉병 걸리지 말라고 하느님이 그렇게 만들어 주었다는 농담을 덧붙인다.

여자를 남자의 성적 욕망을 해결하는 도구 이상도 이하도 아닌 존재로 취급하는 대화 내용에 아연실색했다. 조선 여자를 비하하는 것이 아닌 러시아나 하와이·일본 등 외국의 여성들을 성적 대상화 하는 것은 괜찮다고 생각하는 것일까.

• 기생집에서 일본인 쓰지무라와 하시모토가 주고받는 대화로서, 조선 속옷인 속곳이 성행위를 하는 데 간편한 옷이라고 말하며 칭찬인지 비아냥인지 모를 이야기를 한다. 대화 내용이 지극히 남성 중심 사고를 보여주는 것으로 많이 불편하고 불쾌하였다.

쓰지무라는 조선은 임금부터 백성들까지 모두 유교에 철저해서 양반들은 잠자리에서도 옷을 다 벗지 않고, 기생들도 그 짓을 할 때 산송장처럼 행동해서 밥맛이 없다고 말한다. 그런데 조선 여자들의 속곳이라는 옷이 있는데, 그것은 옷감이 위아래로 겹쳐져 밑이 길게 터져 있어서 걸음을 걸을 때는 속살이 드러나지 않게 착 감싸이고, 오줌을 누려고 앉거나 누워서 두 다리를 벌리면 그 아랫것들이 훤하게 드러나는 옷이라고 말한다. 일본에는 없는 편한 옷으로 조선 것들이 제법이라며, 속곳이라는 건 입고 있어도 그 짓을 하는 덴 아무 지장이 없다고 말하며 낄낄댄다.

김주영 《객주》

소개

줄거리

읽은 후 느낌

이슈별 검토

일러두기

이 책에서 다룬 《객주》는 문학동네에서 발행한 1판 9쇄(2016년 1월 15일
발행)본을 기초로 하고 있음을 밝힌다.

김주영의 《객주》 소개

〰〰〰

《객주》에 대한 소개는 객주문학관 홈페이지에 있는 내용 중 일부를 가져왔다. 그리고 작가가 《객주》를 통해 말하고자 한 것이 무엇인지는 제1권 말미에 있는 작가의 말을 요약하여 싣는 것으로 대신한다.

1979년 6월 1일 서울신문에 소설 《객주》 연재가 시작되었다. 이후 1984년 2월 29일까지 4년 9개월 동안 1,465회에 걸쳐 1~9권, 이어 2013년 4월 1일부터 8월 21일까지 108회에 걸쳐 10권이 연재된 이 방대한 역사소설은 선풍적인 인기를 끌었고, 1983년~1984년에는 동명의 텔레비전 드라마로도 제작되었다. 1981년 '창작과비평'에서 출간되어 1984년 총 9권이 출간되었으며, 이후 '문이당'을 거쳐 2013년에 '문학동네'에서 10권으로 완간되었다. 9권이 발간된 지 30년 만의 일이었다. 첫 출간 이후 한 번도 절판되지 않았으며 10만 질 이상 판매된 것으로 집계된다.

30년 만에 마침표를 찍다

1984년 《객주》 9권이 출간되었으나 김주영은 '완간'이란 표현을 쓰지 않았다. 천봉삼을 비롯해 작품을 통틀어 주인공이라 할 수 있는 몇 등장 인물의 행적을 끝까지 좇지 않은 것만 보아도 아직 더 할 이야기가 남아 있음을 에둘러 표현한 것이었다.

그리고 2009년, 그는 지금의 울진과 봉화 사이에서 보부상길(십이령 길, 금강소나무길)이 발견되었다는 이야기를 전해 듣는다.

울진 홍부장에서 봉화 춘양장으로 넘어가는 그 길은 조선 후기 울진 의 염전과 내륙의 장시를 연결하는 유일한 길로서 보부상들의 삶의 동 맥이었다.

울진 두천(말내)에 서 있는 보부상 반수와 접장의 불망비(철비)가 발 견되었으며 주막과 장시의 흔적이 남아 있을 뿐 아니라, 봉화 오전리에 서는 지금도 보부상들을 위한 제사를 지내고 있다.

이를 기초로《객주》10권 완간을 향한 작업이 재개되었다.

(객주문학관 홈페이지)

한 인생에 있어 가치 있는 연령대라 할 수 있는 40대 초반의 근 5년 동안을 이 소설에 매달려 있으면서도 피곤한 줄 몰랐었던 것은 어린 시 절 나를 매혹시켰던 저잣거리에 대한 강렬한 인상을 지워버릴 수 없었 던 것과 함께 작가적 호기심과 충동이 끊임없이 나를 충동했기 때문이 었다.

이 소설의 전체적인 흐름을 구성하고 있는 저잣거리. 그 저잣거리에 서 나는 감수성 많은 소년 시절의 대부분을 보냈다. 내가 살던 시골의

읍내 마을에서는 5일마다 한 번씩 저자가 열렸다. 내가 살던 집의 울타리 밖이 장터였고 울타리 안쪽은 우리집 마당이었다. 그러나 그 울타리는 어느새 극성스러운 장돌림들에 의해서 허물어지고 말았다.

그들은 우리집 마당에서 유기전을 벌이기도 하였고 드팀전을 벌이는가 하면 어물전을 벌이기도 하였다. (중략)

그러나 이튿날 일어나보면 그 북새판을 이루던 장꾼들은 모두 자취를 감추고 저잣거리엔 허섭쓰레기만 굴러가고 낟곡식을 쪼는 참새 떼들만 새까맣게 내려앉아 있었다. 그 적막감은 아직도 잊을 수가 없다. 명색 작가가 되면서 나는 그 강렬했던 인생들을 어떤 방식으로든지 배설하지 않으면 안 된다는 강박감에 부대껴왔다.

《객주》는 그런 강박감에 대한 하나의 해결이었다 할 수 있겠다. 이 소설이 쓰인 두 번째 이유는, 기왕에 썼던 이른바 역사소설에 대한 나름대로의 불만이 있었기 때문이다. (중략)

백성들 쪽에서 바라보는 역사 인식에 대한 배타성이 우리 역사 기술에는 너무 강하게 작용하고 있지 않은가 생각되었다. 5년이란 기간 동안에 쓴 긴 소설 속에서 그리고 수많은 인물 중에서 단 한 사람의 영웅도 만들지 않았던 까닭은 나름대로의 시각 때문이기도 하였다.

세 번째는 오늘에 쓰이고 있는 소설들이 모두 그렇다는 것은 아니지만 때때로 우리말 서술의 화석화(化石化) 현상에 대한 염려도 이 소설에는 포함되어 있다. 이 소설에 기술되는 문장이 지적이거나 논리적이라기보다는 감정적이고 즉흥적이고 충동적인 어휘, 그리고 마모되거나 퇴화해버린 언어들을 굳이 골라 가창적 서정성을 꾀하려 했던 연유가 거기에 있고 사고적인 것보다 미각적인 어휘를 굳이 찾아 쓰게 된 것도 그 당시 사람들의 생활 감정에 보다 밀착되어서 서민 역사를 바라보고자 한 것에 연유한다. (중략)

1981년 3월

김주영

— 〈작가의 말〉, 《객주》 제1권 338~341쪽

아홉 권으로 끝맺었던 소설 《객주》를 연달아 쓰게 되었다. 열 권째 쓰기를 착수하기 전까지 30년 가까운 세월이 흘러갔다. (중략)

가슴속 어딘가에는 항상 쓰다 그만둔 것 같은 소설 《객주》에 대한 미진함이 내 덜미를 뒤틀어 쥐고 있었다. 그것이 《객주》를 연달아 쓰게 된 첫 번째 이유다. 두 번째는 연달아 쓰지 않으면 안 될 만큼의 소재와 자료들이 우연히 발견되었기 때문이다. 오늘날까지도 너무도 확실하게 남아 있는 내륙 지방 보부상들이 남긴 자료들과 그들이 실제로 겪었던 애환들을 소설로 재구성하지 않는다면, 《객주》를 쓴 작가로선 필경 여한으로 남을 것 같았다. 그것이 바로 30여 년이 흘러간 지금 다시 《객주》를 연달아 쓰게 된 연유다.

2013년 봄

울진 관송헌에서 김주영

— 〈개정판을 펴내며〉, 《객주》 제1권 335쪽

《객주》줄거리

《객주》의 줄거리는 객주문학관과 홈페이지가 있지만 직접 요약하였다. 《객주》는 역사적 사건이 주로 배경으로 있고, 등장인물들 사이의 관계가 얽히고설켜 이야기 중심으로 전개된다. 그러나 제3부 제7, 8권에서는 임오군란 당시의 역사적 사실이 전면에 등장하여 군란 주동자·민비·대원군 등 실제 역사적 인물들과 상황을 주요 인물로 등장시켜 역사와 허구를 오가며 이야기를 전개하는 점이 독특하고 재미있었다.

- 제1부 외장外場(1~3권)
- 제2부 경상京商(4~6권)
- 제3부 상도商盜(7~9권 | 10권)

1) 제1부

(1권) 송파 행수 조성준이 천봉삼·최돌이와 함께 도망간 아내를 찾아 문경새재 고사리마을로 떠난다. 아내를 데려간 송만치를 찾아내 양물을 자르고 아내의 발뒤꿈치를 잘라버린다. 그러나 이 일을 도왔던 깍정이 일행이 조성준 일행을 폭행하고 전대

를 가지고 도망가면서 일이 꼬이기 시작한다. 조성준 일행은 봉삼의 구완이 급하여 애초의 계획을 바꾸어 봉삼을 주막에 두고 헤어지게 된다. 봉삼은 구완을 위해 들른 주막에서 매월이를 만나게 되고 매월이가 봉삼을 마음에 두게 된다.

조성준이 상주로 떠난 뒤 도중에 예주목 석가·선돌이를 만나게 되고 등장인물 소개가 이어지며 인물들 간의 일정이 꼬이고 관계가 얽히게 된다.

봉삼이 조성준을 찾는 과정에서 안동에 들르게 되는데, 안동에서 전계장 조순득이 봉삼의 일행인 선돌이를 잡아 가둔다. 이를 구출하는 과정에서 조소사와 월이를 만나게 되고 봉삼과 조소사는 하룻밤 인연을 맺는다. 그 후 조소사는 봉삼을 마음에 담은 채 서울 거상 신석주의 첩실로 간다. 백정 딸로 조소사의 몸종이었던 월이는 최돌이의 계략으로 봉삼 일행과 함께하게 되고 최돌이와 혼인을 한다.

(2권) 일행과 헤어진 조성준은 떠돌아 다니는 중에 길소개·이용익을 만나게 된다. 조성준·이용익·길소개는 강경 김학준의 환갑잔치에 길소개를 시골 양반으로 변장시켜 들어가서 여러 소란을 겪은 후에 김학준을 부담롱에 집어넣어 납치한다. 김학준을 납치한 이유는 조성준이 송파 쇠살쭈 시절 장마에 갇혀 김천 우시장에 발이 묶여 있을 때, 김학준이 조성준에게 빌려준 돈 3백 냥을 받기 위해 조성준의 농우소 20마리를 팔아 버리고

조성준 아내를 송만치로 하여금 겁간하게 하여 도망치게 한 것에 대한 원수를 갚기 위한 것이다.

그러나 김학준은 그의 소실 천소례에 의해 구출되어 강경으로 돌아가지만 얼마 후에 죽는다.

조성준 일행은 보부상 관습대로 환의하고 헤어져서 구례에서 만나기로 한다. 그러나 길소개가 다시 강경으로 가서 김학준 소실 천소례로부터 조성준 몫인 3천 냥 상당의 재산을 받아낸다. 그리고 길소개는 김학준 환갑잔치 때, 그 집에서 김학준 일가인 운천댁 마님을 겁간한 일이 있는데 강경을 떠나며 운천댁과 동행하게 된다. 길소개는 강경을 떠날 때 탄 배의 사공이 자신을 의심하자 뱃사공을 살해하고 서울로 가는 세곡선을 얻어 타게 된다.

봉삼·선돌·예주목 석가·최돌이·월이가 안동에서 하동까지 동행한다. 예주목 석가는 이미 최돌이와 혼인한 월이를 호시탐탐 노리고, 그러던 중 다툼을 하다 최돌이를 살해하고 일행이 이를 알게 되자 칼로 자진한다.

(3권) 봉삼 일행이 전주로 왔을 때 서울 시전 신석주의 차인 맹구범도 와 있다. 맹구범은 전주 지물을 매점하고 앵속을 밀매하려고 온 것인데, 다른 사람과 앵속에 대하여 대화한 것을 월이가 엿들어 알고 있다고 오해한 맹구범이 월이를 가두고 겁간을 하여 아편에 대한 비밀을 발설하지 못하게 한다. 이때 매월

이가 봉삼을 찾아 전주에 나타나고, 맹구범과 연결되어 아편 전달하는 일을 하게 된다. 그러나 매월이가 전달한 아편은 가짜였고 하동 포주인이 매월이를 관아에 고발해 옥에 갇히지만 포졸을 매수하여 감옥을 빠져나와 다시 전주로 향한다. 월이를 찾아낸 봉삼·선돌이는 동행할 것을 권하나 월이는 동행하지 않는다. 한편 봉삼을 연모하여 찾아다니던 매월이는 이제 연정이 아닌 앙심을 품게 된다. 김학준의 첩실 천소례는 봉삼·선돌·쇠전꾼들에 의해 보쌈 당하여 강경 포구 강심에 버려진다.

2) 제2부

(4권) 천소례에게 받은 돈 3천 냥을 가지고 서울에 자리잡은 길소개는 재동 선혜청 당상 김보현 대감 집에서 식객인 유필호를 만나고, 유필호가 편법을 써서 길소개를 소과에 합격시켜 준다. 김보현 대감이 길소개를 통해 신석주에게 삼남으로 가는 세곡선에 승선해도 좋다는 서신을 보내고, 길소개와 맹구범이 공모하여 길소개는 관직을 얻고, 세곡선에는 신석주 수하 10명을 승선시켜 쌀을 빼돌리게 하고 길소개는 3천 냥짜리 어음을 받는다.

선돌이는 해주 고향으로 가고, 봉삼은 서울 성내로 들어와 조소사와 월이의 소식을 알아보려고 난전을 피다 붙잡혀 우여곡절을 겪고 도망쳐 나온다. 한편 월이는 신석주 집 상인들이 있는 전방에서 구실살이를 하고 있고, 맹구범이 봉삼을 알아보고 월이와 함께 곳간에 가둔다. 맹구범은 조소사에게 봉삼의 소식을 알려 그 대가로 폐물을 받고 봉삼을 풀어준다.

길소개는 다쳐서 누워 있는 송만치를 살해하고 그 시신을 조성준과 헤어질 때 바꿔 입은 저고리로 덮어놓아 조성준에게 살인 누명을 씌운다. 그리고 맹구범은 길소개를 만나 봉삼을 세곡선 총대선인이라고 소개한다.

매월이는 맹구범에게 다릿짐을 적탈 당하고 객비를 구해 봉삼을 찾아 한강에 다다라 약고개에서 무녀를 만나 무당이 되고 서강 갯나루에서 열리는 풍신제에 따라간다.

서강 풍신제에서 봉삼과 조소사가 만난다. 신석주는 맹구범이 조소사와 정을 통한 줄 알고 문초하자 맹구범은 조소사와 봉삼의 관계를 얘기한다. 신석주는 봉삼과 조소사의 일을 알고 있는 맹구범 혀를 자르고 내다 버린다. 신석주의 뜻에 따라 봉삼이 보쌈을 당해 조소사와 신방을 차려 합방하고 조소사와 월이는 재상봉한다.

세곡선이 와 있는 군산에서 수적 소굴에서 은신하였던 조성준과 탑싹부리는 길소개가 세선단에 있음을 알고 죽이려다 오히려 길소개에게 쫓기는 신세가 된다. 조성준은 대장장이 득추의 집으로 피신하고, 그 일로 득추는 관아에 잡혔다가 녹림당에 의해 구출되어 봉삼이 준 은자를 가지고 가족과 함께 군산을 떠난다.

(5권) 세곡선이 군산에 도착하고 탑싹부리는 일부러 싸움을 거는데 봉삼은 그 사이에 쌀을 도둑맞는다. 봉삼은 유필호와 상의하여 도둑맞은 쌀을 찾으러 조성준이 숨어 있을 것으로 짐작되는 적굴을 찾아 나서기로 한다. 조성준은 대장간을 빠져나와 사공막을 찾아가고 거기서 탑싹부리와 장물아비의 도움을 받아 병구완을 받는다. 그리고 그곳에서 천소례와 만난다. 봉삼은 조성준을 만나고 장물아비로부터 세곡을 돌려받는데, 유필호가 봉삼에게 이 일에 나서지 말 것을 권유한다. 왜냐하면 길소개가 이 일을 핑계로 현감과 함께 백성들로부터 다시 곡식을 도집하

였기 때문이다. 군산에서 서울로 올라가는 세곡선에서 길소개는 꼭두쇠 패거리를 태우고 그들에게 굿청을 차리라고 해 놓고 변복차림으로 왜상과 거래하는 와주와 거래를 한다. 길소개가 세곡선에 승선한 이유는 세곡미를 횡령하는 것이고 이 일을 지시한 사람은 김보현 대감이다. 서울로 가는 길에 길소개가 자신과 의견이 다른 유필호·봉삼을 결박하나 양화도에 다다랐을 때 형조 포리들이 그들을 도주시킨다. 이 일은 신석주가 꾸민 일로, 유필호와 봉삼은 도성 밖으로 나가라는 명을 받는다.

조소사는 월이를 몸종으로 데리고 있으면서 봉삼의 아이를 임신한 상태이다. 생산 능력이 없는 신석주가 봉삼을 씨내리로 조소사를 임신시킨 것이다. 조소사는 송파로 월이를 보내 봉삼의 소식을 알아 오라고 시키고 월이는 봉삼에게 조소사의 임신 소식을 알리고 조소사에게는 봉삼이 송파·다락원·원산을 다니며 소를 팔고 온다는 소식을 가지고 온다.

신석주는 민겸호에게 뇌물을 바치고 원산 상거래에 필요한 지인을 소개받기 위해 찾아간다. 민겸호는 길소개에게 신석주 재산 상황을 보고하라고 지시하고, 길소개가 맹구범을 찾아가 장책을 받기로 하였으나 맹구범은 살해당하고 장책만 길소개 집 앞에 놓여 있어 장책 내용을 민겸호에게 보고한다. 그러나 신석주가 민겸호를 찾아가 자신의 재산이 장책에 있는 것보다 더 많다고 하면서 그 일을 알아본 수하를 비난하여 민겸호와 길소개 두 사람 사이를 이간질시키는 데 성공한다. 이 일로 길소개는 민겸호에게 흠씬 두들겨 맞고 쫓겨나고 매월이를 찾아간다. 매월이는 길소개를 통해 봉삼이 송파에 있음을 알아낸다.

봉삼은 신석주에게서 받은 어음으로 옛 조성준의 송파 마방을 되찾고 다락원 대장간에도 마방을 짓고 드나드는데 그곳은 득추가 하는 대장간이다. 고향으로 돌아갔던 선돌이가 송파 마방으로 봉삼을 찾아온다. 선돌이는 아내의 외간 남자, 집 방화, 아이의 죽음, 그로 인한 방황 등 고향에서 있었던 일을 이야기한다. 방황하던 선돌이는 방황을 그치고 다락원에 소를 몰고 다녀오겠다고 한다.

송파·다락원·솔모루는 관동 초입 길로 화적떼가 많은 곳이기도 하다. 솔모루 객점에 길소개가 나타나고, 선돌이는 철원에서 부담롱을 진 이상한 무리를 만난다. 상대 행수는 이용익으로 선돌이 굿판 무당을 희롱하여 동네 장정에게 매를 맞자 선돌이를 구해준다. 봉노에 누워 있던 선돌이는 어느 일당에 의해 애꾸눈이 되고 이용익은 부담롱 중 절반을 도둑맞는다. 사실 그 짐은 신석주 집으로 가는 것으로 이용익이 운송 중이던 밀매품이었다.

(6권) 민영익은 이제 나이 스물이나 영특하고 글씨와 그림에 능하여 민비가 그를 가까이 두고 부렸는데, 함경북도 북청 태생 이용익이 민영익을 찾아와 단천에서 캐낸 금을 바치고 충성을 연비 입묵해 보인다.

이용익은 민영익의 집에서 나와 신석주를 찾아가고 거기서 매월이를 만난다. 신석주는 이용익·매월이와 함께 밀매한 물건을 되찾을 궁리한다. 신석주 집을 나와 자신의 집에 온 이용익을 매월이가 유혹하여 합방한다. 매월이는 이용익에게 잃어버린 물건을 찾지 말라고 권유하고 이용익은 그에 따른다.

송파에서는 접장을 선발하는 공사가 있어 매우 분주한데, 이번 공사에 접장으로 나선 사람은 송파 천봉삼과 과천 임방 최가이다. 과천 임방 최가는 광주 관아에서 점찍은 사람이다. 천봉삼 쪽과 최가 쪽 패거리들이 싸움을 벌이고 이 과정에서 봉삼이 배후로 지목되어 잡아갈 셈이었으나 봉삼이 일장연설로 좌중을 휘어잡아 싸움이 끝나고 화해주를 먹는다. 봉삼이 새로운 접장으로 당선되고, 그 뒤에서 선돌이가 봉삼이 선길장수의 체면을 살리기를 바라는 마음으로 일부러 소동을 일으켜 봉삼이 접장으로 선발되도록 도왔던 것이다.

소동을 일으킨 사람들을 징치하는 과정에서 매를 맞은 선돌이는 그 후유증으로 죽게 된다. 봉삼이 선돌이의 장례 상주가 되어 준비하고 선돌이를 위한 굿을 하기 위해 무당을 부르는데, 만리재 유명한 무당이라고 온 사람이 매월이였다. 봉삼과 매월이가 상봉하고 매월이는 봉삼에 대한 자신의 사랑이 심화되고 앙심이 되었다가 매원으로 변하였다고 말한다. 매월이는 선돌이의 진혼굿을 마치고 돌아간다.

기찰 포교가 상가에 들이닥쳐 봉삼을 포박하여 끌고 갔는데,

그 이유는 광주 아문 관속에게 인정전을 바치지 않아 괘씸하게 여기던 중 이번 선발에서 자기들이 점찍은 최가를 물리치고 봉삼이 접장이 되자 끌고 간 것이었다. 봉삼은 광주 토옥에서 부자 노인 유씨를 만나는데 그가 말하기를 돈이 많아 관에 시달리고 있다고 한다.

봉삼이 끌려가는 것을 본 매월이는 신석주 집에 가서 월이에게 전하고, 월이가 조소사에게 말하자 만삭의 조소사는 신석주에게 봉삼을 구해달라고 부탁한다. 신석주는 봉삼을 구해주는 것처럼 꾸미고 사실은 봉삼을 죽이려는 계략을 짠다. 유필호가 이를 눈치채고 이방을 협박하여 봉삼을 구하기 위해 노력한다. 유필호는 조소사에게 가서 신석주가 봉삼을 죽이라고 지시한 서찰을 보여주며 이 집에서 떠나자고 하자 조소사는 따르기로 한다. 그러나 월이는 함께 가지 않는다. 봉삼과 유노인이 석방되고 유노인이 죽자 봉삼은 그의 장례를 치른 후 유필호·유노인의 두 딸과 함께 떠난다.

조소사는 시구문 밖 석쇠의 집에서 아들을 낳는다. 송파 마방은 유필호가 맡고 미혼자와 봉삼은 관동으로 가기로 하여 모두 26명이 평강에 자리잡기로 한다.

길소개는 신석주의 봉물을 탈취한 돈으로 민겸호를 찾아가 뇌물을 주고 관직을 요청한다.

평강은 서울과 원산의 중간 지점으로 지리적 이점이 많은 곳이나, 정착을 위해서는 화적떼를 물리쳐야 하는 어려움이 있었다. 평강 지물도가 전계장이 봉삼에게 지물 수송을 부탁하고, 지물 수송과정에서 수적을 만났지만 이들을 잘 처리하여 오히려 수하로 삼는다. 봉삼은 원산포 쇠전마당에서 조성준을 다시 만난다. 지물을 잘 전달하고 평강으로 돌아오자 지물도가 주인은 봉삼에게 삯을 두 배로 주고, 조소사는 평강에 도착하여 봉삼과 만난다. 봉삼은 평강에 집 세 채와 마방을 짓고 식솔들을 이끈다.

3) 제3부

(7권) 신석주는 아버지가 경주 아전 출신으로 부유한 어린시절을 보내고, 나이 서른에 서울로 올라와 연초 장사로 거부가 된 인물이다. 봉삼이 조소사를 납치해 간 이후 신석주는 탑골에서 칩거하고 있다. 신석주는 월이가 상전인 조소사를 보호하기 위해 떠나지 않고 남은 의리와 인간됨에 감동하여 월이를 면천한다는 서찰과 거금의 어음을 주며 떠나라고 한다. 신석주는 그동안 아편·비단 밀매를 통해 양반들의 재산을 불려주는 등 양반들과 관계를 이어 왔으나, 깨달음을 얻고 민겸호에게 육의전 대행수를 사직하겠다고 한다.

민영익은 신석주가 월이에게 거금을 주어 속량한 것을 알게 되어 월이를 잡으라고 명령하나, 유필호의 계략으로 월이는 무사히 평강에 도착한다. 평강 처소에는 100여 명의 사람들이 색상에게 팔려가는 처자들을 구해내어 처소 동무들과 결혼하여 살고 있다.

운천댁의 남편인 김몽돌은 길소개 소식을 알게 되고 운천댁을 보쌈하여 자진하게 한다. 길소개는 안변 고을에서 운천댁 납치를 빌미로 돈을 긁어모아 민겸호에게 갖다 바치고 선혜천 낭청 자리를 얻게 된다.

봉삼은 월이가 받은 어음을 돌려주기 위해 신석주를 찾아가지만 그는 이미 죽은 후이다. 유필호는 그 어음을 대원군 서자인 이재선에게 주어 대원군 옹립에 쓰자고 권한다. 봉삼은 처음에는 반대하나 나중에는 익명으로 건네기로 한다. 봉삼은 미복 차림의 이재선과 만난 후 평강으로 떠난다.

봉삼과 강쇠는 평강으로 가는 길에 목욕을 하려고 개울에 들어 갔다가 옷을 도둑맞고 어떤 여자 계략에 빠져 몽혼약을 탄 술을 먹고 이틀이나 혼절한다. 정신이 들어 평강으로 돌아와 보니 조소사는 콩밭 우산뱀에 물려 죽고 이에 상심한 봉삼은 아이를 월이에게 맡기고 원산포로 소를 몰고 간다. 봉삼은 왜상과 밀매하는 상인이 많은 원산포에서 그런 상인들에게 봉변을 주어 경계심을 준다.

임오년 6월, 1년 동안이나 급료를 못 받은 무위영·장어영 군총들에게 늠료를 주라는 명이 떨어지고 늠료를 받아든 군총들은 모래 섞인 쌀을 받아들고 크게 흥분하여 항의하는데, 이것이 임오군란의 시작이다. 선혜청 낭청으로 있는 길소개는 삼개나루 염대주와 짜고 군산에서 올라온 세곡선의 쌀을 모래 섞인 쌀로 바꿔치기한다. 군총들은 무위대장 이경하에게 도움을 청하나 아무 소득이 없음을 알고 민겸호 집으로 쳐들어가 기물을 부순다. 유필호가 대원위를 만나러 가나 대원위는 만남을 거절하고 계산적 태도를 보인다.

(8권) 군란이 계속되고 난군은 감옥에 갇힌 유복만·김춘영· 정의길·김명준을 구해낸다. 난군들은 칠문을 해 놓은 부패한 양반들의 집을 파괴한다. 또한 난군들은 일본 공사 하나부사를

찾아 나서지만 찾지 못한다. 고종은 대신들에게 난군을 진압할 방도를 찾으라고 하지만 대안이 없자 대원위를 다시 궁궐에 불러들인다. 여러 차례 입궐을 고사하던 대원위는 난군이 궁궐에 침입하였다는 소식을 명분 삼아 입궐한다. 부패를 일삼던 민문의 민겸호가 죽임을 당하고 김보현도 죽는다.

군란이 일어나자 중전이 상궁 복색을 하고 궁궐을 빠져나와 서울의 여러 민씨 일가 집을 전전하다가 우여곡절 끝에 장호원으로 피신하고 그 과정에 이용익이 동행한다. 이용익은 보부상 관리격인 민영익을 대장으로 보부상을 모아 난군에 대처하려는 계획을 세우고 봉삼을 만나지만 봉삼은 그에 반대한다. 이용익이 봉삼의 그런 태도를 민영익에게 알린다.

길소개는 군란 중 서울에서 이용익을 만나 장호원에 동행하고 중전이 와 있음을 알게 된다. 매월이도 장호원에 와 있어 중전이 무녀를 찾자 매월이가 들어간다. 매월이는 과거 신어미를 따라 궁에 가본 일이 있어 중전을 알아보고 놀란다. 길소개에게 엉겁결에 그 내막을 발설하고, 길소개는 이를 빌미로 매월이에게 달라붙는다. 매월이는 중전을 알아보지 못한 척하면서 입에 혀처럼 중전을 대하여 신임을 얻는다. 대원군이 청나라에 포로로 잡혀가자 중전은 서울로 환궁하고 이 때 매월이와 길소개가 동행한다.

대원군이 청나라에 포로로 잡혀간 뒤 군란에 가담한 군총들을 검색하고 이때 100여 명의 군총이 봉삼을 따라 평강 처소로 이동한다. 봉삼은 석쇠 집에서 매월이와 길소개의 소식을 듣는다. 봉삼은 평강에 정착하기 위해 조성준에게 송파 마방을 맡기고자 하지만, 송만치 살인범으로 누명을 쓰고 있으므로 봉삼은 매월이를 찾아가 조성준의 누명을 벗겨줄 것을 부탁하는데 매월이는 부탁을 들어주는 대신 길소개를 없애 달라고 한다.

봉삼은 유필호를 평강 양반집 규수와 혼인시킨다. 그리고 금강산에서 온 여승이 원산 조성준 마방에 찾아오는데, 그 여승은 천소례다. 천소례와 봉삼은 드디어 상봉하여 함께 평강으로 간다. 송파 처소 동무 두 명이 이유도 없이 광주 관아에 끌려가자 봉삼은 이용익에게 도움을 청하러 가서 민영익의 집으로 가는데, 임오군란 때 민영익에 반대했다는 이유로 그 집에 갇힌다. 매월이와 이용익이 봉삼을 구하기 위해 백방으로 노력하고 구하러 가자 봉삼은 이미 도망가고 없다. 그 과정에서 천소례가 매월이네 안잠자기로 들어가 고생한다. 한편 길소개는 대동청 화재 사고로 삭탈관직 당하고 송파 조성준을 찾아온다. 최송파는 길소개에게 봉삼·소례를 구해내는 것이 살 길이라고 알려준다.

(9권) 매월이는 진령군에 봉해지고 고종과 중전으로부터 금은보화를 받는다. 매월이의 집에는 권문세가들이 줄을 잇는다. 길소개가 매월이를 찾아와 천소례를 풀어달라고 하자 매월이는 길소개를 가두고 혓바닥을 잘라 거의 죽기 직전의 상태로 내다 버린다. 조성준·최송파가 길소개를 거두어 데려 간다.

김주영《객주》191

월이는 봉삼의 소식이 궁금해 아이를 업고 득추 대장간에 찾아가고 이틀 뒤 양주 숯가마에 숨어 있던 봉삼이 득추 집으로 온다. 봉삼과 월이는 합방한다. 봉삼이 소례를 구하기 위해 매월이를 찾아가자, 매월이는 황첩을 보여주며 자신의 애정을 밝힌다. 봉삼이 황첩을 불사르자 매월이는 단념하고 소례를 이미 송파로 보냈다고 말한다. 송파에서 봉삼은 소례를 만난다.

봉삼이 송파를 떠나 평강에서 소 100마리를 몰고 원산으로 가는 길 철령고개에서 화적떼를 만나지만 이를 소탕한다. 관아 장교가 화적떼를 소탕한 업적을 자신들에게 달라고 하자 봉삼은 그에 응하고 그들과 인연을 맺는 계기가 된다. 봉삼 일행은 원산포에 도착하고 봉삼은 강쇠·곰배에게 화적떼에게서 뺏은 화승총 5자루를 가지고 있다고 말한다. 그리고 그것으로 원산포에서 왜상과 거래하는 상인들을 혼내주기로 하고, 통사 두 명과 왜상 두 명을 척살하자 그 소문이 원산을 넘어 서울까지 퍼진다.

송파 처소에서는 친정 갔다는 월이가 돌아오지 않아 걱정이고, 소례는 혹시 월이가 매월이 집에 잡혀 있지 않나 걱정되어 매월이 집에 찾아갔다가 그 집 하인을 통해 월이가 잡혀 있음을 알게 된다. 소례는 월이를 구하기 위해 봉삼의 아이를 업고 매월이를 찾아간다. 매월이는 봉삼의 아이를 안아보고 시누이를 구하려 붙잡혀 있는 월이·월이를 구하기 위해 다시 호랑이 굴에 찾아온 소례에게 감동하여 월이와 소례 둘 다 풀어주고 송파로 보낸다. 매월이는 사랑에 있어 자신이 패자라고 느낀다.

천소례·길소개·최송파는 원산으로 가는 길에 봉삼이 왜상과 거래하는 상인들을 혼내준 이야기를 듣는다. 봉삼 일행은 원산에서 영향력 있는 곡물 객주 최대주·마가 객주·심객주 세 사람의 장책을 훔치고 이간질시켜 그들이 왜상과 거래하는 것을 방해한다. 그리고 화륜선이 떠나기 전날, 왜국으로 나가는 곡물을 지켜내기 위해 곡물을 훔쳐 마을 사람들에게 나누어준다. 이 과정에서 조선 사람에게 붙잡힌 길소개가 관부로 압송되고 봉삼은 고민 끝에 길소개를 구명하기 위해 관아에 자복한다.

이용익은 매월이를 찾아가 원산에서 벌어지고 있는 일의 주동자가 봉삼이고 감옥에 갇혀 있음을 알린다. 이용익과 매월이는 백방으로 노력하여 봉삼을 감옥에서 빼낸다. 월이는 아이를 업고 송파에서 시구문 석쇠 집으로 소례를 찾아온다. 봉삼은 이미 감옥에서 빠져나왔는데, 그 사실을 모르는 월이가 죄인을 압송하는 광경을 보고 거기에 봉삼이 있다고 여기며 함거를 따라간다.

(10권) 갑신년(1884년) 2월 하순, 봉삼이 서울에서 탈출한 지 2년이 지난 시점이다. 울진 흥부장에서 현동·내성 장시까지 160리를 소금·미역·건어물을 지고 험난한 십이령길을 넘는 소금 상단의 모습이 그려진다. 상단을 이끄는 행수는 임소의 도감 정한조다. 일행은 눈길에 쓰러져 거의 죽어가는 한 사내를 구해

서 인근 숯막에서 구완해 살려놓는다. 사내는 자신이 천봉삼이라고 말한다. 그리고 한 탁발승이 그 사내를 찾아다닌다.

흥부 포구의 토염은 맛과 품질이 뛰어난 울진의 소문난 토산품으로 염전이 돈이 되는 것을 안 토호·벼슬아치들이 아전·관노를 사주하여 염전을 싸게 사려고 어촌 백성들을 협박 농간하고 착취한다.

궁반 출신 건어물 상단 행수 조기출은 정한조의 소금 상단과 함께 십이령길을 넘는다. 정한조는 내성에서 임소의 반수 권재만을 찾아가 십이령길에서 행려병자를 구한 일, 그를 찾는 탁발승 이야기를 하며 그 근처에 화적굴이 있는 것 같다며 화적떼를 소탕해야 한다고 말한다. 그리고 내성 어물도가 포주 윤기호가 정한조 상단 일행을 색주가에 데려 갔다가 어느 패거리와 싸울 뻔하고 그냥 돌아온다.

병구완 받던 행려병자가 도망가고 그를 쫓던 탁발승, 색주가에서의 봉변, 윤기호를 의심하던 정한조에게 화적떼를 만나 봉물과 전대를 모두 털린 조기출 상단이 찾아와 미인계에 빠져 봉변을 당했다고 경위를 설명한다. 정한조는 도망간 행려병자를 찾아내 적굴에 대한 얘기를 듣고 그자가 천봉삼이라고 말하지만 믿지 않는다.

반수 권재만이 울진 현령을 찾아가, 십이령길을 지켜 민초를 구하고 장시의 번영을 꾀하겠다는 말을 하자 현령은 화적 소탕을 위한 병장기를 지원해주기로 한다.

정한조·곽개천 등은 화적떼를 분산시켜 소탕하기로 한다. 한 무재에서 6명을 잡고, 윤기호 단골 색주가에서 7명을 잡는다. 그리고 적당 소굴을 찾아나서 한 무리를 찾아내지만 두령은 놓치고 만다. 적굴에서 천봉삼과 월이를 찾고 그간의 연유를 듣는다.

봉삼은 임오년 난리에 연루되어 이리저리 쫓기다가 길지를 찾아 남쪽으로 가는데, 그가 찾는 길지란 징세나 부역이 없고 토호들의 발호나 관리들의 가렴주구가 없으며 양반도 상것도 없는 세상이다. 씨를 뿌리고 거름을 주지 않아도 열매가 열리고 마당에 노루가 뛰어 들고 솥에는 꿩이 저절로 날아드는 그런 땅이다. 어쩌다 적굴에 살게 되었으나 적굴에 있을 때 아이가 죽고 나서 자기들만 살겠다고 도망 나올 수 없어서 그곳에 살았다고 말한다. 적굴을 소탕한 소금 상단 일행은 적당과 공모한 윤기호를 잡아들여 멍석말이하고 회술레를 돌린다.

건강을 회복한 봉삼은 적굴에 있는 동안 형식적으로나마 간자 노릇을 한 마음의 짐을 벗기 위해 적굴 두령을 잡는 일에 나선다. 화적떼 소탕 작전에서 자기의 소임을 다하지 못한 길세만은 내성 색주가에 숨어 있다가 적굴 두령에게 잡혀 간다. 적굴 두령과 길세만은 적굴 근처 수정암에 숨겨놓은 재산을 가지러 간다. 길세만이 잠든 줄 알고 두령이 혼자 재산을 가져 가려다가 길세만이 두령을 때려잡아 정한조에게로 데려와서 수정암에 적당이 훔친 장물이 있다고 말한다. 비밀리에 봉삼과 몇을 보내 숨겨둔 장물을 찾아오게 하는데 수만 냥의 재산이다.

김주영 《객주》 195

봉삼과 곽개천은 내성·울진에서 영월·태백으로 가는 새로운 상로를 개척한다. 생달마을은 경상 내륙과 강원 내륙 상로에서 이문을 얻을 수 있는 지리적 이점이 있는 곳이다. 적당에게서 찾은 재물의 처리를 놓고 여려 의견이 모이고 봉삼의 의견이 채택된다. 정한조 상단은 적굴에서 가져온 재물과 각자 가지고 있는 재산을 모두 합쳐 본명이 아닌 별호로 공동재산을 마련하고 생달과 애전의 땅을 구입하여 공동체를 구성하고 반수의 송덕비를 세운다. 천봉삼 내외는 달덩이 같은 아들을 얻고 생달마을 촌장이 되어 객주를 운영하며 동무들과 함께 생활한다.

《객주》읽은 후 느낌

~~~~~~~~~~~

　《객주》는 제1부 〈외장〉(1~3권), 제2부 〈경상〉(4~6권), 제3부 〈상도〉(7~10권)로 3부 전 10권으로 구성되어 있는데, 제10권이 이후 추가로 쓰여 이야기의 흐름이 다소 다른 면이 있지만 각 부별 감상보다 전체 감상을 쓰는 것이 더 적당할 듯하다.

　다 읽고 난 첫 느낌은 '엄청 재미있다'는 것이었다. 책을 읽기 시작해서 10권이 끝날 때까지 쉬지 않고 금방 읽었다. 다만 등장인물이 많고 인물들 간에 얽히고설킨 이야기, 음모와 모략이 많아서 집중을 해야 했다. 한바탕 신나는 드라마나 영화를 본 것 같았는데, 한편 '이게 과연 19세기 말 조선시대 이야기가 맞나?' 하는 생각이 들었다. 시대 상황만 19세기일 뿐 이야기의 내용이나 등장인물들의 행동 양식은 마치 현대물 같았기 때문이다. 그래서 전체 느낌은 조선시대 옷을 입은 잘 만든 현대의 드라마 같았다. 객주는 2015년 9월부터 2016년 2월까지 〈장사의 신―객주 2015〉라는 제목의 드라마로 방영되었으나 보지 않았기 때문에 소설 원작과 비교할 수도 없고 나의 감상에 영향을 끼치지도 않았지만, 소설을 다 읽고 난 느낌이 현대적인 액션 드라마나 영화 같았다는 것이다.

두 번째 느낌은 보부상의 생생한 생활 모습, 관습, 규율과 전국 장시의 모습, 특산물 등에 관한 '기록의 위대함'이었다. 보부상이라는 특정 직업에 대해 《객주》처럼 상세하게 기술한 책은 없을 것이다. 본문에 등장하는 보부상의 규율과 관습의 중요한 부분을 인용 정리해보면 다음과 같다.

도부꾼들은 살아서는 서로 의탁하고 병 얻어 타관에서 객사하면 십시일반하여 장사 지내고 슬피 울어준 사해지내가 형제였다. 손위는 형이라 깍듯하고 손아래는 거침없이 동생이라 부르며, 동무의 부모에 대해서는 숙질간이나 마찬가지로 대했다. 심지어 객주에 들른 도부꾼이 병들었을 때, 축객을 하였다 하면 그 객주가 장문을 당했다.

(1권 137쪽)

도부꾼들 사이에는 여상단 겁간하려던 패악질은 장문법으로 다스리던 판국이라, 어느 촌놈이 되잖은 흑심을 품었다가 봉욕을 당한 것 또한 당연하다는 조짐 때문이었다. 도부꾼들은 1년 내내 집에 있는 처자식들 걱정 속에 살아야 하는 충정이 있었다. 때로는 되다 만 아전 나부랭이들이나 돈 많은 선달들에게 계집을 빼앗겨 오쟁이를 지는 경우가 허다하였다. (1권 168~169쪽)

보부상들은 병구사장을 비롯한 환난상구에 소요되는 경비를 별도로 납입할 의무가 있었다. 춘기에 바치는 춘수전은 병난 도부꾼의 회춘을 위한 쓰임이었고, 추기에 바치는 추보전은 사자를 매장하는 데 썼다. 이를 납입하는 것은 행상을 떠날 때 임소에 있는 장부에 등재하고 자문을 받기 위함이었다. 추보전에는 행상들이 내는 것 외에 별부가 있었으나 그것은 임방의 접대비를 말했다. (1권 216~217쪽)

장문을 놓는 법은 용두가 새겨진 촉작대 두 개의 끝을 숙바마로 마주 잡아맨 다음 문과 같이 서로 마주보게 괴어놓는 것을 이름이다. 그처럼 장문이란 보부상들에겐 지엄한 국법에 건줄 바 되었으니 아무도 이를 피할 도리만은 없었다. 경향각지를 횡행하는 무뢰배들이 보부상을 모칭하여 양민을 괴롭힌다 하더라도 그 방법에 있어 장문만은 놓지 못하였으니, 그것은 채장을 지닌 보부상들만이 유일하게 누릴 수 있는 특권인 동시에 그들이 규율을 유지하는 마지막 수단이기도 하였다.

(2권 176~177쪽)

보부상들에겐 예부터 환의의 풍습이 있었으니, 오래도록 작반하다가 헤어져야 했을 때, 같은 고향을 두었으되 한 사람은 고향으로 가고 한 사람은 그러지 못할 사정이 있을 때, 서로의 비밀을 지킬 약조를 나누었을 때, 또는 동료로부터 은혜를 입었을 때, 그들은 환의로써 그 우의와 의리를 확인하였다. (2권 219쪽)

보부상이 객사하면 동무들이 모여서 초종범절을 치르는 것은 그들이 지켜온 오랜 관습이었다. (3권 87쪽)

보부상들의 조직 체계를 설명하고 접장을 뽑는 과정을 설명하고 있다. 보부상들은 영위, 반수, 접장, 본방, 공원, 공사장, 집사, 서사, 사속들을 매년 3월에 있는 공사일에 권점의 경과를 거쳐 세웠다.
(6권 73~75쪽)

또한 소설을 읽다 보면 전국의 장시 종류와 장시에서 다루는 품목을 일일이 열거하고 장타령 등을 곳곳에 배치하여, 장터 한가운데 있는 착각이 들 정도로 재미와 지식을 동시에 느끼게 하는 작품이다. 본문에 등장하는 장시 소개와 각종 물품에 대해 중요한 부분을 정리해보면 다음과 같다.

1) 계추리·합사주·후주·명주 등 옷감 거래가 유명한 장시를 소개하는 장면(1권 140쪽)
2) 장시에서 판매되고 있는 물품들의 옛날 명칭 소개와 향시의 크기에 따른 장시 이름 소개(1권 177~178쪽)
3) 지물 종류 소개(3권 148~149쪽)
4) 전주 저잣거리 장시에서 파는 물품 소개(3권 183~185쪽)
5) 서울과 한강변 장시의 지리적 위치와 모습 소개(4권 10~12쪽)

6) 신발 종류 소개(4권 114~115쪽)

7) 떡타령을 통해 본 계절별 떡 종류(7권 287~288쪽)

8) 5일장의 유래 소개(10권 61~63쪽)

세 번째 느낌은 '생동감'이다. 이야기의 무대가 문경새재 고사리마을에서 시작하여 안동·하동·강경·논산·전주·군산·서울·송파·경기 광주·다락원·솔모루·철원·평강·원산·울진·현동·내성·십이령고개 등 전국에 걸쳐 전개됨에 따라 함께 전국을 유람하는 것 같았다. 특히 한강을 따라 삼개나루·서강·양화진·송파나루에서 이야기가 흥미진진하게 펼쳐지는 과정, 서울 시내의 조선시대 지명과 현재 지명을 연결시켜 보는 상상은 책 읽는 즐거움을 배가시켜주었다. 가능하다면 소설 속에 등장하는 서울 지역을 따라 '객주 서울 문학 관광' 이벤트를 해보고 싶은 마음이다. 아이디어가 마구 샘솟게 만드는 즐거움이 있었다.

네 번째는 '소설의 구성이 독특하다'는 점이다. 소설 7, 8권의 주요내용은 임오군란에 대한 것이다. 민비가 상궁 복색으로 궁궐을 빠져나와 민씨 일족의 집에 숨었다가 서울은 안전할 것 같지 않아서, 우여곡절 끝에 단강령이 내려진 한강을 건너 장호원으로 피난가는 과정에서 민비의 일거수 일투족을 마치 곁에서 지켜본 것처럼 생동감 있게 표현하고 있다. 장호원에서의 생활 모습도 매우 생생하게 묘사되어 있다. 단순한 역사적 사실을 모티브로 풍부한 상상력을 동원하여 구성한 사실과 허구의 조합이 매우 독특하면서도 재미있었다.

다섯 번째는 '우리말의 깊은 맛'을 알게 해주었다는 점이다. 소설 속 인용된 속담이나 상황 설명에 사용된 표현들이 풍부하고 걸쭉한 것들이 많았다. 그 속담이나 표현들이 요즘 인권 의식으로 볼 때 부적절거나 지나치게 성적인 표현도 있지만, 정말이지 소설 속에서 상황을 이해하는 데 있어 적확하게 쓰였다고 생각된다. 그런 표현들이 소설의 재미를 더욱 높여주었다. 속담은 따로 분류하여 300쪽에 정리하였다.

마지막으로 느낀 점은 소설 내용이 보부상들의 생활 모습과 무협지 못지않은 박진감으로 재미를 추구하는 소설인 줄 알았는데 '주제가 사회성 있다'는 점이다. 이야기는 보부상들 각각의 개인사와 그에 따른 애증, 복수 등으로 이루어져 있다. 그리고 작가는 《객주》는 특별한 주인공이 없이 이야기에 등장하는 인물들 모두가 주인공이라고 말한다. 그러나 나는 《객주》에는 주인공이 있고, 지도자와 리더쉽에 대해 이야기하고 있다고 느꼈다. 작품 속에는 몇 가지 유형의 리더가 등장하는데 천봉삼·신석주·민비 등이다.

1) 당시 왕은 고종이었지만 민비는 고종과 함께 실질적인 정

치 수장이었다. 민비는 정치 수장으로서 왕실의 재정 낭비, 왕비의 자식에의 집착이 부른 무속 집착과 낭비, 민씨 일족의 국정농단, 매관매직, 과거 제도의 폐단 등 끝 간 데 없는 부정부패를 일삼은 망국의 주동적 역할을 한 정치 집단의 수장이었다. 특히 궁중에서는 원자가 탄생하면서 초제를 지내는 데 절제가 없었고 팔도의 명산을 두루 찾아 빌었으며, 주상의 유연이 헤퍼 내수사 재원만으로 감당이 안 되어 관직과 과거를 파는 폐습이 생겨났다. 임오군란 중 민비가 대갓집 마님으로 위장하여 장호원으로 피신하는 과정에서 만나게 되는 백성들의 왕실에 대한 평가도 부정적이다. 예를 들면 주막집 주모가 말하기를 "자영인가 민비인가 하는 그년 때문에 이 난리가 났고, 자영이는 어릴 적부터 앙큼하고 영악하기로 고을에 이름이 났다 하더이다"라고 말한다. 왕실에 대한 백성들의 평가가 부정적임을 나타내는 부분이다.

2) 신석주는 육의전 대행수로 경제 분야의 수장이었다. 경주 사람으로 아전 출신 아버지를 두었고 어린 시절 유복하게 자랐으며, 서울로 올라와 뛰어난 수완으로 연초 장사로 거부가 되고 육의전 대행수까지 오른다. 그러나 그가 많은 재산을 모은 배경에는 정경유착이 있었다. 신석주는 당대 실세 양반들의 재산을 불려주며 나라의 세곡미를 부정하게 빼돌리고 아편 밀매 등으로 재산을 모은다. 자신의 목적 달성을 위해서는 살인을 사주하

기도 하고 부리던 사람의 혀를 잡아 빼는 잔인함을 지니기도 했다. 거부가 되었지만 지도자로서의 인성에는 많은 흠결이 있는 인물이다. 그러나 그는 자식도 없고 첩실인 조소사가 떠난 후, 그의 몸종이었던 월이의 인간됨에 반하여 그에게 거금을 주어 면천속량하여 주고 쓸쓸히 죽음을 맞이한다.

3) 천봉삼은 어린 나이에 부모를 잃고 하나뿐인 누나와도 생이별한 후 보부상으로 시작하여 송파 마방을 거쳐 평강에 마방을 짓고 공동체를 이룬 뒤 원산에도 마방을 짓는다. 봉삼은 원산 곡물 객주 최대주와 대화 내용 중 원산에는 이문이 나는 물화가 많은데 왜 마방을 지었느냐는 질문에 다음과 같이 응대한다.

소는 백성들이 목숨처럼 아끼는 것이고 농우소 한 마리가 노농 열사람 몫을 하니, 농사를 일으키려면 농우소가 많아야 하고 소가 있어야 같은 땅에서도 소출이 많아지고 소출이 많으면 장시도 번성하니, 상리를 노리는 물화로서 이보다 더 가치 있는 것이 어디 있느냐고 대답한다. 그리고 원산에서 쓸 만한 농우소들은 왜상들에게 고가로 판매되는 우피를 얻기 위해 도살되고 그 결과 장차 내륙은 폐농이 되고 농토를 잃은 농민들이 유민이 되는 것을 막기 위해서라도 농우소를 지켜야 한다고 말한다. 이 대화를 통해 봉삼은 단지 돈만 쫓는 장사꾼이 아니라 백성들과 이 땅을 사랑하는 지도자의 덕성이 드러난다.

또한 지난날 갖은 악행을 저지르던 길소개가 모든 것을 잃고 찾아오자 품어준다. 봉삼은 원산에서 왜상은 물론 왜상들과 거래하는 객주들에게 봉변을 안기는데, 그 이유인즉 많은 이문을 볼 수 있다 하여 왜상들의 앞잡이가 되어 경향의 시세를 농간하고 장시의 풍속을 어지럽혔기 때문이다. 그리고 왜국으로 실려나가는 곡물을 지키기 위해 비밀리에 배를 습격하여 빼앗은 쌀을 고을 사람들에게 나누어준다. 비밀 활동을 하던 중에 길소개가 관아에 잡혀가자 그의 처리를 놓고 많은 고민을 한다. 봉삼이 해결책을 찾기 위해 누이인 천소례와 나눈 대화를 살펴보자.

봉삼의 동무들은 길소개를 믿지 못하여 토옥에 자객을 보내 그를 멸구하자는 의견이 많았으나, 천소례는 봉삼에게 좌상으로서 체통을 보거나 수하가 체포된 데에는 행수의 과실도 있으므로, 행수로서의 책임을 못하면서 수하의 잘못부터 따져서 멸구하려는 것은 소소한 시간배들이나 생각할 일이지 가슴에 대의를 품은 장부가 할 짓이 아니라고 말하며 봉삼이 자진하여 관아로 나아가 자복하는 것이 의로운 일이라고 한다. 길소개를 구하기 위해 자신을 버리는 길이 비범한 인물이 할 일이며 둘 중어느 것을 택하겠느냐고 묻는다. 봉삼은 누이의 의견이 자신의 의견임을 밝히고 관아에 자복한다. 무리를 이끄는 지도자로서의 고민과 결단이 엿보이는 부분이다.

감옥에 갇힌 봉삼은 매월이와 이용익의 도움으로 우여곡절 끝에 풀려난다. 봉삼은 그가 꿈꾸는 길지를 찾아 남도로 내려가는 길에 헤매다 적굴에 잡히게 된다. 봉삼의 마음속에는 이상 사회에 대한 모습이 들어 있다. 그는 정한조 상단에 속해서 적굴 두령을 찾는 일을 함께하고, 적굴 두령에게서 찾은 재물과 보부상들이 가진 전 재산을 합쳐 경상 내륙과 강원 내륙, 해안을 이어주는 길목인 생달마을에 정착한다. 천봉삼 내외는 생달마을 한가운데 객주를 열고 달덩이 같은 아들을 얻는다. 천봉삼은 생달마을의 촌장이면서 울진 흥부장, 내성장과 영월 태백의 장시의 거래를 주름잡는 객주가 된다. 적굴에 살던 농투성이들이 각자 집을 갖고 애전과 생달 일대의 드넓은 묵정밭을 꿀이 흐르는 문전옥답으로 바꾸는 데는 불과 2년여밖에 걸리지 않는다. 봉삼은 당시 왕실과는 다른 공동체의 지도자가 되어 모두가 잘사는 평등 세상을 만들어 실천하며 산다. 소설과 같은 세상이 있을지 모르지만, 소설은 우리에게 행복한 결말을 선사하며 이상향에 대한 희망을 선물한다.

촌장, 객주, 농투성이, 문전옥답. 이 단어 조합이 소설 《객주》의 메시지가 아닌가 한다. 밤낮 없이 전국 각지를 돌아다니며 먹고 살던 보부상들, 농토 하나없이 유랑민이 되어 도적 소굴까지 갈 수밖에 없었던 가난한 농민들, 힘없고 가여운 사회 밑바닥 사람들끼리 힘을 합쳐 꿀이 흐르는 문전옥답의 마을공동체를 이루는 모습, 힘없는 사람들의 연대, 거기에 올바른 생각을 가진 지도자와 함께 이루는 공동체. 마지막 장면을 통해 작가가 생각하는 유토피아를 그려냈다고 생각한다. 실제 보부상들의 삶이 어떠했는지는 알 수 없지만 소설적인 따뜻한 결말이 좋다. 그리고 그들의 삶이 정말 그러했기를 바란다.

《객주》 이슈별 검토

소설의 시대 상황이 19세기일 뿐 이야기의 내용이나 등장인물들의 행동양식은 마치 현대적인 액션 드라마나 영화 같다고 말한 바 있다. 왜 그런 느낌을 받았는지 생각해보니 소설의 박진감을 느끼게 하는 이야기의 구성과 전개 과정에서 빈번하게 보이는 폭력적인 장면들 때문인 것 같다. 그 부분이 소설적인 재미는 있지만 다소 아쉽게 느껴지는 점이었다. 그리고 성적인 묘사도 매우 빈번하게 등장하는데 문학적 장치로 이해했다. 읽으며 발견한 다양한 이슈들을 하나씩 살펴보고자 한다.

1) 빈번한 폭력적인 장면 묘사

소설의 처음 이야기는 조성준이 자기 아내를 데리고 도망간 송만치를 찾아가 복수하는 것이다. 송만치의 양물을 자르고 아내인 방금이의 발뒤꿈치를 도려내어 둘을 불구로 만든다.

조성준이 상주로 떠난 후 봉삼은 최돌이·이동 중 만난 예주목석가·월이와 동행하는데, 최돌이와 월이가 혼인한 사이임에도 석가는 월이를 호시탐탐 노린다. 그러던 중 고의는 아니었으나 최돌이를 죽게 만든다. 석가는 살인의 무게 때문에 자살한다.

길소개는 김학준을 납치하는 과정에서 김학준 일가인 운천댁 마님이 사실을 발설하지 못하게 하기 위해 겁간한다. 그리고 두 사람은 함께 서울로 도망간다. 서울로 가는 길에 길소개는 자신을 수상하게 여기는 뱃사공을 죽이고 세곡선을 얻어 타고 서울에 도착한다. 졸지에 아내를 잃어버린 운천댁 남편 김몽돌은 보부상을 찾아가 봉삼 일행에게 의탁한다. 운천댁을 찾아낸 김몽돌은 아내를 납치하여 자진하게한다.

　봉삼과 동행하던 선돌이는 고향 황주로 돌아간다. 고향에 돌아가 보니 자기가 집을 비운 사이 아내는 외간 남자에게 겁간당하여 그 남자와 외도한다. 그 사실을 알게 된 선돌이는 집에 불을 질러 아내를 죽게 한다. 그리고 남은 아이와 함께 고향을 떠나 유리걸식하다 아이가 죽고 폐인이 되어 다시 봉삼을 찾아온다. 봉삼에게 와서도 한동안 방황을 하다 멈추고 원산 소몰이 길에 나섰다가 어느 봉노에서 한무리의 일당에게 눈을 찔려 애꾸눈이 된다. 선돌이는 봉삼을 접장에 당선되게 하기 위해 소란을 피우고 그 일로 징치를 당해 그 후유증으로 죽게 된다.

　서울에 온 길소개는 자기 영달을 위해 양반댁 헐숙청에 기웃거리다 연결된 양반의 심부름을 위해 송파에 있던 방금이를 납치하고 송만치를 살해한다. 대동청 화재사고로 삭탈관직 당한 길소개가 봉삼을 찾아오고, 봉삼에게 은혜를 갚기 위해 매월이를 찾아가 매월이 집에 잡혀 있는 천소례를 풀어달라고 부탁한다. 매월이는 길소개를 잡아 가두고 길소개의 혀를 잘라내는 잔인함을 보인다.

또한 신석주는 자기 첩실인 조소사와 봉삼의 관계를 알고 난 이후, 그 사실을 알고 있는 수하 맹구범의 혀를 자르고 그를 내다 버린다.

임오군란 당시 민비 일행과 함께 장호원으로 이동하던 이용익은 단강령이 내려진 한강을 건너와 자신들을 실어 건너준 뱃사공을 살해한다.

소설 속에 등장하는 살인, 자살 강요, 납치, 폭행, 상해 등의 사례이다. 소설 전개상 필요하거나 아내를 빼앗긴 조성준·김몽돌·선돌이 등의 이야기를 하나하나 들여다보면 그 상황이 이해는 가지만 잔인한 장면이 많고 사람 목숨을 너무 가벼이 여기는 건 아닌가 생각되기도 한다. 박진감 있는 이야기 전개는 좋았지만 빈번하게 등장하는 폭력성은 아쉬움이 남는다.

2) 시대를 뛰어넘는 자유로운 성 풍속

소설 속 여자 등장인물인 조소사·월이·천소례·매월이는 상황에 따라 여러 명의 남자를 거치는데 보부상이라는 자유로운 직업을 가진 남자들과 어울리는 여자들이지만 이 소설의 시대 배경인 19세기 말 당시의 관습을 생각할 때 이처럼 남녀 관계의 자유가 허용되었을까. 문학적으로 이야기를 풍성하게 하기 위한 장치로서 이해하고 넘어가야 하는지, 당시의 성 풍속이 이처럼 자유로웠는지 낯설고 조금 의아했다. 하나씩 살펴보자.

조소사는 안동 객주 조순득의 딸로 결혼을 하였으나 과부가
되어 친정으로 돌아와 있다. 소사라는 명칭이 과부를 의미하는
것이다. 조순득은 자신의 딸을 서울 육의전 대행수 신석주의 첩
실로 들여보낸다. 그러나 서울로 가기 전 봉삼은 조순득 집에 잡
혀 있는 선돌이를 구하기 위해 계략을 세우는데, 계략의 일부로
조소사와 봉삼은 하룻밤의 연을 맺는다. 조소사는 강제로 보쌈
당해온 것이기는 하나 봉삼에게 연정을 품은 채 신석주의 첩실
로 간다. 이후 봉삼이 신석주의 씨내리로 두 사람은 하룻밤을 더
보내게 되고 조소사는 봉삼의 아이를 임신한다. 조소사는 신석
주가 봉삼을 죽이려는 것을 알고 만삭의 몸으로 봉삼 일행을 따
라나선다. 평강에서 봉삼과 살림을 합친 지 얼마 안 되어 매월이
의 계략으로 콩밭 우산뱀에 물려 죽는다. 조소사는 첫 번째 결혼
과 신석주의 첩실·봉삼의 아내가 되기까지 세 사람을 거친다.

　월이는 백정의 딸로 조소사의 몸종이었다. 조소사가 안동에
서 봉삼과 인연을 맺을 때 함께 계략을 꾸민 최돌이에게 보쌈
당해 와서 혼인한다. 그러나 얼마 안 되어 최돌이가 죽고, 전주
에 와 있던 신석주의 차인 행수 맹구범에게 아편에 관한 비밀을
엿들었다고 오해받아 입막음용으로 겁간을 당한다. 그로 인해
신석주 집에 잡혀 있다가 다시 조소사를 모시게 된다. 조소사가
죽고 난 뒤 봉삼과 조소사의 아들을 정성으로 키우며 봉삼을 흠
모한다. 그러다 드디어 두 사람은 혼인한다. 월이는 백정의 딸
로 배움이 없는 여자지만 경우와 도리를 지킬 줄 아는 속 깊은

여자다. 월이도 최돌이·맹구범·봉삼 등 세 사람을 거친다.

천소례는 봉삼의 하나밖에 없는 누나이다. 고향 송도에서 처음 결혼하지만 시어머니의 계략으로 소박 당하고 동생과도 헤어지게 된다. 이후 서울에서 김학준의 집 바느질 일을 돕다가 그 집 씨받이로 들어가 김학준의 소실이 되지만 소생은 없다. 우여곡절을 겪고 금강산에 들어가 중이 될까 하였으나 속세로 돌아와 조성준의 아내가 된다. 천소례도 첫 남편과 김학준·조성준 세 사람을 거친다.

매월이는 송만치의 친척 누이로 주막집을 하며 남자들에게 아랫품을 파는 들병이 출신이다. 봉삼이 조성준의 복수를 도와 송만치 양물을 자르고, 깍정이 패에게 얻어맞아 병구완하러 들른 곳이 매월이 주막이다. 매월이는 그때 봉삼에게 연정을 품는다. 그러나 봉삼은 매월이의 마음을 받아주지 않고 억지로 하룻밤을 함께한다. 매월이는 봉삼의 행방을 쫓아 서울에 와서 무당이 된다. 나중에 민비의 총애를 받아 진령군에 봉해지고 재물과 권세를 누린다. 그러나 번번이 계속되는 거절에 봉삼을 향한 연정은 매원이 되고 매월이는 마침내 원한을 갖게 되지만 미련을 거두지 못한다. 매월이는 봉삼·길소개·이용익 등 필요에 따라 남자를 취하며 여러 남자를 거친다.

3) 평강에 정착하기 위해 미혼의 동무들을 결혼시키고자, 색상에게 잡혀가는 처자들을 구출해 아내로 삼는 것

먼저 이야기를 요약하면 다음과 같다.

봉삼은 송파를 떠나 서른 명이 넘는 무리를 이끌고 평강에 도착한다. 그중 조소사와 유씨 자매·옹기장이 아낙을 빼고는 대부분 홀아비나 총각들이다. 새로운 거처를 마련하기로 하고 가역에 들어간 지 보름 지나지 않아 겨울을 나기에 충분하고 보기 흉하지 않은 정도의 서른 칸짜리 집 세 채와 소 마흔 필을 들여맬 수 있는 외양간이 마련된다. 그러나 행중이 모두 홀아비 신세를 면치 못하는 신세라는 것이 가장 큰 문제였다. 그래서 모두 모여 처속을 맞아들일 방책에 대해 공론을 벌인다. 강쇠가 말하기를, 요즘 남양만으로 들어오는 되사람 호상들이나 왜국에서 잠입해온 색상들이 밀통하는 자들을 은밀히 풀어서 조선의 처자들을 자기 나라로 데려가 창기로 팔아먹고 있다고 한다. 그러므로 그 색상들을 추쇄하여 호망 치듯 일거에 덮치면 사지로 팔려가는 처녀들을 구하고 우리 행중도 힘 덜 들이고 처속을 맞이할 수 있지 않겠느냐고 말한다. 그렇게 강쇠가 주축이 되어 색상을 찾아 나서고, 처자 두 명을 데리고 가는 색상을 발견하고 계략을 꾸며 들병이를 팔겠다는 미끼를 던진다. 들병이를 앞세워 그들의 거처를 알아내고 다음 날 원산포구로 간다는 것을 알아내 안변에서 원산으로 가는 외통수 길목에서 색상을 기다린다. 스물이 넘는 색상 일행은 처자들을 선길장수로 변복하고 남장해 데려가고 있었다. 강쇠 일행은 색상들을 제압하여 모두 처치하고 처자들을 구해내어 평강으로 돌아와 아내로 삼는다.

자신이 속한 공동체의 평화로운 정착이라는 목적을 위해서는 폭력, 살인, 납치 등이 정당화될 수 있는지? 조선의 여인들이 색상에게 팔려가는 것을 막아낸 것은 옳은 일이지만 여인들의 입장에서 보면 색상에게 팔려가는 것이나 자기 뜻에 상관없이 보부상 아내가 되는 것이 무슨 차이가 있는지? 색상을 죽이고 여인들을 강제로 데려와 결혼하는 것은, 타인이 하면 부도덕한 일이지만 내가 하면 어쩔 수 없는 상황에서 한 일이므로 이해가 되는 것인지? 사회 통념상 정의로운 일이라면 개인 의사와 상관없이 이루어진 것이라도 올바른지? 많은 생각을 하게 한 에피소드였다. 생각 정리가 안 되기에 연이어 물음표를 달 수밖에 없었다. 각자 판단해보시라.

4) 천봉삼이 길소개를 구하기 위해 자복하여 잡혀가는 것은 지도자로서 최선의 선택인가?

9권에서 봉삼이 길소개를 구하는 과정을 요약해보면 다음과 같다.

봉삼은 지난날 갖은 악행을 저지르던 길소개가 모든 것을 잃고 자신을 찾아오자 품어준다. 그리고 원산에서 왜국으로 실려 나가는 곡물을 지키기 위해 비밀리에 배를 습격하여 고을 사람들에게 쌀을 나누어주는 비밀 활동을 하던 중에 길소개가 관아에 잡혀가자 그의 처리를 놓고 많은 고민을 한다. 봉삼의 동무들은 길소개를 믿지 못하여 토옥에 자객을 보내 그를 멸구하자고 한다. 그러나 봉삼은 누이인 천소례와 논의 끝에 좌상의 체통과 행수의 책임을 지는 자세로 대의를 위해 자진하여 관아로 나아가서 자복한다. 봉삼의 자복으로 길소개는 풀려나고, 봉삼도 매월이와 이용익의 도움으로 우여곡절 끝에 감옥에서 풀려난다. 이것으로 9권이 끝나고, 길지를 찾아 남도로 이동하던 봉삼이 적굴에 잡혀 생활하다 풀려난 이후의 이야기가 10권의 내용이다.

　여기서 한 가지 의문이 든다. 길소개가 어떤 인간인가? 작품 전체를 통틀어 가장 문제적인 인물이다. 자신의 이익을 위해서라면 살인도 서슴지 않고 납치, 강간, 상해, 뇌물 공여, 뇌물 수수, 매관매직 등 오로지 자신의 욕망을 위해 살아온 인물이다. 새우젓 장사로 시작해 조성준 대신 갈취한 돈을 가지고 서울로 와서 대리시험을 통해 과거에 붙어 관직을 산 인물이다. 그러나 대동청 화재사건으로 삭탈관직 당한 뒤 송파 마방으로 찾아오고, 매월이 집에 잡혀 있는 천소례를 구하려다가 혀를 짤리고 버려지자 송파 식구들이 거둔다. 이후 봉삼과 함께 원산에서 생활하게 된다.

　이런 길소개를 구하겠다고 관아에 자복하다니…. 봉삼은 길소개로 인해 평강·원산을 떠나 고행길을 떠난다. 그럼 평강·원산에 있는 동무들은 어떻게 되었을까? 평강과 원산에 있는 동무들은 자신이 없어도 잘 헤쳐갈 것이라는 믿음이 있었던 걸까? 마방을 운영하며 공동체를 이끄는 지도자로서 그것이 최선의 방법이었을까? 길소개는 자신이 구해주지 않으면 영락없이 죽을 목숨이어서 구한 걸까? 봉삼은 왜 그랬을까? 내가 봉삼이라면 어떤 결정을 내렸을까?

잃어버린 한 마리 양을 구하는 예수의 비유처럼 지도자로서 성자와 같은 봉삼의 행동을 보면서 쉽게 동의는 못하겠지만 많은 생각을 하게 한 것은 사실이다.

대하소설 비교 읽기

중요 역사적 사실

소설 속 역사적 사실의 역할

보부상에 대한 검토

작가가 가장 사랑한 인물

등장인물 이름 비교

소설 속 사랑 장면 비교

첫 문장 비교

마지막 문장 비교

속담 모아 보기

중요 역사적 사실

～～～～

 대하소설을 읽는 즐거움 중의 하나가 소설과 역사를 함께 즐길 수 있는 점이라고 밝힌 바 있다. 그래서《토지》《아리랑》《객주》각각의 작품 속에서 어떤 역사적 사실이 있었는지, 소설 속에서 어떤 역할을 하는지 알아보고자 한다. 이에 앞서 소설 속에 등장하는 역사적 사실을 〈한국민족문화대백과사전〉 등을 참고하여 간략하게 정의하였다.

 1) 강화도 조약(1876)

 1876년(고종 13) 2월 강화부江華府에서 조선과 일본 사이에 체결된 조약으로, 정식 명칭은 조일수호조규朝日修好條規이며, 강화조약江華條約 또는 병자수호조약丙子修好條約이라고도 한다. 윤요호 사건을 계기로 맺게 된 조약으로 군사력을 동원한 일본의 강압에 따라 체결된 불평등조약이다. 이 조약에 따라 조선은 부산 외 인천·원산 두 항구를 개항하게 되었다.

 2) 임오군란(1882)

 1882년(고종 19) 6월 무위영武衛營 소속 구 훈련도감訓鍊都監 군병들이 겨와 모래가 섞인 쌀을 밀린 급료로 지급하려던 관리를 구타하면서 촉발된 군인들의 난이다. 이 같은 군료 분쟁軍料紛爭에서 발단해 고종 친정 이후 실각한 대원군이 다시 집권하게 된 정변이다.

대원군 정권이 들어서자 일본과 청국은 자신들의 이권을 지키기 위해 즉시 군대를 파견했다. 청군은 대원군을 납치하고 군병을 진압하였다.

3) 갑신정변(1884)

임오군란 이후 청국의 간섭이 심해지자 1884년(고종 21) 개화당開化 黨이 청국의 속방화 정책에 저항하여 조선의 완전한 자주 독립과 근대 화를 추구하여 일으킨 정변이다.

개회파들이 14개 조항 개혁 정강을 내세우며 국민국가 건설을 지향 하는 길을 도모했으나 청군의 개입으로 3일 만에 실패로 끝난다.

4) 동학 운동(1894)

동학에 기반을 둔 반제·반봉건 근대화 운동으로, 1894년(고종 31) 전 라도 고부의 동학 접주 전봉준全琫準 등을 지도자로 동학교도와 농민들 이 합세하여 일으킨 농민 운동이다.

농민군을 조직하고 탐관오리 숙청과 보국안민을 위한 창의문을 발표 하기도 하나 일본군에 의해 패퇴하고 말았다.

5) 갑오개혁(1894~1896)

1894년(고종 31) 7월부터 1896년 2월까지 개화파 내각에 의해 추진되었던 근대적 개혁운동으로 갑오경장甲午更張이라고도 한다.

6) 신민회(1907)

1907년 서울에서 조직된 비밀결사 독립운동단체로서, 전국적인 규모로 국권 회복을 목적으로 설립되었으며 안창호·양기탁·전덕기·이동휘·이동녕·이갑·유동열 등이 창건위원이다.

7) 한일합병(1910)

일제는 무력을 앞세워 1904년 한일의정서와 제1차 한일 협약, 1905년 을사늑약, 1907년 한일신협약을 체결하여 조선을 식민지화 하기 위한 절차를 밟는다. 그렇게 1910년(대한제국 융희 4) 일제 침략으로 합병 조약에 따라 국권을 상실하고 조선은 일제의 식민지가 되었다. 경술국치·국권 피탈·일제 강점·일제 병탄 등으로도 불린다.

8) 조선 토지 조사 사업(1910~1918)

일제가 조선 식민통치의 재정 기반을 마련하기 위해 실시한 사업으로, 1910년~1918년 기간 동안 2,040여만 엔의 경비를 투입하여 토지 소유권, 토지 가격, 지형·지모 등을 조사하여 토지 제도와 지세 제도를 확립하여 식민 통치의 기초를 마련하고자 실시한 사업이다. 일본은 조선의 토지를 활용하기 위해 4년의 준비 기간을 거쳐 토지 조사 사업을 실시하였다. 병목은 사유 토지를 신고하여 소유권을 획득하라는 것이었지만, 실상은 조선의 토지를 무단으로 점거하기 위한 것이었다. 신고가

되지 않은 땅은 모두 일본의 국유지로 편입했고, 이후 이를 동양척식주식회사에 팔아 일본인과의 거래를 통해 일본인이 조선에서 살 수 있게 했다. 토지 조사 사업으로 조선의 농민들은 소작농의 관습적 경작권이 부정되어 몰락하게 된다.

9) 신민회 사건(1911)

1911년 일본 경찰이 데라우치 총독 암살 음모 사건을 조작하여 신민회 회원을 대거 체포·고문한 사건으로 105인 사건이라고도 한다. 이 사건으로 윤치호·양기탁·이승훈 등이 투옥되고 그 타격으로 신민회는 자연 해체된다.

10) 신흥강습소(1911)

1911년부터 1920년까지 만주에서 운영된 대표적인 한인 독립군 양성 기관으로서, 1919년 신흥무관학교로 개칭하고 1920년 폐교할 때까지 2,000명의 졸업생을 배출하여 독립군 양성에 크게 기여하였다.

11) 3·1운동(1919)

1919년 3월 1일을 기해 일어난 거족적인 독립 만세 운동이다. 전국 전 계층에 걸쳐 일어난 평화시위로, 3·1운동은 대한민국 임시정부 수립의 계기가 되며 해외 무장 독립 투쟁이 확산되는 계기가 된다.

12) 대한민국 임시정부(1919)

1919년 4월 중국 상하이에 수립·선포된 이후 1945년 11월 김구 등이 환국할 때까지 일제의 강제 점령을 거부하고 국내외를 통할하고 통치했던 3권 분립의 민주공화정부이다.

13) 의열단(1919)

1919년 중국 만주 내 조선의 민족주의자들이 비타협·폭력 노선을 지향하며, 무장투쟁을 위해 만든 항일 독립운동단체이다. 단장으로 김원봉이 선출되었다. 1935년 다수의 민족주의 단체와 함께 조선민족혁명당의 재출범을 계기로 공식 해체되었다.

14) 산미 증식 계획(1920·1921·1926·1940)

1920년부터 일제가 조선을 자국의 식량 공급기지로 만들기 위해 추진한 쌀 증식 정책이다. 토지 조사 사업을 통해 농업 부분의 식민지적 재편을 완료한 일본 제국주의가 제1차 세계대전을 계기로 공업 국가화되자, 자국 내의 식량 부족 문제를 식민지인 조선에서 해결하고자 추진한 정책이다. 오랜 기간에 걸쳐 시행과 중단을 반복했으며, 조선에서 개간·수리시설 확충 등으로 쌀 생산량을 증대하였으나 증산보다 많은 수탈로 조선의 식량 사정은 악화된다.

15) 봉오동 전투(1920)

1920년 6월 만주 봉오동에서 독립군 부대가 일본 정규군을 대패시킨

전투로 홍범도와 최진동이 이끈 전투이다.

16) 청산리 전투(1920)

1920년 10월 김좌진·나중소·이범석이 지휘하는 북로 군정서군과 홍범도가 이끄는 대한독립군 등을 주력으로 한 독립군 부대가 독립군을 토벌할 목적으로 간도에 출병한 일본군을 청산리 일대에서 10여 회의 전투 끝에 대파한 전투이다. 일본군의 간도 출병 후 일본군과 독립군이 대결한 전투 중 가장 큰 규모였고 최대의 승리와 성과를 거둔 전투이다.

특히 길림성 화룡현 청산리 어랑촌 일대에서 종일 치러진 어랑촌 전투는 청산리 독립 전쟁 중 최대 규모의 전투이다.

17) 경신참변(1920)

3·1운동을 계기로 만주 지방에서 활발하게 전개된 독립군 활동을 무력화 하기 위해, 1920년 일본군이 만주로 출병하여 무고한 한국인을 대량 학살한 사건으로 훈춘사건이라고도 한다. 일본은 약 4개월 동안 만주에 있는 조선인을 무차별 학살하였고 그 수가 수만 명으로 추정된다.

18) 물산 장려 운동(1920년대 초~1930년대 말)

평양에서 조만식·김동원 등이 조선물산장려회를 만들어 국산품 장려, 소비 절약, 금연·금주 운동을 통해 경제 자립을 이룩하려 했던 운동이다.

19) 자유시 참변(1921)

1921년 러시아 자유시(알렉세예프스크)에서 독립군 부대와 러시아 적군이 교전한 사건으로 흑하사변이라고도 한다. 이 사건은 직접적으로는 사할린 의용군이 소련 적군의 포위와 공격에 의해 당한 참변이었지만, 그 배경에는 독립군의 해체를 요구하던 일본군과 볼셰비키 공산당의 협상이 있었다. 또한 독립군 내부적으로는 고려공산당(이르쿠츠크)대 상하이 고려공산당 간의 정치적 대립 투쟁까지 겹친 결과로 발생한 복합적인 사건이다.

20) 관동 대학살(1923)

1923년 9월 일본 관동 지방 대지진으로 민심이 흉흉해진다. 당시 일본은 항일 운동을 하는 조선인과 일본 자국에서 유행하는 사회주의자들을 탄압할 구실을 찾고 있었는데, 조선인이 폭동을 일으키고 우물에 독을 탔다는 유언비어를 터뜨리고 이를 계기로 일본 관헌과 민간인들이 자경단을 조직하여 조선인과 일본인 사회주의자를 무차별 학살한 사건이다.

21) 형평사 운동(1923)

1923년부터 일어난 백정의 신분 해방 운동으로 백정이라는 신분은 법제상 해방되었으나, 실제적으로는 여전한 차별을 해소하기 위해 백정과 일부 양반들이 단합하여 조직을 결성한다. 백정의 계급적인 해방과 민족적인 해방이라는 두 가지 성격을 지닌 투쟁이다.

22) 신간회(1927)

1927년 2월 민족주의 좌파와 사회주의자들이 연합하여 서울에서 창립한 민족협동전선으로 국내 민족유일당 운동의 구체적인 좌우 합작 모임으로, 일제시대 가장 규모가 큰 반일 사회운동 단체였다. 전국에 지회를 설치하고 강연회와 연설, 소작·노동쟁의, 동맹 휴학 등을 지원하였다. 1931년 자진 해소한다.

23) 광주 학생운동(1929)

1929년 광주 지역의 학생이 주도하여 일으킨 항일 독립 만세 운동으로, 광주에서 촉발하여 전국적으로 확산되었으며, 민족 차별 교육에서 발단하여 민족 독립 만세 운동으로 발전하였다.

24) 만주사변(1931)

만주의 이권을 차지하려는 야욕을 지닌 일본 군부와 우익은 일본 관동군 참모 등을 앞세워 만주 침략 계획을 모의한다. 이들은 류탸오거우에서 만철 선로를 폭파하고 이를 중국의 소행으로 몰아 만철 연선에서 북만주로 군사 행동을 개시하고 1931년 9월 이후 만주 점령 작전을 시작했다. 관동군은 빠른 속도로 만주 지역을 점령하여 1932년 3월 1일 만주국을 세웠다.

일본은 국제연맹의 철수 권고를 거부하고 1933년 3월 국제연맹을 탈퇴했다. 만주 침략으로 세력을 강화한 일본 군부와 우익은 정국을 장악하고 일본을 파시즘 체제로 전환시켰으며 1937년 중일전쟁, 1941년 태평양전쟁을 일으켰다.

25) 민생단 사건(1932~1936)

간도 지역에서 독립운동가들이 일본 첩자라는 누명을 쓰고 중국 공산당에게 살해된 사건이다. 민생단은 1932년 2월에 조직되었다가 동만주의 조선인 사회가 강력하게 저항하자 7월에 자진 해산한 친일 반공 조직이다.

중국 공산당은 민생단의 조직원들이 중국 공산당 동만특별위원회와 유격대에 들어와 분파 투쟁과 좌경 투쟁을 일으킨다고 보고, 이에 1932년 10월부터 1936년 중반까지 반간첩 투쟁을 전개하여 500명이 넘는 조선인이 죽었다.

26) 남경학살(1937)

1937년 중일전쟁 시 중국의 수도 난징에서 일본 군대가 중국인을 무차별 강간·학살한 사건으로 난징대학살이라고도 한다.

소설 속 역사적 사실의 역할

1) 《토지》

《토지》의 시간적 배경은 1897년 추석부터 1945년 해방까지이다. 대하소설 특성상 역사적 사실이 시간순으로 등장하며 소설 속의 이야기와 어우러져 전개된다.

중국과 연해주에서 민족주의 계열과 사회주의 계열로 나뉘어 진행된 독립운동과 항일투쟁, 특히 중국과 소련에서의 독립운동가들의 공산당 입당과 관계된 부분의 역사는, 내가 중고등학교에 다니던 70년대 말에서 80년대 초반까지 학교 교육에서 제대로 다뤄지지 않은 내용이어서 매우 새롭게 다가왔다. 또한 현대에 재평가되고 있는 역사적 사실들을 소설을 통해 알게 되어 한편으로는 부끄럽지만 다른 한편으로는 기뻤다.

남북 분단이라는 우리 조국의 특수성 때문에 민족 항일투쟁의 역사마저도 반으로 나뉘었다는 것이 마음 아프지만, 역사 고증을 통해 작품을 완성한 작가들의 노력과 열정에 그저 감사할 따름이다. 다만 제4, 5부에서 많은 항일운동의 활약상이나 시대 상황 변화를 등장인물들과 사건의 전개가 아닌 지식인의 입을 통해 서술하는 방식이 다소 지루하게 느껴졌고 문학적으로도 아쉬움이 남는 부분이었다.

《토지》전 21권은 총 5부로 구성되어 있는데, 각 부에서 중요하게 다루어지는 역사적 사실은 다음과 같다.

- 1부(1권~4권, 1897~1908)
- 동학 운동
- 개항과 일본의 세력 강화
- 갑오개혁
- 을사보호조약
- 일진회

- 2부(5권~8권, 1910~1918)
- 홍범도의 의병 활동
- 서전서숙 폐교
- 신회사령
- 안악 사건(105인 사건)
- 동학 후예들의 활동
- 신흥무관학교 폐교

- 3부(9권~12권, 1919~1929)
- 3·1 운동
- 해외로 나가는 군자금

- 관동 대지진

- 물산 장려 운동

- 중국 5·4운동

- 의열단 활동(밀양경찰서 습격사건, 총독부 습격사건)

- 무정부주의자 박열의 히로히토 천황 암살 미수

- 형평사 운동

- 흑하사변

- 계명회 사건

- 상해 임시정부 와해

- 이광수 민족개조론

• 4부(13권~16권, 1929~1939)

- 농민 운동, 노동운동(1926)

- 광주고보, 농업학교 맹휴사건(1928)

- 광주 학생사건(1929)

- 동학당 후예들의 활동

- 일본의 만주 점령 야욕

- 간도에 일본 영사관 설치

- 만주사변

- 남경학살

- 5부(17권~21권, 1940~1945)
- 사상범 예비검속령
- 학병제
- 창씨개명

2)《아리랑》

《아리랑》의 시간적 배경은 1904년부터 1945년 해방까지이다. 대하소설 특성상 역사적 사실이 시간 순으로 등장하는데 《아리랑》은 이를 《토지》《객주》보다 훨씬 더 적극적으로 활용하고 있다. 책을 다 읽고 나서 느낀 점은 《아리랑》은 시간 순서대로 큰 얼개를 짜놓고 역사적 사실에 맞추어 이야기를 구성하는 것 같았다.

그래서 《토지》나 《객주》에 비해 이야기 전개 중간이나 말미에 실제로 있었던 역사적 사실을 한 번씩 정리해주는 구성을 취했다. 이 같은 구성은 몰랐던 역사적 사실의 확인에 큰 도움이 되었다. 그러나 마지막 권인 12권에서는 다루어야 하는 역사적 사실에 비해 지면이 촉박하여 역사적 사건들을 하나하나 짧게 거쳐 지나가는 인상을 받았다. 그러다 보니 등장인물들의 깊이 있는 고뇌나 문학적 아름다움이 다소 반감되는 것 같아 아쉬웠다.

《아리랑》 전 12권은 총 4부로 구성되어 있는데, 각 부에서 중요하게 다루어지는 역사적 사실은 다음과 같다.

- 1부 〈아, 한반도〉(1권~3권, 1904~1910)
- 대륙식민회사를 통한 하와이 역부, 이민자 송출
- 조선에 철도 건설, 조선인 동원
- 일진회 발족(4대 강령: 왕실 존중, 백성의 생명과 재산 보호, 시정 개정, 군정과 재정의 정리)

- 을사보호조약 체결(외교권 박탈)
- 의병 활동
- 국채보상운동
- 미국 샌프란시스코에서 장인환·전명운의 스티븐스 저격 사건
- 일본군 의병 토벌대
- 신민회 사건(항일 세력에 데라우치 마사타케 암살 모의 누명을 씌워 체포, 실형 선고받은 인물이 105인이어서 '105인 사건'이라고 부르기도 함)
- 토지조사령 시행규칙 실시, 토지 조사 사업
- 동양척식주식회사 설립

• 2부 〈민족혼〉(4권~6권, 1910~1920)
- 토지 조사 사업
- 신흥강습소(신흥무관학교) 개소식
- 독립의군부 활동 실패
- 사찰령(일제의 한국 불교 억압, 민족 정신 말살을 위해 제정 공포한 법령)
- 역둔토 특별처분령
- 하와이 국민군단(독립군 사관 양성 목적으로 만든 군사교육단체)
- 하와이 동포 사회 분열 상황(이승만 교육정진론 대 박용만 무력급진론)

- 조선물산공진회(일제가 조선의 일부 건물을 훼손하고 전국의 물품을 수집하여 경복궁에서 대대적으로 전시한 박람회)
- 친일 승려 이회광 등 불교중앙학교, 불교진흥회, 불교 친일화
- 총독부 서당규칙을 통해 서당 교육 통제
- 토지 조사 사업 완료(1918. 6. 18.)
- 러시아에 부는 사회주의 바람
- 3·1운동
- 독립군 전투(청산리 백운평전투, 완구루전투, 갑산촌 샘골물전투, 어랑촌전투)
- 홍범도 봉오동전투
- 신흥무관학교 폐교
- 일본의 독립군 토벌
- 경신참변(일본군이 만주 국경 지대에 진출하여 청산리전투에서 오히려 한국독립군에게 크게 패하자 보복으로 만주 거주 조선 양민들을 학살한 사건)

- 3부 〈어둠의 산하〉(7권~9권, 1920~1931)
- 산미 증식 계획 발표
- 자유시 참변
- 의열단 소개
- 블라디보스톡 빨치산 활동
- 관동 대지진, 조선인 학살

- 순천·임태도·함경도 소작 쟁의
- 만주 독립운동 단체들이 분열하여 대한통의부·의군부·참의부로 나뉨
- 일제강점기 신민회 간부이자 상해 고려공산당 대표, 임시정부 국무총리를 지낸 무관 출신 독립운동가 이동휘의 몰락
- 노동 쟁의
- 조선노동총연맹 창립총회
- 이광수 민족개조론·최남선 일선 동조론 등 새로운 친일파 등장
- 일본 내 사회주의 단체
- 이승만 임시정부 대통령 탄핵(1925. 3. 23)
- 대종교의 교세 확장을 위한 공산주의와의 관계 고민
- 조선공산당 검거 사태
- 나운규 영화 〈아리랑〉
- 6·10 만세 운동
- 중국 내 국공 분열에 따른 조선 독립운동가들의 진로 방황과 어려움
- 조선공산당 승인 취소와 재건 명령
- 원산 부두 노동자 파업 실패
- 동척 소작인 소작 쟁의
- 신간회 활동
- 광동코뮌(중국 공산당이 폭동을 일으켜 광동에 코뮌 권력 설립)

- 신간회 해체
- 일본의 자작극으로 일본 관동군의 만주 정복 계기가 되는 만주사변 발발
- 한인애국단 윤봉길 상해 홍커우공원 폭탄 테러
- 일본 지배 200년 설로 식자층 사이 좌절감 확산
- 일본 치안유지법 개정으로 사회주의자 체포, 구금 증가
- 사회주의 혁명 쇠퇴
- 조선총독부 농촌진흥운동 전개

- 4부 〈동트는 광야〉(10권~12권, 1932~1945)
- 민생단 사건(간도 지역 항일 운동가들이 민생단 관련 일본 첩자 혐의를 받아 체포·살해된 사건)
- 전 고등보통학교에 군사 교육 실시
- 연해주 동포 사회 육성촌 사건
- 선만척식주식회사를 통한 만주 이민 중개
- 동북항일연군 결성
- 보천보 전투
- 소련 공산당 스탈린, 20만 조선인 중앙아시아로 강제 이주 결정
- 일본 관동군과 만주군 토벌 작전
- 조선인 이민자들의 거주지 집단 부락
- 동북항일연군 해산 결정

- 창씨개명
- 전 교육기관에서 조선어 교육 폐지(1941. 3. 31.)
- 조선사상범 구금령
- 일본의 미국 하와이 진주만 공격(1941. 12. 8.)
- 일본, 징집 목적으로 만 18~19세 청년들 체력검사 실시
- 김교신 《성서조선》 3월호 권두언 조선산 기독교 언급
- 하와이 진주만 공격 후 광복군 모집
- 조선인 징용되어 일본 홋카이도·지시마 열도·사할린 탄광으로 끌려감
- 만 12~40세 배우자 없는 조선인 여성, 여자정신대근무령 (1941. 8. 23.)
- 조선인 징병제 실시(1943. 8. 1.)
- 학병제 실시(1943. 10. 20.)

3) 《객주》

《객주》의 시간적 배경은 1876년부터 갑신정변 2년 뒤인 1886년까지이다. 《객주》는 《토지》나 《아리랑》에 비해 시대적으로 조금 앞서 있다.

1, 2부에서는 역사적 사실이 크게 부각되지 않고 배경으로 존재하며, 3부에서 임오군란과 함께 등장인물들의 이야기가 전개되어 역사적 사실이 중요한 소재로 등장한다. 소설 속에 등장하는 역사적 사실로는 임오군란이 가장 상세하게 묘사되어 있는데, 민비가 장호원으로 피신하는 과정에서 만나는 일반 백성들의 민비나 왕실에 대한 태도 등이 드러난다. 그리고 대원군과 보부상들의 관계 등이 묘사되어 있다.

《객주》 전 10권은 총 3부로 구성되어 있다. 각 부에서 중요하게 다루어지는 역사적 사실은 다음과 같다.

- 1부 〈외장〉(1권~3권)
- 관리들이 종루 부상대고와 결탁하여 뇌물수수하고 벼슬아치들이 시전 부상대고에게 연줄을 놓아 출세하기도 하였다. 한 나라의 벼슬길이 시전 장사치 농간에 놀아나고 시전 상인들은 직첩을 사거나 혼인을 통해 양반 신분으로 올라가기도 하였다.
- 1876년 선혜청 당상 김보현은 세곡선 부정을 통해 재산을 축적하였다.

- 2부 〈경상〉(4권~6권)
- 1874년 갑술년에 고종의 친정이 시작되었으나, 안으로는 명성황후가 실권을 장악하고 밖으로는 명성황후의 오라비 민승호가 권력을 행사하였다.
- 궁중에서는 원자 출생 이후 초제에 많은 돈을 쓰고 고종의 유연이 헤퍼 내수사 재원이 부족하여 관직과 과거를 파는 폐습이 생겨났다.
- 과거가 없는 달이 없고 한 달에 두 번 보기도 하였다. 또한 돈을 주고 조흘첩을 사서 과거시험장에 들어가기도 하고, 일부 양반가 자제는 자기 집에서 과거를 보는 외장을 치르기도 하였다.
- 1876년 강화도 조약, 일본 공사관 상설, 제물포·동래포를 개항하였다.
- 투식, 화수, 고패 방법을 통해 세곡선 부정을 저질렀다.
- 대원군 장자인 이재면이 맡고 있던 보부청 일을 민영익이 민씨 일족의 것으로 삼으려 하였다. 보부청을 군문에 귀속시키고 삭료를 지급하여 보부상을 민문의 수하로 만들고자 하였다. 그 결과 증세를 통해 조정의 재용을 확보하고 대원군의 수족을 자를 수 있었다.
- 지방 관아에서는 벼슬아치들이 죄인들로부터 속전을 받아 뇌물로 착복하였다.

- 3부 〈상도〉(7권~10권)
- 별기군 창설
- 중궁전에서는 세자가 병약하여 치성을 드리고자 돈을 탕진하였다. 그리하여 국고인 별하고·호조·선혜청은 국고가 아닌 민고로 불리었다. 또한 세자 책봉을 위해 비밀리에 왜국과 교섭하고 이홍장에게 사하를 바치기도 하였다.
- 1882년 임오군란 : 7, 8권에서는 임오군란을 주제로 하여 군란의 전 과정을 보여준다.
- 고종이 보부상단을 혁파하였다.
- 흥선대원군이 청나라로 납치되어 가고 민비와 민씨 일족은 다시 권력을 잡는다.
- 원산포 개항
- 1883년 계미년 조정은 일본에 경상·전라·강원·함경도 연안의 조업권을 허가하였다.
- 5일장의 효시 설명(조선 성종 초기)
- 1884년 갑신정변

보부상에 대한 검토

〰〰〰〰〰

《객주》는 보부상이라는 특정 직업군을 주제로 쓰인 소설로서 보부상들의 애환, 규율, 직제와 함께 보부상에 대한 항간의 불만 등 긍정적 측면과 부정적 측면이 고루 묘사되어 있다. 물론 《객주》의 시간적 배경은 동학 농민 운동이 일어나기 전으로, 보부상들의 부정적 정치 참여가 나타나기 이전이다. 《아리랑》에서는 보부상에 대해 매우 부정적으로 묘사되어 있어 실제 어느 정도였기에 그렇게 묘사하였는지 궁금증을 갖게 되었다.

보부상이라는 동일한 직업군을 이토록 다르게 인식할 수 있다는 것이 비교 독후감을 쓰게 된 이유 중 하나이기도 하다. 그래서 보부상에 대한 자료를 찾아보니 보부상에 대한 개념이나 조직 등은 분란의 여지가 없으나, 정치적 활동에 있어서는 충분히 다른 의견을 가질 만하다고 판단되었다.

당시 정부의 입장에서 보부상을 보호 관리하기 시작한 것은 보부상이 강대한 조직체로 발전하여 정치적 활용 가치가 있었고 장시세와 같은 상품유통세를 징수할 수 있었기 때문이다. 한편 보부상 입장에서는 정부의 보호를 받음으로써 관리의 수탈을 피하고 행상업의 독점을 도모하여 전국적인 조직으로 발전하여 지역 조직이 강화되고 보부상단 가입자도 증대시킬 수 있기 때문이었다. 1894년 전국 보부상 수는 약 25만 명으로 추산된다.

그래서 보부상은 정부에 의해 정치적 활동을 수행했다. 임진왜란 때는 행주산성 전투에서, 병자호란 때는 남한산성에서 식량과 무기를 운반 보급하고 전투에도 참여 공헌했다. 그러나 동학 농민 운동 황토현 전투에서는 보부상 1,000여 명이 관군에 합류하여 농민군과 대립한 이후 보부상과 동학군은 계속 전투를 벌이게 되었다. 그리고 보부상은 황국협회가 독립협회를 분쇄하는 데 관여하기도 하였다.

동학 농민 운동은 《토지》와 《아리랑》에서 이야기 전개상 그 전사로서 중요한 의미를 가진다. 위 같은 내용을 감안하면, 《아리랑》에서 작가가 보부상 출신인 장덕풍과 그의 아들 장칠문 그리고 보부상 몇몇을 부정적으로 묘사한 것이 이해된다.

장덕풍의 수하 노릇을 하는 빈대코 김봉구와 탑싹부리 방태수는 의병이나 독립군 활동을 하는 사람을 알아내어 장덕풍에게 보고하고 그 대가를 받고, 장덕풍은 그 정보를 일본인 우체국장 하야가와에게 보고하여 자기 사업 성공을 도모한다. 결과적으로 그들은 우리의 독립운동을 방해하는 밀정 노릇을 수행한 것이다.

작가가 가장 사랑한 인물

《토지》《아리랑》《객주》를 읽으면서 작가가 특별히 사랑하는 인물이 있다고 느껴졌다. 그래서 처음에는 그 인물들이 작가의 페르소나가 아닐까 하고 생각했었다. 그러나 그러기에는 대하소설의 특성상 너무 많은 인물이 등장하고 있고, 그 인물들 하나하나가 의미를 지니고 있어서 어느 한 사람만을 고를 수가 없었다. 그래서 페르소나를 찾는 대신, 작가가 가장 사랑한다고 느낀 인물을 찾아보기로 했다. 그래서 내가 찾아낸 인물은 《토지》의 용이, 《아리랑》의 공허, 《객주》의 월이다. 독자에 따라 사랑하는 사람은 바뀔 수 있을 것이다. 여러분도 각자 가장 사랑하는 인물들을 찾아보시라.

그럼 나는 왜 작가가 그들을 사랑하고 있다고 생각했는지, 그리고 그들을 통해 작가가 말하고자 하는 것은 무엇인지를 생각해보았다.

이들의 공통점은 자신의 출신과는 상관없이 삶을 살아가는 동안 어떤 상황 속에서도 인간의 도리, 의리, 신의를 지킨 인간들이라는 점이다. 그리고 무엇보다 전 인생을 통해 진실된 사랑을 추구했던 인간이라는 점이다. 작가들은 이들을 통해 우리가 인생을 어떻게 살아야 하는지를 제시해주고 있다고 생각되었다. 한 명씩 만나보자.

《토지》의 용이는 우리가 매일 먹는 흰 쌀밥처럼 우리 삶에 꼭 필요하고 특별할 것 없이 밋밋하지만, 씹을수록 단맛이 우러나는 담백한 사람이라는 생각이 들었다.

《아리랑》의 공허는 겉모습은 승복을 입은 스님이지만, 속마음은 내 동포와 한 여인에 대한 뜨거운 정열로 가득 차 있는 불꽃 같은 그러면서도 어디에도 매이지 않은 자유로운 영혼을 지닌 남자라는 생각이 들었다.

《객주》의 월이는 백정의 딸로 출신은 천민이지만 인간의 도리와 의리를 알고, 어느 사대부나 대장부를 뛰어넘는 신의를 지닌 얼음같이 맑고 투명한 영혼을 지닌 고귀한 인간이라는 생각이 들었다.

1)《토지》의 용이

용이는 평사리 농민으로, 그는 최치수와 어릴 적 동무이기도 하지만 엄격한 주종 관계를 인정한다. 신분제 사회의 한계를 인정하고, 마음속으로 자신의 생각이 있어도 겉으로는 드러내지 않는다. 농민으로서 자기 일에 충실하고 나름의 정의감도 있으나 자기의 위치를 알고 상전에게 절대로 선을 넘지 않는다. 농민이지만 인물 좋고 심성이 좋으며, 상식적이고 정의감도 있으면서 로맨틱하게 묘사되는 인물로서, 소설의 주요 인물이다. 용이는 토지 소설 전체에 있어 가장 이상적인 사람으로 묘사되고 있다.

용이는 첫사랑인 월선이를 사랑하지만 무당 딸이라는 신분상의 이유로 둘의 혼인은 이루어지지 않는다. 그러나 용이는 평생에 걸쳐 월선이를 사랑했고 월선이 또한 용이의 한 발짝 뒤에서 언제나 그를 사랑했다. 제도와 관습에서는 이루어지지 않았지만, 병에 걸린 월선이는 용이가 산판 일을 마치고 올 때까지 기다리다 용이의 품에 안겨 죽음으로써 죽는 순간 그들의 사랑은 완성된다. 그들의 사랑은 토지 소설 전체에서 가장 순수하고 아름다운 사랑이라고 생각한다.

그러나 용이는 평생을 관습의 굴레에서 벗어나지 못하고 괴로워하던 인물이기도 하다. 사랑하는 월선이가 무당 딸이라는 신분 차이 때문에 결혼하지 못하고 헤어진다. 하지만 평생에 걸쳐 서로를 사랑한다. 신분 제도하에서 천민과 평민의 차이 때문에 빚어진 일이지만 용이도 무슨 대단하게 지킬 게 있지도 않았다. 그리고 부모가 맺어준 조강지처 강청댁과의 사이에는 자녀가 없었고, 강청댁은 용이의 마음이 월선이에게 향하고 있어 마음고생을 많이 한다. 거기에 칠성이가 처형 당한 후 마을을 떠났던 임이네가 돌아온다. 불쌍한 마음에 임이네를 돌보아 주다가 용이와 하룻밤을 보내고 임이네가 임신을 하자 강청댁의 마음은 더욱 무너진다. 그런 강청댁은 호열자로 죽는다. 강청댁이 죽던 해에 임이네는 아들 홍이를 낳는다. 강청댁의 죽음과 홍이의 탄생, 운명이 너무 얄궂다.

그리고 그렇게 중요하게 여기는 대를 잇는 아들 홍이의 출생은 어떤가? 사랑하는 여인이 낳은 아이도 아니고, 조강지처가 낳은 아이도 아닌, 하룻밤 욕정으로 태어난 아들이 아닌가? 아들로 이어지는 가문, 형식은 뿌리 깊은 전통이나 내용은 초라하기 그지없는 욕정의 산물, 내용은 없어지고 형식만 남아 아들로 대를 잇는 관습이 이어진다. 사랑하는 사람과 함께 하지도 못하고, 불륜 아닌 불륜으로 이어진 대 잇기, 모두에게 관습의 굴레가 너무 가혹하다. 그래도 용이가 죽은 뒤, 용이의 무덤 앞에서 아버지를 회상하는 홍이의 기억 속에서 용이는 멋진 사내로 기억되니 다행이다. 홍이의 용이에 대한 기억을 옮긴다.

인간 이용이, 홍이는 멋진 남자였다고 생각한다. 뇌리를 스쳐 가는 간도 땅에서의 수많은 우국 열사들, 흠모하고 피가 끓었던 그 수많은 얼굴들, 그러나 홍이는 아비 이용이야말로 가장 멋진 사내였다고 스스럼없이 생각한다. 열사도 우국지사도 아니었던 사내, 농부에 지나지 않았던 한 사나이의 생애가 아름답다. 사랑하고, 거짓 없이 사랑하고 인간의 도리를 위하여 무섭게 견디어야 했으며 자신의 존엄성을 허물지 않았던, 그 감정과 의지의 빛깔, 홍이는 처음으로 선명하게 아비 모습을, 그 진가를 보는 것 같았다.

2) 《아리랑》의 공허

공허 스님 이름은 빌 공空, 빌 허虛이다. 여덟 살 때 동학군으로 나갔던 아버지가 몸을 다쳐 돌아와 집 뒤 토굴 속에 숨어 있다가 왜병에게 발각되어 왜병들의 칼에 찔려 죽고 어머니와 두 동생들도 집과 함께 타 죽었다. 뒤늦게 집에 돌아온 아이를 마을 사람들이 떠나도록 해서, 몇 달을 굶주리며 떠돌아다니다가 이틀을 꼬박 굶고 개울가에 쓰러졌다. 정신을 차리고 보니 옆에 중이 앉아 있었고 그 중이 내민 주먹밥을 먹는다. 갈 데 없으면 함께 가자는 중의 말에 따라나선다. 공허가 중이 된 사연이다.

공허 스님은 기골이 크고 튼튼하게 생겼으며, 기골에 어울리게 말하는 품도 활달하고 듬직했다. 승려라기보다는 기운 세고 믿음직한 남자의 인상이다. 공허 스님은 송수익과 함께 의병 활동을 하고 국내와 만주를 오가며 독립운동을 한다.

홍씨 부인은 양반으로 남편이 의병으로 나섰다가 죽고 절에서 3년상 탈상을 하러 와 있을 때 절에 피신을 와 있던 송수익을 먼발치에서 보고 마음으로 연모하게 된 과부댁이다.절에 있는 애기중 운봉의 부탁으로 송수익은 홍씨 부인을 위로하는 시 한수를 지어준다.그 뒤 송수익은 만주로 떠나 독립운동을 이어간다. 공허 스님은 절에 있는 애기중 운봉의 부탁으로 송수익의 안부를 전해주러 홍씨 부인을 찾아간다. 홍씨 부인이 송수익을 찾아 만주로 떠나려는 마음을 알고 그 마음을 단념시키고 송수익의 독립운동에 방해가 될 것을 염려해 송수익 가족이 만주로 이주할 것이라고 거짓말을 한다. 그것이 계기가 되어 공허 스님은 홍씨 부인을 가끔 찾아보게 된다.

독립운동 자금을 마련하기 위해 지주들 집을 습격하고, 왜놈 지주 하시모토의 집도 습격하기로 하였으나 하시모토의 계략에 걸려들어 실패하고 공허 스님은 도주하고 피신하게 된다. 피신처로 홍씨 부인의 집을 찾게 되고 그 날 공허 스님과 홍씨 부인은 평생의 인연을 맺는다. 이후로도 공허 스님은 국내와 만주를 오가며 독립운동을 하고, 홍씨 부인과 인연을 이어간다. 홍씨 부인은 공허 스님의 아들을 낳아 혼자 기르고, 공허 스님은 아들 이름을 동걸이라 지어준다. 아들 동걸은 동방의 큰 인물이라는 이름답게 조선의용군에 들어가 독립운동을 한다.

공허 스님과 홍씨 부인의 사랑 이야기는 소설 아리랑에서 몇 안 되는 로맨틱한 이야기이다. 공허 스님은 송수익과 함께 의병 활동을 하고 국내와 만주를 오가며 독립운동을 하는 인물로서, 몇 달에 한 번 바람처럼 왔다가 사라졌지만 홍씨 부인에 대한 사랑은 충만하다. 홍씨 부인이 공허 스님의 아이를 낳자 동방의 큰 인물이라는 뜻의 동걸이라는 이름을 지어주고, 홍씨 부인을 위해 나무 비녀를 깎고 아이를 위해 나무 노리개를 만든다.

엄혹한 시절에도 사랑은 있고 그 사랑의 결실인 아들은 자라서 아버지의 대를 이어 독립운동을 위해 중국으로 건너간다. 공허 스님은 보름이 아들 오삼봉을 만주에 데려다주는 길에 오삼봉을 구하고자 일본군 총에 맞아 죽는다. 젊은이를 다음 세대에

이어주고 죽음으로 그 밑거름이 된 공허 스님은 죽음마저 낭만
적이다. 바람처럼 왔다가 바람처럼 사라져간 사내 공허. 아리랑
소설이 전반적으로 무겁고 슬프지만 그 와중에도 공허 스님 같
은 로맨티시스트가 있어 팍팍한 삶에 위로가 되었으리라.

3) 《객주》의 월이

월이는 백정의 딸로 태어나, 안동 조순득의 집에서 그의 딸 조소사의 몸종으로 있는 여자이다. 봉삼 일행 중 한 사람인 선돌이가 조순득 집에 갇히게 되자 그를 구하는 과정에서 봉삼은 조소사를 보쌈하여 하룻밤 인연을 맺고, 최돌이는 월이를 보쌈한다.

그 일을 계기로 월이는 봉삼 일행을 따라나서게 되고 일행 중 한 사람인 최돌이와 혼인을 한다. 혼인을 함에 있어서도 보부상을 따라나서 장사를 다니는 와중에도 간소하나마 격식을 차려 성례를 치른다. 혼인한 지 얼마 안 되어 남편 최돌이가 죽자 그가 남긴 때에 절은 수저집을 보관하며 짧았던 인연을 기억하고자 한다.

그리고 전주에 와 있던 서울 거상 신석주의 차인 행수 맹구범의 아편 밀매 대화를 엿들었다는 이유로 맹구범에게 겁간을 당하여 볼모로 잡혀 서울 신석주 집에서 일하게 된다. 우여곡절 끝에 서울로 올라온 봉삼과 월이가 상봉하게 되고, 월이는 신석주의 첩실로 와 있는 조소사와 상봉하게 되어 다시 그의 몸종이 된다.

조소사가 봉삼을 못 잊어하고 그것을 안 신석주는 봉삼을 씨내리로 하여 조소사가 임신을 하게 된다. 만삭 상태에서 봉삼이 옥에 갇혔을 때, 신석주는 봉삼을 구하는 척하면서 사실은 봉삼을 죽일 계략을 짠다. 이 모든 사실을 알고 조소사가 신석주 집을 떠날 때 월이는 동행하지 않고, 상전인 조소사를 보호하기 위해 신석주 집에 남는다. 조소사가 떠난 후 월이의 깊은 속과 인간됨을 알아본 신석주는 월이에게 거금의 어음을 주어 면천 속량시켜 준다.

신석주 집을 나와 봉삼의 마방으로 찾아간 월이는 얼마 있지 않아 조소사가 매월이 계략에 의해 죽자, 조소사가 낳은 아들을 정성으로 키운다. 그리고 남몰래 봉삼을 연모한다. 아내를 잃고 슬퍼하던 봉삼은 아이를 지극정성으로 키우는 월이와 혼례를 치른다. 봉삼과 합방을 하기 전, 차가운 겨울 개울에 들어가 사연 많은 몸을 씻고 연모하는 봉삼과 첫날밤을 보낸다. 차가운 개울 물에 목욕하는 모습은 경건한 의식처럼 보일 정도로 월이의 모습은 매우 순결하고 아름답다.

봉삼과 혼례 후, 봉삼을 짝사랑하는 매월이에 의해 봉삼의 누나 소례가 매월이 집에 잡혀 고생을 하고 있을 때, 시누이를 구하기 위해 월이가 매월이 집에 대신 붙잡힌다. 이를 안 소례는 봉삼의 아이를 업고 매월이를 찾아가고, 시누이를 구하고자 잡혀 와 있는 월이·월이를 구하려고 다시 호랑이 굴에 찾아온 소례·봉삼의 아이, 이 세 사람의 모습에 감동받아 매월이는 자신이 사랑의 패배자임을 인정하고 월이와 소례·아이를 모두 보내준다.

소설을 읽으면서 도대체 이 여자는 왜 이렇게 남을 위해 희생하는지 가슴이 답답할 정도였다. 그러나 상황마다 월이의 선택은 자기가 할 수 있는 최선이었다는 생각이 들었다. 자신이 사랑하는 사람을 위해 자신을 버릴 줄 아는 태도, 그래서 그것을 지켜보는 주위의 사람들 중 눈 밝은 사람들은 월이의 인간됨을 알아보고 감동한다. 유필호·신석주·봉삼이 그들이다. 월이는 자신을 버림으로써 그토록 연모하는 봉삼의 사랑을 얻는다. 봉삼과 월이는 달덩이 같은 아들을 낳고 행복하게 산다. 사랑, 그게 전부다.

등장인물 이름 비교

~~~~~~~~~~~

   소설이나 드라마를 보면 등장인물의 이름이 별다른 의미 없이 그 시대의 유행에 따라 작명되는 경우도 있고, 소설이나 드라마의 내용을 반영하여 그 캐릭터를 설명하는 이름도 있는 것 같다. 그래서 작가가 작품 속 등장인물의 이름을 어떻게 작명했는지, 소설 속에서 어떻게 기능하고 있는지 살펴보고자 한다.

   편의상 신분 계급·집안별로 분석해보았다. 등장인물 모두 중요하지만 대표적인 인물만 다룬 것을 이해해주시기 바란다

   (1) 《토지》

   등장인물 이름은 소설 본문뿐만 아니라, 《토지 인물 사전》(이상진, 마로니에북스) 한자 표기를 많이 참고하였다.

   《토지 인물 사전》에는 등장인물에 따라 한자 표기가 없는 경우도 있다. 주로 양반 계층의 성과 이름은 한자로 표기된 경우가 많았는데, 아마도 실제 시대 상황을 반영한 것이라는 생각이 든다. 그리고 작가의 연배를 생각할 때, 한자의 뜻 속에 등장인물의 성격을 풀어놓은 것이 아닌가 한다.

   《토지》 등장인물 이름을 표로 정리해보면 다음과 같다.

〈표 1〉《토지》 등장인물

신분	남성	여성
양반	최치수(최참판댁 당주, 별당아씨 남편, 최서희 아버지. 김평산·귀녀·칠성이에게 살해당함) 최환국(최서희 장남, 미술선생) 최윤국(최서희 차남, 학생운동)	윤씨 부인(최참판댁 안주인, 최치수의 어머니. 김개주에게 겁탈 당함. 김환의 어머니) 별당아씨(최치수 두 번째 부인, 최서희 생모, 구천이와 사랑, 도망) 최서희(최치수 딸, 길상과 결혼)
	김평산(몰락 양반, 최치수 살해, 처형 당함) 김거복(=김두수) (김평산 장남, 최참판댁에 원한 가짐. 최서희 가족 괴롭힘. 밀정이 되어 악행 저지름) 김한복(김평산 차남, 고향에 돌아와 농사 지음)	
	이동진(최치수 친구, 만주로 이주, 독립운동) 이상현(이동진 장남, 소설가, 최서희 연모, 방황)	
	조준구(최치수 할머니 쪽 일가, 아들 없는 최참판댁 재산 집어 삼킴, 그 결과 최서희 만주로 이주) 조병수(조준구 장남, 꼽추, 아버지 대신 죄책감 지님. 통영 정착, 소목장)	

신분	남성	여성
중인	임덕구(역관, 거부)	함안댁(김평산 아내, 남편 살인 사건 내용을 알고 자살)
	임명빈(임덕구 아들, 독립운동 후 투옥, 무기력한 여생)	임명희(임덕구의 딸, 이상현 연모, 친일 귀족 조용하와 결혼, 자식 없이 이혼, 방황)
		강선혜(재력가인 마포 강서방 딸, 남편 내소박 후 일본 유학, 임명희 선배, 속물적인 신여성)
상민	이용(평사리 상민, 무당 딸 월선이와 사랑, 결혼 못함) 이홍(이용과 임이네 사이에서 낳은 아들, 생모에 대한 갈등, 월선이를 마음의 어머니로 생각함)	강청댁(용이 조강지처, 무자식)
	칠성이(평사리 상민, 임이네 남편. 김평산과 함께 최치수 살해 모의, 사형 당함)	임이네(칠성이 아내, 용이와 하룻밤으로 홍이를 낳아 대를 이음) 임이(칠성이와 임이네 딸)
	공노인(월선이 숙부, 최서희 일행 만주 정착을 도움)	공월선(무당 딸, 용이와 사랑, 홍이를 친자식처럼 키움)
	김길상(출신 모름, 절에서 데려온 아이, 최참판댁 일꾼. 봉순이와 사랑, 서희와 결혼, 관음탱화 완성)	봉순이(최참판댁 침모 딸, 길상이 연모, 기생이 됨, 이상현 연모, 이상현 사이에서 양현이 낳음, 아편 중독)
	정한조(평사리 농민, 조준구에 의해 죽임 당함)	이양현(의사, 이상현과 봉순이 사이의 딸, 서희에 의해 양육됨, 송영광과 사랑, 자신의 출신 때문에 고민, 방황)
	정석(정한조 장남, 조준구에 대한 원한, 봉순이의 도움으로 선생이 됨, 동학 참여. 봉순이 연모)	
	강포수(귀녀를 사랑한 포수)	
	강두메(귀녀가 감옥에서 낳은 아이, 강포수가 키움. 독립운동)	

신분	남성	여성
천민	송관수(동학군이었던 아버지, 상민 출신, 도피 중 백정 딸과 결혼, 형평사 운동 참여, 계급 차별로 인한 갈등, 방황) 송영광(=나일성) (송관수 장남, 트럼펫 주자, 똑똑하고 잘생긴 인재, 백정이라는 출신 때문에 갈등, 방황, 이양현과 사랑, 갈등, 방황)	귀녀(최참판댁 하녀, 신분 상승을 위해 최치수의 아이를 갖고자 하는 욕망이 큼, 최치수 살해 모의로 사형, 강포수의 지극한 사랑을 받아 감옥에서 아들 두메를 낳고 죽음)

1) 최참판댁(양반)

① 최치수崔致修 : 최치수의 치致는 '이룰 치', 수修는 '닦을 수'이다. 호는 석운昔雲으로 석昔은 '옛날 석, 어제 석'이라는 뜻이고, 운雲은 '구름 운'이다. 최참판댁 당주로서 윤씨 부인의 아들이다. 첫 번째 부인과는 사이가 좋았으나 자녀 없이 사별한다. 두 번째 부인인 별당아씨와의 사이에서 딸 최서희를 낳는다. 별당아씨는 윤씨 부인의 씨 다른 아들 구천이(김환)와 야반도주한다.

소설 속 최치수는 똑똑하지만 극도로 예민하고 신경질적이며 세상에 대해 냉소적이고 어린 딸을 살갑게 대하지 않는 차가운 인물로 묘사된다. 신분 계급이 요동치는 과도기 사회임에도 철저하게 신분 계급의 차이를 인정하는 인물이다. 석운(옛날 구름, 어제의 구름)이라는 호가 보수적인 그의 성향을 나타내는 듯하다.

② 김환金環 : 윤씨 부인이 요양차 갔던 절에서 동학 장군 김개주에게 겁탈당해 낳은 아들이다. 청년이 된 김환은 구천이라는 이름으로 최참판댁 일꾼으로 들어간다.

구천이(김환)는 최치수의 둘째 부인이자 최서희의 생모인 별당아씨를 연모해 윤씨 부인의 도움으로 야반도주하여 지리산에 들어가 살다가 별당아씨가 죽자 방황하며 지리산에서 동학 활동을 하고 감옥에서 생을 마친다.

김환의 환環은 '고리 환, 둥근 구슬 환'이다. 김환이 윤씨 부인과 김개주가 이어져 태어나고, 별당아씨와 인연이 이어짐으로써 최치수와 최서희에게 고통을 안긴다. 최씨 일가의 불행한 가족사의 고리가 김환으로부터 시작된다. 작가는 불행한 인연의 고리라는 뜻으로 작명하지 않았을까 생각된다.

③ 최서희崔西姬 : 최치수의 유일한 혈육인 딸이다. 소설의 시대적 배경이 19세기 후반임을 감안할 때 비교적 세련된 이름 같지만 '계집 희姬'는 여성에 한정 짓는 의미를 내포하고 있지 않은지 의심된다. 하지만 이름이 특별히 그의 인물 특성을 나타내고 있지는 않은 것 같다. 소설 속 최서희의 비중을 생각할 때 좀 의외라는 생각이다.

④ 김길상金吉祥 : 고아로 구례 연곡사 우관 스님 밑에서 자랐다. 최참판댁에 하인으로 들어와 나중에 최서희 남편이 된다.

불교가 국가 정책적으로 천대받던 조선시대 말기에 일반 가정에서 자라지 못하고 절에서 자랐다면 출생이나 신분의 비밀이 있음 직한데 소설 속에서 길상의 신분은 명확히 나타나지 않는다.

최참판댁 하인으로 생활하지만 심성이 고운 아이로 구천이로부터 글을 배우고 최서희 곁을 지킨다. 최서희와 결혼한 후 독립운동을 하다가 말년에 어릴 적 꿈이었던 관음탱화를 완성한다.

길상의 길吉은 '길할 길, 상서로울 길' 상祥은 '상서로울 상, 복 상'이다. 길상이라는 이름처럼 너그럽고 심성이 고운 올바른 인물로 묘사되고 있다.

⑤ 최환국崔還國 : 최서희와 김길상이 결혼하여 만주에서 낳은 첫째 아들이다. 둘째 아들의 이름은 최윤국이다. 최환국의 환還은 '돌아갈 환, 돌아올 환'이고, 국國은 '나라 국'이다. 최서희가 아들의 이름을 통해 조선으로 돌아가고자 하는 의지를 표현하고 있다고 생각한다.

그리고 여기서 주목할 것은 아들의 이름이 김환국이 아니라 최환국이라는 점이다. 서희는 진주로 귀향해서는 급기야 호적을 고친다. 김길상은 최길상으로 최서희는 김서희로, 그래서 환국이는 최환국이 된다. 21세기인 현재에도 부계 성씨가 아닌 모계 성씨를 따르려면 특별한 절차를 거쳐야 하는데, 하물며 당시에 최씨 집안의 대를 잇기 위해 남편 성씨가 아닌 최서희 자신의 성씨를 아들들에게 물려준다. 소설 속에서는 신분제 사회가 붕괴되어 가는 과도기에도 최씨 가문을 지키고자 집착하는 최서희를 묘사하고 있는데, 가문이라는 것이 그렇게 해서까지 지켜야 하는 것인지. 단지 소설 속 이야기인지 작가의 시대 인식에 대한 한계인지 모를 일이다.

2) 김평산 일가(무반 출신 몰락 양반)

① 김거복(金巨福, 김두수) : 최치수 살인 공모에 가담하여 처형당한 몰락 양반 출신 김평산의 큰아들이다. 몰락 양반 출신으로 가난하면서도 게으르고 탐욕스러우며 최치수에 대해 열등의식을 지닌 아버지 김평산이 처형당하고 어머니 함안댁이 자살하자, 원한을 지닌 채 고향을 떠나 훗날 김두수라는 이름의 밀정이 되는 인물이다. 동생 김한복은 중인 출신 어머니 함안댁을 닮아 성실하고 예절을 알고 인간의 도리를 지키고자 하는 인물이다.

김거복은 거巨 '클 거' 복福 '복 복'이다. 이름처럼 큰 욕망을 지닌 인물이나 좋은 머리와 능력으로 올바른 삶이 아닌 밀정이라는 불의의 삶을 산다. 젊어 한때 돈과 권력을 거머쥐는 듯했으나 결국 비참하고 쓸쓸한 노후를 맞이한다.

거복이라는 이름처럼 큰 복을 받고자 했으나, 비뚤어진 욕망의 끝을 보여주는 역설적인 이름이다. 김두수라는 이름에는 한자 표기가 없어 설명을 생략한다. 그러나 두수라는 이름이, 왠지 우두머리가 되고 싶은 욕망을 표현하는 느낌이다.

3) 이용 일가(상민)

①이용李龍 : 소설 속에서 용이라고 불리는 평사리 농민이다. 최치수와 어릴 적 친구이기도 하다. 농민이지만 인물 좋고 심성이 착하며 신분제 사회의 한계를 인식하고 양반에 복종하는 인물이지만, 소설 속에서 가장 상식적이고 정의감 있고 로맨틱하게 묘사되는 인물로서 소설의 주요 인물이다.

용龍이라는 이름은 평범한 것처럼 보이지만, 전설 속 동물인 용처럼 지덕체를 고루 겸비한 이상적인 인간의 모습을 그리기 위해 부여한 이름이 아닐까 한다. 개인적으로 작가가 가장 애정하는 인물이라고 생각한다.

② 이홍李鴻 : 용이와 임이네 사이에서 태어난 용이의 유일한 아들이다. 홍이의 아버지 용이는 첫사랑인 무당 딸 월선이와는 부모의 반대, 당시 신분제에 대한 관습의 한계로 혼인하지 못하고 평생을 서로 남몰래 사랑한다. 월선이는 용정에서 국밥집을 운영하며 홍이에게 헌신적인 애정을 보인다. 용이의 조강지처는 강청댁이지만 둘 사이에는 자식이 없고 강청댁은 호열자로 죽는다.

최치수의 살인 공모에 가담했던 칠성이의 아내 임이네는 칠성이가 처형된 이후 마을을 떠나 거리에서 몸을 팔아 살다가 다시 마을로 돌아온다. 마을을 떠나기 전 임이네는 생활력이 강하고 건강하며 평사리에서 제일로 치는 미인이었으나, 성욕과 유난스런 식탐 때문에 강청댁과 마을 사람들로부터 미움 받는 인물이다. 외면당하는 그녀를 연민으로 보살피던 용이의 순간적인 욕정으로 홍이를 낳아 임이와 홍이를 함께 키운다. 임이네는 용이에게 유일한 자식을 낳아준 아들의 어미이자 탐욕스러움으로 용이를 평생 괴롭히는 애증의 대상이다.

이홍의 홍鴻은 '큰기러기 홍, 클 홍'이다. 홍이는 용이와 임이네를 닮아 준수한 외모를 지녔으나 머리는 평범한 아이였다. 용정에서 어린 시절을 보낼 때 월선이를 엄마라고 부르며 헌신적인 사랑을 듬뿍 받고 자라 정서적 충족을 이룬다. 그러나 생모가 탐욕스런 임이네라는 태생적 한계가 홍이를 평생 괴롭히고 그로 인해 방황한다. 그리고 임이네와 칠성이의 딸인 씨 다른 누이 임이 또한 괴롭힘을 보탠다. 이홍의 '클 홍'이 이러한 운명적 상황을 다 포용해야 하는 홍이의 처지를 이름으로 나타낸 것이라고 생각한다.

③ 이상의李尚義 : 가난한 양반이었던 김훈장의 외손녀인 허보연과 홍이 사이에 난 딸이다. 상의의 이름은 홍이가 용정에서 다녔던 상의학교에서 따온 것이다. 상의는 용정에서 진주로 이사와서 일본인 선생이 많은 여학교를 다니는데, 기숙사를 관리하

는 일본인 선생의 비합리적인 처사에 거세게 항의하기도 한다.

소설 5부에 상의의 여학교 일이 상당히 많은 부분을 차지하고 있어 좀 과하다고 여겼는데, 작가는 어린 여학생을 통해서 일제 치하의 억울한 상황을 표현한 것이라고 생각했다. 상의의 상尙은 '오히려 상, 숭상할 상, 높일 상'이고, 의義는 '옳을 의'이다. 옳은 것을 숭상한다는 뜻이다.

4) 송관수 일가(상민, 천민)

① 송관수(한자 표기 없음) : 송관수는 장돌뱅이이자 동학당이었던 아버지가 죽은 후 동학 운동에 가담한 상민 출신이나, 진주 은신처에서 만난 백정의 딸과 결혼 후 백정의 사위로 살아가며 신분제로 인한 차별을 경험한다. 이후 동학당에 참여하고 공평치 못한 세상에 대한 반항 의식으로 형평사 운동에도 가담한다. 길상과 또래 친구로서 독립운동에도 참여한다. 그러나 출신 신분 때문에 방황하는 아들 송영광을 보면서 말년에는 자기 비하에 빠지고 호열자로 죽는다.

② 송영광(宋榮光, 나일성羅一成) : 송관수의 장남이다. 송영광의 영榮은 '영화로울 영, 성할 영'이고, 광光은 '빛 광'이다.

송영광은 이름처럼 외모가 준수하고 똑똑한 젊은이다. 그러나 백정이라는 신분 때문에 반대에 부딪혀 첫사랑과 헤어지고 퇴학까지 당한다. 이후 방황을 시작해 깡패 조직에 몸담고 다리 불구가 된다. 신분제에 대한 저항 의식을 가지고 있지만 백정이라는 신분 때문에 괴로워하고 트럼펫 주자의 삶을 산다. 트럼펫 주자로 살던 당시의 이름이 나일성이다. 나羅는 '벌일 라, 그물 칠 라, 비단 라'이고 일—은 '한 일', 성成 '이룰 성'이다.

잘생긴 외모에 불구의 몸, 트럼펫 연주와 화려한 불빛 아래 처연한 모습으로 상처받은 영혼인 송영광의 모습이 나일성이라는 비단 같은 이름 위에 겹쳐진다. 나중에 양반인 이상현과 봉순이였던 기생 기화의 딸 양현이와 사랑하게 된다. 신분제 사회가 붕괴되어 가는 과도기에 양반과 기생 사이에 태어난 양현과 동병상련을 느낀다.

5) 상민

① 기화(紀花, 봉순이) : 최참판댁 침모였던 상민 출신 봉순네의 딸 봉순은 훗날 기생 기화가 된다. 봉순이는 서희보다 두 살 위이지만 서희와 자매처럼 함께 자란다. 봉순이는 어려서부터 광대놀이 등을 좋아해서 봉순네에게 혼나곤 했다. 봉순이는 서희 일행이 간도로 이주할 때 동행하지 않고 소리를 배워 기생 기화가 된다. 기화의 기紀는 '벼리 기, 규율 기, 기록할 기'이고, 화花는 '꽃 화, 아름다울 화, 어두울 화'이다.

어릴 적 봉순은 길상을 짝사랑하지만 길상은 서희와 결혼하고, 기화는 이상현과의 사랑으로 딸 양현이를 낳는다. 이후 간도의 떠돌이 독립군 주갑이의 사랑을 받고, 물지게꾼이었다가

교사가 된 연하 정석의 짝사랑을 받는다. 여러 사내의 사랑을 받지만 정작 본인이 연모하는 사람의 사랑은 얻지 못한 기화는 가녀린 꽃 같은 여인, 꽃으로 기억되는 여인이다.

6) 천민

① 귀녀(한자 표기 없음) : 귀녀는 얼굴이 예쁜 최참판댁 계집 종으로, 상전인 어린 서희에게 모욕을 받고 이글이글 피어오르는 눈길을 쏟을 만큼 노비 신분에 대한 열등감과 양반에 대한 원한이 가득하다.

별당아씨가 사라지자 최치수의 사랑을 얻어 아이를 낳고 면천하려 했으나 거절당하자 아이를 통해 신분 상승을 하려는 귀녀·최참판댁 재산을 갈취하려는 김평산·칠성이가 뜻이 맞아 최치수 살해를 공모하고 실행한다. 임신을 위해 칠성이와 추악한 밀회를 거듭하던 중 뒤따라온 강포수와 하룻밤을 보낸다. 최치수가 성불구였다는 사실을 모른 채, 윤씨 부인에게 최치수의 아이를 가졌다고 거짓말을 함으로써 모든 사실이 발각되자 당당하게 사실을 실토한다. 강포수의 헌신적인 옥바라지에 감동하여 죄를 뉘우치고 옥중에서 아들을 낳은 후 죽는다.

귀녀는 귀여운 여자라는 뜻인지, '귀할 귀貴'를 써서 귀한 여자라는 뜻인지 모른다. 소설의 시대적 배경이 갑오개혁 이후로 신분 제도가 법적으로는 철폐되었으나, 실제 생활에서는 엄연히 유지되던 때이다. 귀녀가 선택한 방법은 분명히 잘못된 방법이지만 신분 제도가 붕괴되기 시작하는 시기에 소설 속 등장인물들 대부분이 자신의 신분에 그저 순응하고 살아가고 있을 때, 자기 신분에 회의를 느끼고 자신의 욕망에 관심을 가졌다는 것을 일면 의미 있게 들여다볼 필요가 있다고 생각한다.

신분제 사회에서 귀녀는 사회 질서의 맨바닥에 위치하고 있는 여자이고 노비이지만, 근대 사회의 관점에서 다시 한 번 볼 수 없을까? 근대 사회란 '나는 무엇인가'에 대해 끝없이 고민하고 자기의식을 갖는 사회 아닌가? 양반댁 계집종으로 태어나 잘못된 방법으로 욕망을 실현하고자 했지만, 강포수에게서는 지극한 사랑을 받는 귀한 존재였다. 어쩌면 강포수에게 귀녀는 귀녀貴女가 아닐까?

(2) 《아리랑》

《아리랑》은 《토지》처럼 인물 사전이 따로 없고, 책 본문에도 한자 표기는 나와 있지 않다. 다만 송수익과 공허 스님이 대화 중 통성명을 하는 장면이 나올 뿐이다. 송수익은 빼어날 수秀, 날개 익翼이고, 공허는 빌 공空, 빌 허虛이다.

책에 묘사된 인물들의 특징을 잡아 거꾸로 이름에 의미를 부여하는 상상력을 발휘해보고자 한다.

《아리랑》 등장인물 이름을 표로 정리해보면 다음과 같다.

〈표 2〉 《아리랑》 등장인물

신분	남성	여성
양반	송수익(만민평등사상을 지닌 양반, 의병대장, 만주로 이주 독립군 대장, 독립운동 수단으로 대종교 믿음, 장춘감옥에서 옥사) 송중원(송수익 장남, 3·1운동으로 투옥, 잡지사 편집장, 귀향, 신하엽과 결혼) 송가원(송수익 차남, 의사, 만주로 이주 독립군 치료, 박미애와 결혼, 이혼, 옥녀와 결혼) 송준혁(송중원 장남, 일본 유학 중 독립운동 고민) 신세호(양반, 송수익 친구, 송수익의 의병 권유 거절, 서당을 차려 교육, 손수 농사, 송수익과 사돈 맺음, 오줌대감)	신하엽(신세호 장녀, 송중원과 결혼) 신월엽(신세호 차녀, 차득보와 사랑, 신분 차이로 결혼 못함)

신분	남성	여성
양반	임병서(신세호가 송수익에게 소개한 양반, 복벽주의자)	
	이동만(가난한 양반, 일본인 농장 지배인 요시다 밑에서 조선인 적극 착취, 악질적 친일파, 토지조사 때 마을 사람과 다퉈 다리 불구, 재산을 축재하여 큰 부자가 되지만 금광 사기를 당해 사업 실패와 전 재산 탕진 후 죽음)	
	이경욱(이동만 차남, 고등고시 실패, 명창 옥비 짝사랑)	
	정재규(만경 정부자 장남, 차별주의자, 기생 도박 미두에 빠져 전 재산 날리고 객사)	
	정상규(만경 정부자 차남, 차별주의자, 자린고비, 상속받은 재산을 불려 만석꾼이 됨, 아들이 땅 문서 가지고 도주하여 팔아버림, 화병으로 죽음)	
	정도규(만경 정부자 삼남, 상속 재산 유지, 공산주의자, 소작 쟁의와 노동 쟁의 지도, 위장 전향하고 사회주의 지속)	
	허탁(송중원 친구, 일본 유학생 출신 공산주의자)	
	홍명준(송중원 친구, 일본 유학생 출신 변호사, 친일 변절자)	
중인	백종두(아전 출신, 기회주의자, 적극적 악질 친일파, 군산부 과장 쓰지무라의 하수인, 죽산면장 친화회장 역임, 농민들의 야간 기습으로 맞아 죽음)	

신분	남성	여성
중인	백남일(백종두 아들, 악질적 친일파, 아버지 힘으로 헌병 보조원 됨, 방영근 누나 수국이 겁탈, 방대근에게 눈 찔려 애꾸눈이 됨, 전 재산 탕진 후 아편쟁이 됨)	박정애(중인 출신 거상 딸, 일본 동경 유학, 속물이지만 주변 지인 챙김)
		박미애(박정애 동생, 속물, 송가원과 결혼, 송가원의 만주 이주 권유 거부, 이혼)
상민	장덕풍(보부상 출신, 가게 운영, 적극적 친일파, 거래하는 보부상들을 소식통으로 이용, 정보 수집 하여 일본인 우체국장 하야가와에게 전달, 독립운동가들에게 큰 피해를 입힘)	
	장칠문(장덕풍 아들, 아버지 힘으로 순사 보조와 경찰 고위직 됨, 야망이 있어 적극 친일과 재산 축재, 방영근 누나 보름이 겁탈, 경찰 상관에게 보름이 상납)	
	지삼출(방대근 이웃 농민, 건실하고 용맹함, 동학과 의병 참여, 만주 이주 후 독립군으로 왕성하게 활동)	보름이(방영근 첫째 동생, 출중한 미모, 화전민에게 시집감, 시아버지와 남편 왜놈에게 죽임 당함, 장칠문·세끼야·서무룡에게 겁탈 당함, 자식 셋 낳음, 기구한 삶)
	지복만(지삼출 아들, 몸이 약해 독립군 대신 교사 됨)	
	방영근(빚을 갚기 위해 대륙식민회사에 20원에 팔려 가 하와이 사탕수수 노동자로 일함, 하와이에 정착)	정분이(방영근 둘째 동생, 평탄한 삶)
	오삼봉(보름이가 화전민에게 시집가서 낳은 아들, 광주 학생 운동으로 퍼진 만세 운동에 참여, 혈청단 활동, 만주로 가서 외삼촌 방대근 만남, 독립군 활동)	수국이(방영근 셋째 동생, 출중한 미모, 백남일·양치성에게 겁탈 당함, 불운을 극복하고 독립군 됨)

신분	남성	여성
상민	공허 스님(어릴 적 동학당인 아버지와 온 가족이 왜놈에게 죽임 당함, 스님 도움으로 절에서 자라 스님이 됨, 건장하고 걸걸하며 남자다움, 얽매이지 않는 자유인, 의병 활동, 국내와 만주를 연결하는 독립군 활동, 홍씨부인과 사랑, 아들 낳음, 오삼봉을 만주로 안내하는 길에 일본 순경에게 총 맞아 죽음)	홍씨부인(양반댁 청상과부, 절에서 본 송수익을 마음 속으로 연모, 공허 스님 사이에서 아들을 낳아 혼자 키움)
	전동걸(공허스님 아들, 일본 유학, 조선의용군에 들어가 독립군 활동)	
	차서방(일본 토지조사에 항의하러 지주총대인 이동만 찾아가 항의하다 사고로 이동만 다리를 다치게 함, 왜놈에게 죽임 당함)	차옥녀(=옥비) (차서방 딸, 부모 죽은 후 오빠 득보와 생이별, 명창이 되어 재회, 송가원과 결혼해서 딸을 낳음, 만주에서 독립군을 치료하는 간호사 됨)
	차득보(차서방 아들, 부모 죽은 후 동생 옥녀와 생이별, 유리걸식하다 공허 스님이 신세호의 집에 맡김, 글 배우고 농사 지음, 만주로 가서 독립군 됨)	
일본인	쓰지무라(군산부 과장, 백종두가 측근, 행정 실행)	
	요시다(일본 농장 법인 총지배인, 이동만이 측근, 조선 농지와 농민 착취)	
	하시모토(러시아 통역관 출신, 개인 농지 소유욕이 큼, 조선 농지와 농민 착취)	
	하야가와(우체국장, 장덕풍과 양치성이 측근, 정보 수집과 체포 구금에 앞장섬)	

1) 양반

① 송수익宋秀翼：《아리랑》에서 등장인물의 한자 표기를 알 수 있는 사람은 송수익과 공허 스님·전동걸 세 사람뿐이다. 송수익의 수秀는 '빼어날 수' 익翼은 '날개 익'이다. 송수익은 만민 평등사상을 지닌 양반으로 일제의 침략이 시작된 초기부터 의병을 일으켜 지휘하고 가족을 조선에 남겨 놓은 채 의병 동지들과 만주로 이주하여 독립운동을 지휘한 사람이다. 독립운동을 더 잘하기 위하여 민족종교인 대종교를 받아들이고, 양반이며 지도자이지만 자신을 따르는 동지들과 신분의 차별 없이 동고 동락하는 진정한 지도자이다. 장춘에서 일본 경찰에 체포되어 장춘감옥에서 옥사한다.

그의 장남 송중원은 만세 운동으로 투옥된 경력이 있고 잡지사 편집장으로 일하며, 차남 송가원은 의사로 만주에 가서 독립군을 치료하는 의사의 길을 간다. 아버지와 아들까지 대를 이어 독립운동을 하는 양반가의 모범으로 표현된다.

송수익은 험난한 시절에 신분제를 뛰어넘어 진정으로 대중을 이끌었던 '빼어난 날개'였다.

② 신세호(한자 표기 없음)：신세호는 전통적인 유생의 길을 지키려 하는 양반으로 송수익의 친구이다. 송수익으로부터 의병 권유를 받지만 거절하고 고향을 지킨다. 송수익이 의병 활동을 하고 만주로 가서 독립운동을 하자, 고향에서 서당을 열어

아이들을 가르치고 그로 인해 고초를 치른다. 그리고 손수 농사를 지어 농민을 이해하고자 한다.

자신의 딸과 송수익의 아들을 결혼시켜 사돈을 맺는다. 조선에 가족을 남겨두고 간 송수익을 대신해 그의 가족을 보살핀다. 노년에는 술에 취하면 면사무소·일본 기관에 오줌을 싸는 등 오줌대감으로 불리며 작지만 소중한 저항을 실천하며 고향을 지킨다. 신세호라는 이름과 그의 행적을 연결시킬 만한 점은 없는 것 같다.

③ 정도규(한자 표기 없음) : 만경 정부자집 셋째 아들로, 경성에서 신교육을 받은 양반으로 공산주의 사상을 지닌 인물이다. 부모로부터 상속받은 일부 재산을 지키면서 고향과 경성을 오가며 사회주의 운동을 지속한다. 농민들의 소작 쟁의, 노동자들의 쟁의를 뒤에서 교육하고 진행시킨다. 그로 인해 투옥되고 나중에 위장 전향을 해서 사회주의 운동을 계속한다. 정도규도 신세호처럼 고향을 지키며 다양한 형태로 항일운동을 지속한다. 정도규라는 이름과 그의 행적을 연결시킬 만한 점은 없는 것 같다.

2) 중인

① 백종두(한자 표기 없음) : 아전, 이방 출신으로 양반에 대한 열등감과 원한, 신분 상승 욕구가 많은 인물이다. 군산부 과장 쓰지무라의 측근으로 활동하며 시대 변화에 편승하여 일진회

군산지부장 등을 지내고 이후 죽산면 면장을 하며 토지 조사 사업으로 농민들에게 많은 고통을 준다. 그러나 재산 축적의 욕심을 부리다 파직당하고 다시 친화회 등을 꾸려 친일을 한다. 그리고 아들 백남일을 헌병 보조원으로 넣어 권력을 쥐려 하나 아들의 악행으로 중간에 계획이 틀어진다. 3·1운동 때 농민들의 야간 기습으로 맞아 죽는다.

백종두라는 이름에서 무언가 우두머리가 되고자 하는 욕망이 느껴지기도 한다.

3) 상민
① 공허空虛 : 공허의 공空은 '빌 공', 허虛는 '빌 허'이다.

여덟 살 때 동학군으로 나갔던 아버지가 몸을 다쳐 돌아와 집 뒤 토굴 속에 숨어 있다가 왜병에게 발각되어 왜병들의 칼에 찔려 죽고 어머니와 두 동생들도 집과 함께 타 죽었다. 마을 사람들이 뒤늦게 집에 돌아온 아이를 마을에서 떠나도록 해서, 몇 달을 굶주리며 떠돌아다니다가 이틀을 꼬박 굶고 개울가에 쓰러진다. 정신을 차리고 보니 옆에 중이 앉아 있고 그 중이 내민 주먹밥을 먹는다. 갈 데 없으면 함께 가자는 중의 말에 따라나선다. 공허가 중이 된 사연이다.

공허는 기골이 크고 튼튼하며, 기골에 어울리게 말하는 품도 활달하고 듬직하다. 승려라기보다 기운 세고 믿음직한 남자의 인상이다. 공허 스님은 송수익과 함께 의병 활동을 하고 국내와 만주를 오가며 독립운동을 한다.

독립운동 자금을 마련하기 위해 지주들의 집을 습격하고, 일본인 지주 하시모토의 집에 습격하기로 하였으나 하시모토의 계략에 걸려들어 실패하고 도주하여 피신하게 된다. 피신처로 홍씨 부인의 집을 찾게 되고 그날 공허와 홍씨 부인은 평생의 인연을 맺는다. 이후로도 공허는 국내와 만주를 오가며 독립운동을 하고, 홍씨 부인과 인연을 이어간다. 홍씨 부인은 공허 스님의 아들을 낳아 혼자 기르고, 공허는 아들 이름을 동걸이라 지어준다. 공허는 보름이 아들 오삼봉을 만주로 데려다주는 길에 일본 경찰 총에 맞아 죽는다.

바람처럼 왔다가 구름처럼 떠나가는 어디고 매인 곳 없는 사람, 조국의 독립을 위해 살생도 서슴지 않는 사람, 한 여인을 몸과 마음으로 뜨겁게 사랑했던 사람, 공수래공수거가 안성맞춤인 사람, 공허空虛이다.

② 전동걸田東傑 : 공허 스님과 홍씨 부인 사이에 낳은 아들이다. 공허 스님이 동방의 큰 인물이 되라는 뜻으로 동東 '동녘 동', 걸傑 '호걸 걸'이라는 뜻의 이름을 지어준다. 성씨는 홍씨 부인의 죽은 남편 성을 따라 전씨로 짓는다. 양반댁 과부인 홍씨 부인의 처지를 생각하여 이름만 지어주고 성씨는 알아서 하도록 맡겨두어 전동걸이 된다. 전동걸은 자라서 일본 유학 후 사회주의 의식이 깨어 중국으로 건너가 독립의용군이 된다. 이

름처럼 조국의 독립을 위해 행동하는 '동방의 인물'이 된다.

③ 지삼출(한자 표기 없음) : 송수익이 양반을 대표한다면 지삼출은 상민을 대표한다.

지삼출은 튼튼하고 용맹스러운 상민의 표상으로 이웃의 일에도 마음을 쓰는 인정 많은 사람이다. 사람이 사람 대접받는 세상, 억압 없는 세상을 위해 동학과 의병에도 참여하고, 만주로 이주해서는 독립군으로 활동한다. 깨어서 실천하는 진정한 대중이 바로 지삼출이다. 깨어 있는 민중을 필요로 할 때 세 번이나 일어선 사람, 삼출三出아닐까?

④ 방대근(한자 표기 없음) : 지삼출의 이웃으로 방영근·보름이·정분이·수국이·방대근 다섯 형제 중 막내이다. 첫째 방영근이 대륙식민회사에 하와이 사탕수수 농장 노동자로 돈 20원에 팔려가고 나서 집에는 어머니와 세 누이, 대근이 남는다.

가난과 고통스러운 생활을 꿋꿋하게 이겨내고 듬직한 청년으로 자라 만주 신흥무관학교를 졸업한다. 만주에서 송수익과 지삼출 등 이웃과 모여 살면서 독립군 지도자로 성장한다. 집안에서는 막내지만, 그의 이름 대근大根처럼 독립군의 큰 뿌리로 성장하여 그 역할을 한다.

⑤ 보름이(한자 표기 없음) : 방대근의 큰누나로 보름달처럼 예쁘

다 하여 붙여진 이름이다.

결혼 전 어여쁜 미모 때문에 주변의 검은 유혹을 피해 화전민에게 시집을 간다. 그러나 남편과 시아버지가 왜놈 손에 죽고 아들과 도시로 나와 생활하려 하나 장칠문·세끼야·서무룡 등 많은 남자들로부터 겁탈과 수난을 당한다.

험한 시절 여자 혼자 자신을 온전히 지키며 살아내기가 얼마나 어려운지 보여주는 인물로서, 보름달 같이 어여쁜 인물이 화가 된 경우이다.

⑥ 수국이(한자 표기 없음) : 방대근의 셋째 누나로 수국처럼 예쁘다고 해서 붙여진 이름이다.

수국이 또한 어여쁜 외모 때문에 결혼 전 백남일에게 겁탈당하고 그로 인해 온 가족이 만주로 이주하게 된다. 여성의 순결 등 시대 관습 속에서 자신의 처지를 괴로워하는 수국이에게 공허 스님의 설법이 위로가 된다. 그러나 양치성에게 또다시 수모를 당하고 그를 죽이려다 미수에 그쳐 살던 마을로 도망쳐 온다. 이후 수국이는 독립군 유격대를 따라나서고 독립군 활동을 하다 전사한다.

(3) 《객주》

《객주》 역시 인물 사전이 따로 없어 책 본문에 나오는 한자 표기를 참고하였다. 등장인물에 따라 한자 표기가 있는 경우도 있고 없는 경우도 있었다. 양반 계층은 성과 이름을 한자로 표기한 경우가 많고, 평민들은 이름만 표기된 경우도 많았다.

한자 표기를 살펴보아도 이름을 통해 등장인물의 성격이나 특성을 이해하기 어려웠다. 이름과 등장인물 캐릭터를 설명하는 것은 연관성은 없어 보인다.

이름 대신 독특한 몇 가지를 정리해보면 다음과 같다.

보부상들은 자신들의 출신 계급과 상관없이 자기의 고향, 지본을 이름에 붙여서 부르고 있다. 천봉삼은 천 송도, 조성준은 조 송파, 이용익은 이 명천, 박 경기, 길 신천 등이 그 예이다. 전국 각지를 떠돌아다니는 보부상이 이름을 통해서라도 고향을 잊지 않으려고 지본을 함께 썼다는 점이 애틋함을 자아낸다.

보부상 사이에도 각 상권 내 역할에 따라 위계가 있고, 나이에 따라 형님·아우라고 부르기도 하지만 서로를 '동무'라고 부르는 것이 독특했다. 신분, 지역을 떠나 전국을 떠돌아다녀야만 먹고 살 수 있었던 신산한 삶에 대한 동병상련의 아픔을 지닌 동무이기에 그런 것 아닐까.

동무는 친구이다. 친구는 상하 관계가 아닌 동등한 인간관계를 전제로 하는 것 아닌가? 동무라는 단어에서 평등 사상을 유추해볼 수 있다.

천봉삼이 평강에 마방을 내어 보부상 공동체를 이루고, 후에 생달마을 촌장이자 울진 흥부장, 내성장과 영월 태백의 장시 거래를 주름잡는 객주가 되어 마을공동체를 이루고 동무들과 함께 사는 것으로《객주》10권이 마무리된다. 작가는 작품을 통해 신분을 넘어서 모든 인간의 고귀함, 평등 사상을 말하려고 한 것 아닐까. 그리고 천봉삼이 양반 앞에서 자기 자신을 '소생'이라 칭한다. 이를 본 양반은 기가 막혀하지만, 비록 신분은 낮으나 보부상인 천봉삼이 스스로를 소생이라 말하며 자신의 자존감을 끝까지 지키는 장면이 인상적이었다.

《객주》등장인물 이름을 표로 정리해보면 다음과 같다.

〈표 3〉《객주》등장인물

신분	남성	여성
왕족	흥선대원군(이하응)	민비(민자영, 고종 왕비)
양반	민겸호(민씨 일족, 부패의 핵심 인물) 민영익(민씨 일족)	
	김보현(세곡선 부정부패 관련 인물)	
	이용익(소설에서는 보부상 출신 금점꾼으로 등장하나 실제로는 무반 양반 출신임. 번 돈을 민씨 일족에 갖다 바침) * 위 4인은 실제 역사에 기록되어 있는 인물	

신분	남성	여성
양반	유필호(김보현 댁 식객, 나중에 천봉삼의 책사 역할을 함)	
	김학준(거상, 천소례 남편)	
	김몽돌(김학준 일가, 운천댁의 본 남편)	운천댁(김몽돌의 아내였다가 후에 길소개의 아내 됨)
중인	조순득(안동 부상, 조소사의 아버지)	조소사(조순득 딸, 신석주의 첩실이 되었다가 천봉삼의 아들을 낳고 그의 아내 됨)
	신석주(거상, 서울시전 행수, 조소사의 남편)	
상민	천봉삼(보부상, 천소례 동생, 조소사와 월이 남편)	천소례(천봉삼 누나, 김학준 소실, 후에 조성준의 아내 됨)
	조성준(송파 쇠살쭈, 아내를 데려간 송만치와 원인을 제공한 김학준에게 복수, 후에 천소례의 남편 됨)	매월이(주막집, 보부상, 무당. 진령대군이라는 무당이 되어 민비의 총애를 받음, 천봉삼을 연모, 애증 관계)
	길소개(젓 장수 보부상, 조성준의 돈을 가로채 도주, 양반 공명첩을 사서 양반 행세, 시골 사또 역임, 우여곡절을 겪고 천봉삼에게 돌아옴)	
	최돌이(보부상, 월이 첫 남편)	
	선돌이(보부상)	
	맹구범(신석주 행수)	
	득추(대장장이)	
	정한조(보부상, 접소 도감 행수)	
천민		월이(백정 딸, 조소사의 몸종, 최돌이와 첫 혼인을 했으나 최돌이 죽음. 맹구범에게 겁탈 당함, 후에 천봉삼의 아내가 됨)

1) 양반

실제 존재했던 인물로 왕족인 흥선대원군과 민비·양반 민겸호·민영익·김보현·이용익 등이 소설 속에 등장하고 있다. 주요 인물 중 하나인 이용익의 경우 역사적 사실과는 조금 다르게 묘사하여, 실재와 허구가 다소 혼재되어 있다.

① 이용익李容翊 : 이李 '오얏 리', 용容 '얼굴 용, 넣을 용, 용납할 용, 쉬울 용', 익翊 '도울 익'.

소설 속 이용익은 보부상 출신으로 광산으로 돈을 벌어 민영익에게 갖다 바치는 인물이다. 실제로는 무반 출신 양반 후손으로 집안이 한미하여 한때 보부상을 하였으나 광산 개발로 큰돈을 벌어 민씨 일족에게 돈을 제공하고 후에 높은 관직에도 오르는 인물이다.

② 김보현金輔鉉 : 김金 '성 김, 쇠 금', 보輔 '도울 보', 현鉉 '솥귀 현, 삼공의 지위 현'.

③ 유필호柳必鎬 : 류柳 '버들 류', 필必 '반드시 필', 호鎬 '호경 호, 냄비 호, 땅이름 호'.

④ 김학준金學準 : 김金 '성 김, 쇠 금', 학學 '배울 학, 학문 학, 학생 학', 준準 '법도 준, 평평할 준, 비길 준'.

⑤ 김몽돌(한자 표기 없음)

2) 중인
① 신석주申錫周 : 신申 '펼 신, 납 신, 알릴 신', 석錫 '주석 석, 지팡이 석', 주周 '두루 주, 둘레 주, 주밀할 주'.

② 조순득趙順得 : 조趙 '나라 조', 순順 '순할 순, 따를 순', 득得 '얻을 득, 만족할 득, 득 득'.

3) 상민
① 천봉삼千奉三 : 천千 '일천 천, 많을 천', 봉奉 '받들 봉', 삼三 '석 삼, 거듭 삼'.

② 조성준趙成俊 : 조趙 '나라 조', 성成 '이룰 성, 완성될 성', 준俊 '준걸 준, 뛰어날 준, 클 준, 높을 준'.

③ 길소개吉小介 : 길吉 '길할 길, 상서로울 길', 소小 '작을 소, 낮출 소', 개介 '끼일 개, 딱지 개'.

④ 최돌이崔乧伊 : 최崔 '높을 최', 돌乧 '이름 돌', 이伊 '저 이'.
⑤ 선돌이(한자 표기 없음)

⑥ 맹구범孟九範 : 맹孟 '맏 맹, 맹랑할 맹', 구九 '아홉 구', 범範 '법 범, 한계 범'.

⑦ 득추(한자 표기 없음)

⑧ 정한조鄭漢祚 : 정鄭 '나라 이름 정, 정중할 정', 한漢 '한수 한, 물 이름 한', 조祚 '복 조, 임금지위 조'.

⑨ 천소례千小禮 : 천千 '일천 천, 많을 천', 소小 '작을 소, 낮출 소', 례禮 '예절 례'.

⑩ 매월梅月 : 매梅 '매화나무 매', 월月 '달 월'.

4) 천민
① 월이(한자 표기 없음)

소설 속 사랑 장면 비교

~~~~~~~~~

1) 《토지》

《토지》는 전 21권이나 되는 긴 분량의 소설임에도 남녀 간의 직접적인 사랑 표현이 매우 적다. 박경리 작가가 1926년생이고 여성인 점을 감안하면 이해할 수도 있지만 수많은 등장인물에 비해 사랑 장면이 매우 적은 건 사실이다.

그러나 그중에서도 애틋하고 가슴을 저릿하게 하는 사랑 장면이 있으니, 죽음을 앞두고 있는 월선이와 용이의 대화 장면이다. 특별할 것 없이 나누는 몇 마디의 대화 속에서 어떤 진한 사랑의 표현보다도 절절한 사랑을 느낄 수 있다.

감정을 직접적으로 드러내고 표현하기보다 아끼고 아껴서 절제된 표현을 하는 것이 작가의 실제 성품 아닐지 생각해본다.

본문 내용을 그대로 옮긴다.

> 부엌에서 쫓아 나온 안자가 외쳤다.
>
> "홍아! 아버지 왔다!"
>
> (중략)
>
> 방으로 들어간 용이는 월선을 내려다본다. 그 모습을 월선은 눈이 부

신 듯 올려다본다.

"오실 줄 알았십니다."

월선이 옆으로 다가가 앉는다.

"산판일 끝내고 왔다."

용이는 가만히 속삭이듯 말했다.

"야, 그럴 줄 알았십니다."

"임자."

얼굴 가까이 얼굴을 묻는다. 그러고 떤다. 머리칼에서부터 발끝까지 사시나무 떨듯 떨어댄다. 얼마 후 그 경련은 멎었다.

"임자."

"야."

"가만히,"

이불자락을 걷고 여자를 안아 무릎 위에 올린다. 쪽에서 가느다란 은비녀가 방바닥에 떨어진다.

"내 몸이 찹제?"

"아니요."

"우리 많이 살았다."

"야."

내려다보고 올려다본다. 눈만 살아 있다. 월선의 사지는 마치 새털같이 가볍게, 용이의 옷깃조차 잡을 힘이 없다.

"니 여한이 없제?"

"야, 없십니다."

"그라믄 됐다. 나도 여한이 없다."

머리를 쓸어주고 주먹만큼 작아진 얼굴에서 턱을 쓸어주고 그리고 조용히 자리에 눕힌다.

용이 돌아와서 이틀 밤을 지탱한 월선은 정월 초이튿날 새벽에 숨을 거두었다.

— 《토지》 8권 232~233쪽

2) 《아리랑》

《아리랑》에는 남녀 간의 정사 장면이 꽤 자주 묘사되어 있지만, 진정한 사랑의 장면보다는 권력이나 완력을 지닌 남자가 불우한 처지의 여자를 겁간하는 장면이 더 많다. 진정한 사랑의 장면은 공허 스님과 홍씨 부인의 사랑, 송가원과 옥녀의 사랑 정도이다. 그리고 등장인물들의 대화 내용에 성적 비유가 많이 등장한다. 남자들끼리의 대화에 남녀 간 육체적 행위를 묘사한 장면이나 남녀의 성기에 대한 묘사, 여자 속곳에 대한 묘사 등이 있다.

작가는 음담패설이 남자들 사이의 어색함을 줄여주고 쉽게 친하게 하는 요인이라고 설명하고 있으나, 어떤 부분은 불편하게 느껴지기도 한다. 마을 여자들의 대화에도 많은 음담패설이 등장한다. 참고로 조정래 작가는 1943년생 남자이다.

《아리랑》에서 가장 아름답게 느껴지는 장면은 공허 스님과 홍씨 부인의 사랑 장면이다. 스님과 양반댁 과부의 사랑이라니? 긴 세월, 긴 이야기 속으로 들어가보시라.

공허 스님이 여덟 살 때 동학군으로 나갔던 아버지가 몸을 다쳐 돌아와 집 뒤 토굴 속에 숨어 있다가 왜병에게 발각되어 칼에 찔려 죽고 어머니, 두 동생들도 집과 함께 타 죽었다. 마을 사람들은 뒤늦게 집에 돌아온 아이를 마을에서 떠나도록 해서, 몇 달을 굶주리며 떠돌아다니다가 이틀을 꼬박 굶고 개울가에 쓰러졌다. 정신을 차리고 보니 옆에 중이 앉아 있었고 그 중이 내민 주먹밥을 먹는다. 갈 데 없으면 함께 가자는 중의 말에 따라나선다. 공허가 중이 된 사연이다.

공허 스님은 기골이 크고 튼튼하게 생겼으며, 기골에 어울리게 말하는 품도 활달하고 듬직했다. 승려라기보다는 기운 세고 믿음직한 남자의 인상이다. 공허 스님은 송수익과 함께 의병 활동을 하고 국내와 만주를 오가며 독립운동을 한다.

홍씨 부인은 양반으로 남편이 의병으로 나섰다가 죽고 절에서 삼년상 탈상을 하러 와 있을 때 절에 피신을 와 있던 송수익을 먼발치에서 보고 연모하게 된 과부댁이다. 절에 있는 애기중 운봉의 부탁으로 송수익은 홍씨 부인을 위로하는 시 한 수를 지어준다. 그 뒤 송수익은 만주로 떠나 독립운동을 이어간다.

공허 스님은 절에 있는 애기중 운봉의 부탁으로 송수익의 안부를 전해주러 홍씨 부인을 찾아간다. 홍씨 부인이 송수익을 찾아 만주로 떠나려는 마음을 알고 그 마음을 단념시키고 송수익의 독립운동에 방해가 될 것을 염려해 송수익 가족이 만주로 이주할 것이라고 거짓말을 한다. 그것이 계기가 되어 공허 스님은 홍씨 부인을 가끔 찾아보게 된다.

독립운동 자금을 마련하기 위해 지주들 집을 습격하고, 왜놈 지주 하시모토의 집도 습격하기로 하였으나 하시모토의 계략에 걸려들어 실패하고 공허 스님은 도주하고 피신하게 된다. 피신 처로 홍씨 부인의 집을 찾게 되고 그 날 공허 스님과 홍씨 부인은 평생의 인연을 맺는다. 이후로도 공허 스님은 국내와 만주를 오가며 독립운동을 하고, 홍씨 부인과 인연을 이어간다. 홍씨 부인은 공허 스님의 아들을 낳아 혼자 기르고, 공허 스님은 아들 이름을 동걸이라 지어준다. 아들 동걸은 동방의 큰 인물이라는 이름답게 조선의용군에 들어가 독립운동을 한다.

공허 스님과 홍씨 부인의 사랑 장면은 여러 번 나온다. 그중 한 장면을 요약하면, 홍씨부인은 공허 스님에게 바람처럼 구름처럼 그렇게 오고 가면 되니 자신에게 매이지 말라고 말한다. 자신에게 매이는 것은 부처님 앞에 죄를 짓고 나라에 죄를 짓는 것이라고 말한다. 공허 스님의 신분과 그 처지를 알고 사려 깊게 이해하는 말이다. 그 말을 들은 공허는 홍씨부인에게 더욱더 사랑을 느낀다. 그리고 홍씨부인이 혼자 아이를 낳아 기르는 것이 고마워 애정을 담아 홍씨부인을 위하는 마음의 정표로 늙은 탱자나무로 비녀를 깎고 태어날 아이를 위해 나무 노리개를 만든다. 금은보화가 아닌 나무로 만든 것들이지만 온 마음을 담아 사랑을 전한다.

3) 《객주》

《객주》에는 남녀 간 사랑의 정을 나누는 장면이 유난히 많고 농도 짙게 묘사되어 있다. 주요 등장인물들이 한 곳에 정착하여 생활하는 농민이 아니라, 전국 각지를 떠도는 보부상들이니 행동이 자유롭고 바깥세상을 접할 기회가 많았을 것이다. 또한 고향을 떠나 객지 생활을 오래 하니 도덕이나 관습으로부터 상대적으로 더 자유롭고 객지 생활의 고단함을 일시적 쾌락으로 보상하려는 마음도 있지 않았을까 한다. 그렇다고 해도 《객주》에는 성적인 묘사가 대단히 많고 노골적이다. 그래서 과연 이 소설이 당대를 제대로 그려낸 것인지 의구심이 들 정도이다. 참고로 김주영 작가는 1939년생 남자이다.

또한 등장인물들이 남녀를 가리지 않고 결혼을 두세 번씩 한다. 주요 인물인 천봉삼도 매월이·조소사·월이 세 명의 여자를 거쳐 두 명의 아내를 맞이했고, 조성준도 조강지처·천소례 두 명의 아내를 맞는다. 천소례도 첫 남편·김학준 소실·조성준 아내로 세 명의 남편을 둔다. 개인적인 생각으로 작가가 애정을 많이 가진 인물인 월이조차 최돌이·맹구범·천봉삼 세 명의 남자를 거쳐, 두 명의 남편을 맞는다. 물론 순탄하지 않은 삶의 모습을 그려내다 보니 이야기가 그렇게 흘러간 측면이 있다고 해도, 소설의 시대적 배경이 19세기 말인데 이렇게 관습적으로 자유분방했는지는 알 수 없는 일이다.

그럼에도 순수함을 느끼게 하는 장면이 있다. 천봉삼과 월이가 초야를 치르기 전, 월이가 추운 냇물에 들어가 목욕재계하는 장면이다. 경건하기까지하다. 그리고 둘의 합환 장면은 역시나 진하게 묘사되어 있다.

본문 내용을 그대로 옮긴다.

"제가 왜 여기까지 허위단심 달려왔는지, 행수님 뵙고 보니 다만 부지 없고 부끄러울 뿐입니다."

"그렇지 않습니다. 오늘 밤은 저와 합금合숲하시어야 합니다."

(중략)

천봉삼의 어취가 전과 같지 않아서 도대체 무슨 말이냐고 따지듯 대들었으나 봉삼은 그만 말문을 닫아버리고 배냇짓을 하며 잠자는 아이를 잠시 살핀 뒤에 등잔불을 꺼버리는 것이었다. 불을 끈 후에도 월이는 한동안 그린 것처럼 꼼짝 않고 앉아 있었다. 그러나 월이는 곧장 일어나서 횃대 아래를 더듬어 보퉁이 하나를 가슴에 안더니 밖으로 나갔다. 밤은 깊어 벌써 자정을 넘기고 있었다. (중략)

도봉산 속에 있는 천축사天쓰축에서 흘러내리는 개울이었다. (중략)

여러 개의 바윗돌을 던져서 마침 숨구멍 한 군데를 찾아내었다. 얼음 구멍에 엎드린 월이는 사람 하나가 쉽게 드나들 만하게 구멍을 넓혔다. 그러고 나서 옷을 벗기 시작하였다. (중략)

월이는 눈두덩이에 불이 켜지는 듯한 고통을 삼키면서 얼음 구멍에나 그 사연 많은 육신을 첨벙 담그었다. 천만 개의 바늘이 와서 온 삭신을 꿰매는 듯하였다. 월이는 두 손으로 물을 퍼올려 얼굴에다 끼얹었

다. (중략)

얼음 구멍에서 김이 솟아오르기 시작했다. 월이는 다시 한 번 몸을 뒤척였고 김이 오르는 물로 머리를 감았다. 살갗의 숨구멍 하나하나에 낀 때를 지성껏 닦아내었다. 그리고 얼음 구멍에서 나와 보퉁이를 풀었다. 올이 굵고 성긴 북덕무명으로 지은 옷이나, 지어놓은 이후 단 한 번도 몸에 걸쳐본 적이 없는 새 옷이었다. 옷을 챙겨입은 궐녀는 왔던 길을 되짚어 대장간으로 돌아왔다. 궐녀의 몸은 화끈거려서 흡사 화덕에서 삶아낸 것 같았다. (중략)

궐녀는 자고 있는 아이의 등을 토닥거려준 뒤 저고리를 벗어 횃대에 걸고 숨소리를 죽이고 봉삼의 곁으로 가서 누웠다. 그리고 이마 위에 얹혀 있는 봉삼의 손을 거두어 자신의 허연 젖무덤 위에다 얹었다.

깊이 잠들어 있을 줄 알았던 봉삼이,

"몸이 이렇게 뜨거울 수가, 어디 화덕에라도 쬐고 왔소?"

"이 오밤중에 어디 화덕이 있겠습니까. 잠시 냇가를 다녀왔습지요."

"냇가라니? 거기서 고기를 건져 올렸었소?"

"더럽혀진 육신으로 행수님 곁에 눕자 하니 수치스러웠습니다. 마침 절간을 돌아서 흐르는 개울이 있기에 나갔습지요."

(중략)

봉삼의 두 손이 월이의 어깨를 부서져라 껴안아 뒤쪽에서 손깍지를 끼었다. 봉삼은 등에 축축하니 땀이 배었고 정신이 점점 몽롱해졌다. 월이가 무엇이라고 중얼거렸으나 봉삼으로서는 도대체 알아들을 수 없었다. 그러나 바깥 봉당에서 문설주에 귀를 바싹 갖다 대고 봉노 안의

동정을 엿보고 있는 득추 안해의 귀에는, 이분의 소생을 점지하소서라
고 몇 번인가 되뇌는 월이의 말소리가 너무나 명료하게 들려왔다.

―《객주》9권 39~45쪽

첫 문장 비교

⁓⁓⁓⁓⁓

《토지》의 마지막 문장은 작가 서문이나 인터뷰 기사 등을 통해 많이 알려져 있다. 그럼 반대로 소설의 첫 문장은 어떻게 시작되는지 궁금해졌다. 그래서 찾아보게 되었고, 소설을 다 읽고 난 이후에 첫 문장이 어떤 역할을 했는지 알아보고 싶어졌다. 순전히 호기심에서 시작했지만 의외의 즐거움이 있었다. 작가거나 작가가 아니거나 어떤 글의 첫 문장을 시작하는 일은 쉽지 않은 것 같다. 쉽지 않은 첫 문장을 비교 감상해보시라.

1) 《토지》

서序

1897년의 한가위,
까치들이 울타리 안 감나무에 와서 아침 인사를 하기도 전에,
무색옷에 댕기꼬리를 늘인 아이들은 송편을 입에 물고 마을 길을 쏘다니며 기뻐서 날뛴다.

— 《토지》 1권 39쪽

《토지》의 첫 문장은 평사리의 추석날 아침 풍경을 묘사하고 있다. 가난한 살림이지만 추석이라 물들인 옷을 입은 마을 아이들을 통해 소박하지만 평화로움을 나타내고, 송편을 통해 추석임을 알리고 있다. 먹을 것이 풍족하지 않았던 시대임에도 이날만큼은 풍족함을 느끼며 기뻐하고 있다.

작가는 작품의 여러 곳에서 한복의 종류, 색깔, 집안 구조 등을 통해 계절감, 작중 인물의 심리 상태 등을 표현하고 있다. 소설의 첫 문장에서 전체의 분위기를 충분히 느낄 수 있다.

2) 《아리랑》

《아리랑》의 첫 문장은 끝없이 펼쳐진 넓은 들의 묘사로 시작한다.

한낮의 생기를 잃고 야릇한 적요 속에 가라앉은 초록빛 들판, 시꺼먼 먹구름, 성난 짐승 무리 같기도 하고 총칼을 든 도둑패 같은 먹구름. '징게 맹갱 외에밋들'이라 불리는 소설의 배경인 김제 만경 평야의 한여름 모습이다.

싱싱한 초록으로 활기를 띠고 생명의 땅이어야 하는 한여름의 들판이 고요 속에 파묻혀 먹구름 낀 모습은, 암울한 우리 역사의 시작을 알리는 듯하다. 군사경찰훈령에 의해 이 땅의 치안이 일본군에게 넘어간 1904년 7월의 모습이다. 1904년부터 1945년까지 40여 년 고통의 시작을 알리는 먹구름이다.

3) 《객주》

숙초행로宿草行露

　샛바람 사이를 긋던 빗방울이 멎자 금방 교교한 달빛이 계곡의 억새밭으로 쏟아져 내렸다. 계곡에 널린 돌과 바위들이 차갑게 빛났다. 이경二更이나 되었을까. 신선봉 협곡으로 내리쏟아지는 바람결에 간간이 여우 울음소리가 섞여 들려왔다.

—《객주》1권 9쪽

　이경二更은 하룻밤을 다섯으로 나누었을 때 둘째 부분으로, 대개 밤 9시에서 11시 사이를 말한다.

　《객주》의 첫 장면이 늦은 밤 비 온 뒤 짐승 울음 소리가 들리는 계곡에서 시작된다. 고단한 보부상 이야기의 시작으로 이보다 더 안성맞춤일 수 없다는 생각이다. 탁월하다.

　객주에서는 보부상들이 비단 생계를 위해서만이 아니라 명분을 좇아서 사랑을 찾아서 각양각색의 이유로 밤을 낮 삼아 움직이는 이야기가 전개된다. 《객주》의 첫 문장 역시 소설의 전체 분위기를 설명해주기에 모자람이 없다.

마지막 문장 비교

《토지》의 마지막 문장은 작가 서문이나 인터뷰 기사 등을 통해 많이 알려져 있다. 대하소설의 경우 작가들이 짧게는 몇 년에서 길게는 십수 년에 걸쳐 작품을 완성하는데, 소설의 마지막 장면을 통해서라도 긴 시간 작업을 마무리 짓는 작가의 숨결을 함께 느껴보고 싶었고 마지막 문장을 함께 기억함으로써 작가의 노고에 감사하는 마음을 전하고 싶었다. 마지막 문장도 비교 감상해보시라.

1)《토지》

그 순간 서희는 자신을 휘감은 쇠사슬이 요란한 소리를 내며 땅에 떨어지는 것을 느낀다. 다음 순간 모녀는 부둥켜안았다. 이때 나루터에서는 읍내 갔다가 나룻배에서 내린 장연학이 둑길에서 만세를 부르고 춤을 추며 걷고 있었다. 모자와 두루마기는 어디다 벗어 던졌는지 동저고리 바람으로 "만세! 우리나라 만세! 아아 독립 만세! 사람들아! 만세다!" 외치고 외치며, 춤을 추고, 두 팔을 번쩍번쩍 쳐들며, 눈물을 흘리다가는 소리 내어 웃고, 푸른 하늘에는 실구름이 흐르고 있었다.

—《토지》21권 395쪽

《토지》의 마지막 장면이다. "그 순간 서희는 자신을 휘감은 쇠사슬이 요란한 소리를 내며 땅에 떨어지는 것을 느낀다." 해방의 소식을 들은 서희의 느낌이다. 아마도 쇠사슬이 떨어지면서 홀가분함과 동시에 허탈감에 몸도 마음도 휘청거렸으리라. 그래서 서희와 양현이 부둥켜안은 것 아닐까.

해방 이후 우리의 역사가 어떠했는지 우리는 알고 있다. 서희를 휘감고 있던 쇠사슬은 다른 형태의 사슬로 우리 역사를 휘감아 왔다. 역사는 그 쇠사슬이 일부는 풀리고 일부는 풀리지 못한 채 진행되었다. 소설은 끝이 났지만 인생은 끝나지 않았고 역사도 계속된다. 소설 이후의 이야기는 우리 모두가 이어가야 하리라.

2) 《아리랑》

《아리랑》은 만주 집단부락에 거주하는 조선인들이 인근의 중국인들과 싸우는 장면으로 마무리된다.

만주 집단부락에 살던 조선인들은 아침에 일어나 보니 일본군도 없고 만주경찰도 사라진 것을 발견한다. 왜놈들이 모두 도망간 것을 보고 해방되었음을 알게 된 것이다. 그들도 고향으로 떠날 채비를 하고 창고의 곡식을 풀어 식구 수에 맞게 배급을 하고 점심을 싸가지고 길을 떠난다.

　그들이 20리쯤 길을 걸었을 때, 한쪽에서 사람들이 떼지어 몰려온다. 일본놈 주구들을 쳐 죽이자고 소리치며 달려오는 그들은 중국인들이었다. 남자들은 여자들과 아이들을 반대 방향으로 도망가라고 이르고 중국인들과 맞서 싸운다. 중국인들이 연장을 휘두르며 달려들어 해방을 맞은 조선 사람들과 서로 엉켜 피를 흘리는 난투극이 벌어진다. 남자들이 거의 다 쓰러질 즈음 여자들과 아이들은 압록강·두만강과는 반대편 쪽으로 점점 멀어져 간다. 작가는 소설의 마지막 장면에 〈끝〉이라고 적은 뒤 그 아래에 다시 다음과 같이 덧붙인다. "그들은 그날 이후 오늘까지 그때를 〈해방〉이라 부르지 않고 〈그 사변〉이나 〈그때 사변〉이라 부르며 살고 있다."

　일본이 중국인들의 땅을 강제로 빼앗아 만든 만주 집단 부락에 살던 조선인들이 맞이한 해방의 모습이다. 일제의 거짓 선전에 속아 만주로 이민 간 조선인들이 정착한 곳은 집단 부락이었다. 집단 부락은 일본이 주거지를 병영처럼 만든 곳이었다.

　집단 부락에 사는 조선인은 일본의 감시와 억압에 시달리는 노예와 같은 처지였음에도 본래 그곳에 거주하던 중국인들이 볼 때는 일본의 주구로 인식되었던 것이다. 조선인이 일본에 의한 피해자임에도 불구하고 중국인들에게 오히려 가해자가 되어 버린 이 아이러니를 어떻게 설명할 것인가?

　일본군도 만주 경찰도 도망가 버리고 모든 감시가 사라진 해방의 아침, 기뻐서 고향으로 돌아가려는 그들 앞에 들이닥친 비극. 불시에 맞이한 해방으로 어느 곳에서는 만세를 부르고 기쁨의 눈물을 흘릴 때, 또 다른 곳에서는 예상치도 못한 비극이 일어나고 있었다.

조국의 해방을 '해방'이라 부르지 못하고 그때 그 '사변'이라고 불렀을 조선 사람들을 생각하니 무어라 말을 할 수가 없다. 그저 아프다.

3) 《객주》

천봉삼 내외는 생달마을 한가운데서 객주를 열었고, 달덩이 같은 아들을 얻었다. 천봉삼은 생달마을의 촌장이면서 울진 흥부장, 내성장과 영월 태백의 장시의 거래를 주름잡는 객주가 되었다. 적굴에 살던 농투성이들이 각자 집을 가지고 애전과 생달 일대의 드넓은 묵정밭을 꿀이 흐르는 문전옥답으로 바꾸는 데는 불과 2년여밖에 걸리지 않았다.

— 《객주》 10권 299쪽

보부상이라는 힘겨운 인생들이 일정한 터전을 가지고 그곳을 근거지 삼아 주변 지역을 돌며 자신들의 삶을 이어나가는 결말이 좋았다.

작가는 특정한 주인공 없이 소설을 썼다고 하지만, 개인적으로는 천봉삼이 주인공이라고 생각한다. 주요 인물이 자기 혼자 잘 먹고 잘사는 것이 아니라 마을 촌장이 되어 보부상 동무들을 위한 객점을 내고 객주가 되어 적굴에 살던 농투성이들과 함께 마을을 이루어 사는 공동체적인 삶이 문학적이거나 세련되지는 않지만 해피엔딩이라 좋았다.

'촌장' '객주' '농투성이' '문전옥답' 이 단어들의 조합이 《객주》의 메시지가 아닌가 한다. 밤낮없이 전국 각지를 돌아다니며 먹고 살았던 보부상들, 농토 하나 없이 유랑민이 되어 도적 소굴까지 갈 수밖에 없었던 가난한 농민들, 힘없고 가여운 사회 밑바닥 사람들끼리 힘을 합쳐 꿀이 흐르는 문전옥답의 마을공동체를 이룬 모습, 그곳의 촌장, 힘없는 사람들의 연대와 올바른 생각을 가진 지도자와 함께 이루는 공동체.

작가는 마지막 장면을 통해 자신이 생각하는 유토피아를 그려내고 있다. 실제 보부상들의 삶이 어땠는지는 잘 모르지만 판타지 같은 따뜻한 결말이 좋다. 그리고 그들의 삶이 정말 그러했기를 바란다.

속담 모아 보기

~~~~~~~~

앞에서 대하소설을 읽는 기쁨 중 하나로 사투리나 속담, 비유 등 모국어의 기쁨을 느낄 수 있는 점을 말했다. 그중에서 소설 속 상황들을 더욱 선명하게 해주는 속담과 비유를 따로 정리해 보았다.

그중에는 지역 사투리가 반영되어 맞춤법에 어긋나는 표현도 있고, 비속어와 인권적인 측면에서 볼 때 장애인을 비하하는 부적절한 표현들도 있으나, 현재가 아닌 당대에 통용되었던 것으로 상황을 표현하는 문학적 장치로 이해했다.

(1) 《토지》 속 속담

1) 자식은 지리산 중놈이 만들었나?(자기 자식을 데면데면하게 대할 때 상대 배우자에게 하는 소리)

2) 서천 소가 웃겠다(말도 안 되는 소리 할 때 대꾸하는 소리)

3) 관에서 매맞고 집에 와서 제집(계집) 친다

4) 팔월에 문을 바르면 도둑이 든다

5) 졸갑스런 구신이 물밥 천신 못한다

6) 가는 벼 재놓다

7) 부모 말이 문서다

8) 오늘 청춘이 내일 백발이다

9) 죽은 송장이 코를 고니 산사람은 어떻게 할까?

10) 이불 밑에서 활개치다

11) 탕수국 냄새 나는 할망구

12) 약은 쥐가 밤눈 어둡다

13) 눈 먼 말이 요령 소리 듣고 따라간다

14) 문둥이 콧구멍에서 마늘을 빼먹다

15) 못 잡은 가오리가 멍석만 하다

16) 천 냥 시주보다 애먼 소리 안 하는 편이 낫다

17) 장마 도깨비 여울 건너는 소리(쓸데없는 소리)

18) 배주머니에 의송 들었다(걸보기에는 별수 없어 보이지만 실상은 똑똑한 사람이라는 뜻)

(2)《아리랑》속 속담

1) 째진 속살에 소금 뿌린다

2) 배곯은 강아지 쥔 보고 날뛰다

3) 풋감 먹고 체해서 선하품 한다

4) 가난한 형제 사이에 우애 나고, 부잣집 형제 사이에 동티 난다

(3) 《객주》 속 속담

1) 똥 싼 주제에 매화 타령한다

2) 칠 월 더부살이 여편네 속옷 걱정한다

3) 아동 판수 육갑 외듯한다

4) 먹기는 파발이 먹고 뛰기는 역마다

5) 여든에 이 앓는 소리, 부러진 칼자루에 옻칠하기

6) 한 치의 벌레에도 오 푼의 걸기가 있다

7) 열 리가 모랫바닥이라도 눈 찌를 가시나무가 있다

8) 죽은 자식 자지 까보기

9) 미친년 달래 캐듯하다

10) 어정뜨기는 칠팔 월 개구리라

11) 언청이 아가리에 토란 베어지듯 하다

12) 족제비도 낯짝이 있고 미꾸라지도 배짱이 있다

13) 입은 가로로 째졌어도 피리는 바로 불어라

14) 제 똥에 주저앉기

15) 한식에 죽으나 청명에 죽으나

16) 제 돈 칠 푼만 알고 남의 돈 열네 닢은 모른다

17) 시지도 않아서 군동네부터 난다

18) 갓 쓰고 박치기를 해도 제 멋이다

19) 본처와 시앗 사이는 하품도 옮지 않는다

20) 무식한 도깨비 부적을 모른다

21) 시러베 장단에 호박죽 끓인다

22) 미련한 놈 가슴에 고드름이 안 녹는다

23) 절이 망하려면 새우젓 장수가 기어든다

24) 이 아픈 날 콩밥 한다

25) 곁방 년이 코 구른다

26) 하지도 못할 놈이 베잠방이 먼저 벗는다

27) 팥죽이 퍼져도 솥 안에 있고, 공알이 빠져도 속곳 안에 있다

28) 굼벵이 천장하듯

29) 왜가리 새 여울목 넘어다보듯

30) 잉어 낚는데 곤지를 아낄까

31) 대중없는 수캐 앉을 때마다 좆 자랑한다

32) 못난 강아지 들거나 나거나 상전 치레한다

33) 개살구도 맛들일 탓

34) 미꾸라지가 갯바닥을 헤집는다

35) 가을 중 싸다니듯 한다

36) 과부댁 종놈 왕방울로 행세한다

37) 염치없기로는 무당의 쌀자루

38) 망치가 가벼우면 못이 솟는다

39) 양반 못된 것 장에 가서 호령한다

40) 하루의 화근은 식전에 취한 술이요

　　일 년의 화근은 발에 끼는 갓신이요

　　십 년 화근은 성품 고약한 여편네이다

41) 봉천답이 소나기를 싫어할까?

42) 윤달 만난 황양목

43) 턱 떨어진 개 지리산 쳐다보듯 한다

44) 어혈진 도깨비 개천물 마시듯 하다

부록

일제강점기 역사 요약표

부록을 만든 이유

《토지》《아리랑》《객주》에 등장하는 역사적 사실은 소설을 읽고 이해하는 데 중요한 역할을 한다. 시기별로 어떤 일들이 있었는지 일제에 의한 식민 통치와 그에 맞선 독립운동 활동들을 요약표로 만들어보면, 그 시대를 전체적으로 이해하는 데 도움을 줄 수 있을 것이라 생각했다.

그래서 일제의 식민 통치와 그에 맞선 독립운동, 사회·문화 활동들을 요약표로 정리해보았다.

첫째, 일제의 식민 통치와 경제 침탈을 1910년대 무단통치, 1920년대 문화통치, 1930년대 이후 민족말살통치로 나누어 정리했다.

둘째, 일제의 식민 통치에 맞선 독립운동을 1910년대 민족운동, 1919년 3·1운동과 대한민국 임시정부, 1920년대 무장독립 전쟁과 의열투쟁, 1930~40년대 무장독립 전쟁으로 정리했다.

셋째, 일제의 식민 통치에 맞선 사회·문화 활동을 실력 양성 운동과 만세 운동, 민족유일당 운동과 사회적 민족운동, 민족문화수호 운동으로 정리하였다.

아래 표는 〈에듀윌 고급 한국사능력검정시험〉 교재에 수록된 내용을 참고하여 재구성하였음을 밝힌다. 어떤 일들이 있었는지 시기별로 간략하게 정리하였음을 이해해주시기 바란다.

〈표 4〉 일제의 식민 통치

구분	일제의 식민 통치	일제의 경제 침탈
1910년대 무단통치	① 조선총독부 (일제 식민 통치 중추기관) ② 헌병경찰 제도 (강압적 통치 목적) ③ 조선인에 한해 조선태형령 시행 ④ 교사에게 제복 입고 칼 착용 강요 ⑤ 조선 불교 자주성 말살 위해 사찰령 제정 ⑥ 식민지 교육방침 규정한 제1차 조선교육령 시행	① 토지 조사 사업 (1910~1918): 식민 통치 재정 기반 마련을 위해 실시 • 근대적 토지소유제 확립 명분 • 기한부 신고제 • 임시 토지조사국 설치 (1910), 토지조사령 공포 (1912) • 토지 조사 사업 결과: 토지 약탈(소유 관계 불분명 토지 총독부 소유됨)	과세증가(동양척식주식회사 소유지 증가 | 일본인 농업 이민 증가) 농민 몰락(소작농의 관습적 경작권 부정) ② 산업침탈 • 회사령(1910): 회사 설립 허가제, 민족자본 성장 저지 • 산림령(1911): 임야 약탈 • 조선어업령(1911) • 광업령(1915)

구분	일제의 식민 통치	일제의 경제 침탈
1920년대 문화통치	① 문화통치의 배경: 3·1운동의 거족적 저항, 국내 여론 악화 ② 문화통치로 전환 : 친일파 양성해 민족 내부 분열 조장, 기만적 통치 술책 → 정부 정책 순응하는 민간 유지에게 중심적 친일 인물 물색하게 하여 각 계급별 각종 친일단체를 조직·활동하게 함 ③ 검열 강화로 언론 자유 무시, 초등교육과 기술교육만 강화, 친일 인사 정치 참여 ④ 문관 총독 아님, 경찰 관서 인원·비용 증가 ⑤ 치안 유지법 제정 (1925): 독립운동가, 사회주의자 탄압	① 산미 증식 계획 (1920~1934) • 배경: 일본 공업화로 식량 부족 → 쌀값 상승으로 경제 위기 • 내용: 개간 사업, 수리 시설 확충 → 쌀 생산량 증대 • 결과: 증산보다 많은 수탈 → 조선 식량 사정 악화, 수리 조합비, 품종 개량비 농민 전가 → 식민지 지주제 강화 | 다양한 식물 재배 불가 → 쌀 중심 단작형 농업 구조화 | 군산은 쌀 수탈 기지가 됨 ② 일본 독점 자본의 침투 • 회사령 철폐(1920)로 허가제에서 신고제로 변경, 일본 독점자본 진출 용이 • 관세 철폐(1923)로 일본 상품 수출 증대, 한국 기업이 피해를 봄 • 신은행령(1927)으로 한국인 소유 은행 강제 합병

구분	일제의 식민 통치	일제의 경제 침탈
1930년대 이후 민족말살 통치	• 배경: 일제의 침략 전쟁 확대로 한국인을 동원하기 위한 통치 정책 필요성 (만주사변·중일전쟁·태평양 전쟁) ① 황국 신민화 정책: 황국 신민 서사 낭송, 신사 참배, 소학교를 국민학교로 변경 ② 민족말살: 내선 일체, 일선 동조론, 창씨개명, 학교와 관공서에서 조선어 사용 금지 ③ 독립운동가 탄압: 일제의 사상 통제책으로 조선 사상범 보호관찰령(1936), 치안유지법 위반자 출소시 보호관찰, 조선 사상범 예비구금령(1941): 예비구속 합법화 ④ 언론 탄압: 동아일보·조선일보 폐간 (1940)	① 병참기지화 정책: 대공황(1929) → 만주사변(1931) 등 침략 전쟁 확대 → 한국의 병참기지화를 위한 공업화 정책(군수공장, 중화학 공업 치중으로 산업 불균형, 한국인 노동 착취, 공업 발전 지역 북부 지방 편중) ② 농촌진흥운동: 농촌 사회 어려움 가중, 소작 쟁의가 확장되자 농민 경제 안정화를 명분으로 실시, 조선농지령 제정 (1934)으로 농민들의 불만을 무마하려고 함 ③ 남면북양 정책: 대공황에 따른 공업 원료 부족 대비 일본 방직 자본가 보호, 남부 지방 면화·북부 지방 양 사육 ④ 전시 수탈 체제 강화 국가 총동원법 제정(1938): 군사·노동 인적 수탈(징병·징용), 물적 수탁(공출)

〈표 5〉 일제의 식민 통치에 맞선 독립운동

구분	내용
1910년대 민족운동	① 국내 비밀결사 • 배경: 일제의 탄압 강화 1) 안악사건, 105인 사건 조작 → 민족 인사 탄압 2) 의병에 대한 색출과 공세 강화 → 애국 인사들 해외로 망명, 국내에서 비밀결사 조직하여 항일운동 3) 대한독립의군부(1912): 임병찬 조직·규합, 유생 중심, 복벽주의 4) 대한광복회(1915): 총사령 박상진, 군대식 조직, 공화정 수립 추구 ② 국외 독립운동 기지의 건설 1) 만주: 해외 독립군 기지 개척 • 서간도: 삼원보(이회영·이시영·이상룡 등 설치), 신흥무관학교(신흥강습소) 독립군 양성 • 북간도: 용정촌·명동촌, 서전서숙, 명동학교 민족 교육 실시 • 북만주: 한흥동 독립운동 기지 건설 2) 연해주: 블라디보스톡에 신한촌 건설 • 권업회(1911): 권업신문 발행 • 대한광복군 정부(1914): 이상설·이동휘 정·부통령, 정부 형태의 독립군 단체 3) 상하이: 김규식·여운형·문일평 등 신한청년당 조직(1918), 파리 강화 회의에 김규식 파견 4) 미주: 안창호·박용만·이승만 등 참여, 대한인 국민회(1909), 흥사단(1913), 대조선 국민군단(1914) 창설

구분	내용
1919년 3·1운동과 대한민국 임시정부	① 3·1운동 • 배경: 국외 레닌 러시아 혁명, 세계 민족 해방 운동 지원 선언, 윌슨 민족자결주의, 만주 길림 대한독립선언, 2·8 독립선언, 국내 고종 독살설, 인산일이 계기가 됨 • 전개 과정: 독립선언 준비, 종교계 인사와 학생 연합 거족적 시위 준비, 손병희·이승훈·한용운 독립선언서 낭독, 태화관, 자진 체포 대도시 → 중소도시, 도시 → 농촌, 국외 • 일제의 탄압: 헌병경찰, 군대, 소방대, 재향군인회 동원 │ 유관순 순국, 화성 제암리 사건 등 발생 • 의의: 거족적 평화시위 전국적 실시, 일제가 문화통치를 실시하는 계기·대한민국 임시정부 수립의 계기·국외 무장 독립 투쟁 확산 계기가 됨, 민중의 사회의식 고취, 세계 민중운동에 영향을 줌(중국 5·4운동 등) ② 대한민국 임시정부 수립 1) 각지의 임시정부 → 통합 운동 → 수립 활동: 비밀 연락망, 외교 군사활동 2) 국민대표회의(1923) 3) 임시정부 개편: 이승만 대통령 탄핵 4) 충칭시기(1940~1945) 한국 광복군 창설, 대한민국 건국 강령 제정, 대일 선전포고

구분	내용
1920년대 무장독립 전쟁과 의열투쟁	① 1920년대 무장독립 전쟁 1) 봉오동 전투(1920): 대한독립군 홍범도 2) 청산리 전투(1920): 북로군정서 김좌진 장군·대한독립군 홍범도 장군 연합 3) 간도 참변(1920~1921): 일본군 패배 보복으로 간도 지역 동포 무차별 학살, 독립군 시련 4) 자유시 참변(1921): 독립군 군부 통합 과정에서 지휘권 분쟁, 러시아 적군과 무장 해제 요구, 거부하는 독립군 희생 5) 3부의 성립: 만주 지역 독립단체 통합 운동, 참의부(1923, 압록강 인근 통합 임시정부 직할 부대)·신민부(1924, 북만주 일대)·정의부(1925, 남만주 일대) 6) 미쓰야 협정(1925): 조선총독부가 만주 군벌과 협정하여 독립군 탄압 7) 3부의 통합 운동: 국민부(남만주)와 혁신의회(북만주) 통합 ②의열투쟁 1) 의열단(1919): 만주 길림에서 김원봉·윤세주 등 조직 • 목표: 일제 요인·민족 반역자 암살, 식민 통치 기관 파괴 시도, 독립 쟁취 • 지침: 신채호의 〈조선혁명선언〉(1923)에서 '민중의 직접 혁명' 추구 • 사례: 조선총독부, 종로경찰서, 일본 왕궁, 동양척식주식회사 등에 폭탄 투하 • 의열투쟁 한계: 조직적 무장 투쟁으로 전환 2) 한인애국단(1931): 상하이에서 일본 요인 암살을 위해 김구·이봉창·윤봉길 등 조직

구분	내용
1930~40 년대 무장독립 전쟁	① 1930년대 무장독립 전쟁 1) 한중 연합 작전: 만주사변(1931)으로 중국 내 반일 감정 고조 → 한중 연합 • 한국독립군: 지청천 지휘로 일본군 격파, 중국 호로군과 연합, 쌍성보 전투 전과 • 조선혁명군: 양세봉 지휘, 중국 의용군과 연합, 홍경성·영릉가 전투 승리 2) 만주 항일유격대 활동 3) 민족혁명당(1935, 난징) 4) 조선의용대(1938): 김원봉 주도, 중국 관내 최초 한인 무장부대, 정보 수집과 선전, 후방 교란 임무, 후에 충칭과 화북으로 분화함 • 충칭: 한국광복군(1942)에 편입, 중국 국민당과 협력 • 화북: 조선의용대 화북지대 결성(1941), 조선의용군으로 개편(1942), 중국 공산당과 협력 ② 1940년대 무장독립 전쟁 1) 한국 광복군(1940): 충칭에서 창설된 대한민국 임시정부 정규군, 총사령관 지청천, 조선의용대의 일부 병력 흡수, 연합국 일원으로 태평양 전쟁 참여 2) 조선의용군(1942): 화북 지역 공산주의자의 조선독립동맹 군사 조직과 화북 지역 조선의용대 통합 창설, 중국 공산당과 함께 항일투쟁

〈표 6〉 일제의 식민 통치에 맞선 사회·문화 활동

구분	내용
실력 양성 운동과 만세 운동	① 실력 양성 운동 1) 물산 장려 운동 일제의 회사령 폐지(1920)로 일본 상품에 대한 관세 폐지 일본 자본과 상품의 무분별한 침투 우려 토산품 애용을 통한 민족 기업 및 상업 자본 육성 조만식, 평양에서 조선물산장려회 설립(1920) '조선 사람 조선 것으로' 토산물 애용 일본 상품 배척 운동, 일제의 방해로 확산 미흡 일본 자본가·상인 이윤 추구 폭리로 토산품 가격 상승, 사회주의 계열의 비판 2) 민립대학 설립 운동 일제의 우민화·차별화 교육에 대항, 대학 설립을 통해 민족 인재 양성 이상재, 민립대학 기성회 조직(1923) 1천만이 1원씩 모금, 자연재해로 모금에 어려움 일제의 경성국대학 설립(1924)으로 민립대학 설립 탄압 3) 문맹 퇴치 운동 언론 기관 중심으로 전개 1920년대 야학 문자 보급 운동(1929~1935) 브나로드 운동(1931~35) 농촌 계몽운동 ② 국내의 만세 운동 1) 6·10 만세 운동(1926) 사회주의 계열·학생단체·천도교가 만세 시위 준비, 사전 발각되어 사회주의 계열 대거 정리됨 순종 인산일 행렬에 학생들 격문 배포 및 만세 시위 전개, 시민들 합세, 민족유일당 운동의 계기가 됨 (민족주의와 사회주의 연대 가능성 제시)

구분	내용
실력 양성 운동과 만세 운동	2) 광주 학생 항일운동(1929) 일제의 식민지 차별 교육에 대해 광주 일대 학생 대규모 시위가 전국으로 확대, 신간회 진상조사단 파견 3·1운동 이후 최대 규모 항일 민족운동 의의 지님

구분	내용
민족유일당 운동과 사회적 민족 운동	① 민족유일당 운동 1) 민족유일당 운동 전개 • 국외: 한국독립유일당북경촉성회 설립 • 국내: 6·10만세 운동 이후 사회주의 진영의 세력 약화를 배경으로 민족주의 계열과 사회주의 계열 단결에 대한 공감대 형성, 자치론 대두 • 조선민흥회 창립(1926): 사회주의·민족주의 연합 • 정우회 선언(1926): 사회주의 계열 정우회가 민족주의와의 제휴 필요성 선언 → 신간회 창립에 대한 중요 계기 마련 2) 신간회(1927~1931) 회장 이상재, 부회장 홍명희 비타협적 민족주의와 사회주의 세력의 연대로 일제강점기 최대 합법적 민족협동전선 단체 민족의 정치·경제적 각성 촉진, 민족의 단결, 기회주의 배격이 강령 각지에 지회 설립, 일본·만주로 조직 확대 강연회, 연설회, 소작 쟁의, 노동 쟁의, 동맹 휴학 지원, 청년운동, 여성운동, 형평운동 광주 학생 항일운동 조사단 파견, 진상 보고 민중대회 계획 → 민중대회 이후 일제 탄압과 내부 노선 차이로 전체회의에서 해소 결정 ② 사회적 민족운동 1) 농민 운동: 조선농민총동맹(1927), 암태도 소작 쟁의(1923) 2) 노동운동: 조선노동총연맹(1927), 원산 노동자 총파업(1929) 3) 소년운동: 방정환 천도교소년회 조직(1920), 천도교소년회 창립 1주년 기념 어린이날 제정(1922) 4) 여성운동: 여성계 민족협동전선단체 근우회 출범(1927) 5) 형평운동: 신분제 폐지 이후에도 백정에 대한 차별 존재 조선형평사 백정 인권운동(1923, 진주) ǀ 항일 민족운동으로 발전

구분	내용
민족 문화 수호 운동	① 한국사 연구 1) 일제의 심각한 한국사 왜곡, 식민사관 • 조선사 편수회(1925): 한국사 왜곡, 원활한 식민통치를 위해 총독부가 설치한 연구기관 • 청구학회(1930): 식민사관 이론 확립과 보급에 힘쓴 친일어용학술단체 2) 한국사 연구 흐름 민족주의 사학: 박은식《한국통사》《한국독립운동지혈사》| 신채호《조선상고사》《조산사연구초》 사회경제 사학: 백남운《조선사회경제사》 실증주의 사학: 이병도·손진태 진단학회 창립(1934) ② 국어 연구 1) 조선어연구회(1921): 주시경의 문하생 임경재·최두선 등 창립, 국문연구소 계승, 강습회를 통해 한글 연구·보급, 가갸날 제정, 이후 조선어학회로 명칭 변경 2) 조선어학회(1931): 최헌배·이윤재 등이 조선어연구회 계승, 한글 잡지 간행,《한글 맞춤법 통일안》발표, 표준어 제정, 〈우리말 큰사전〉 편찬 시도 3) 조선어학회 사건(1942): 일제가 조선어학회를 독립운동단체로 간주하고 최헌배·이윤재 등을 체포·투옥, 강제 해산 ③ 종교·문예 1) 불교: 일본 불교에 한국 불교 포함 시도, 사찰령(1911) 2) 대종교: 만주에 중광단 조직, 무장 항일투쟁 전개 3) 천주교: 대한의민단(1920), 무장 항일투쟁 전개 4) 개신교: 일제 말기 신사 참배 거부 운동 5) 문학: 1910년대 계몽주의 | 1920년대 카프(KAPF), 저항문학 | 1930년대 이후 저항문학 6) 예술: 영화 나운규 〈아리랑〉(1921) 연극 〈토월회〉(1922)

맺는 말

처음으로 《토지》 전 21권을 다 읽었을 때의 느낌이 지금도 생생하다. 뭔가 뿌듯했던 그 느낌. 그로 인해 대하소설 읽기가 시작되었고, 책을 읽은 느낌과 생각을 기록해보고 싶다는 단순한 동기에서 글쓰기를 시작했다. 그리고 느꼈다. 책 아무나 쓰는 게 아니구나라는 것을. 그래도 시작한 글을 어찌어찌해서 마무리 지어야 하는 순간까지 왔다. 그리고 가만히 생각해본다. '작가들은 그 긴 소설을 왜 썼을까?' 하고.

우리 인생에 있어서 인간의 의지대로 되는 일이 얼마나 있을까? 인간이 세상에 태어나는 것 자체가 인간의 의지와는 아무 상관없이 주어지는 것 아니던가. 태어나 눈을 떠보니 부잣집 아이로 태어나 있고 또는 아프리카 난민의 아이로 태어나 있고. 비유가 극단적이라고 생각될지 모르지만 인생 자체가 랜덤으로 느껴진다. 이처럼 인생이 우리 의지와 상관없이 주어지는 것이고 보면 주어진 삶을 어떻게 살아낼 것인가, 여기서부터 우리의 의지가 개입된다고 생각한다.

《토지》《아리랑》《객주》에는 많은 인간 유형이 제시된다. 소설의 배경이 되는 시대는 신분제 계급사회가 막 붕괴되기 시작하던 과도기였기 때문에 출신 계급으로 인한 갈등과 속박에서 자유롭기가 더욱 쉽지 않았던 때다. 인간 유형은 크게 관습에 매여 사는 건지 죽은 건지 시간만 흘려보내는 유형과 출신 계급 상관없이 자신의 의지로 자신과 타인에게 의미 있는 삶을 사는 유형, 오로지 자신의 이익만을 위해 사는 유형으로 나누어볼 수 있겠다.

개인적인 판단으로 《토지》의 용이, 《아리랑》의 공허, 《객주》의 월이 등이 작가가 사랑하는 인물이라고 느꼈다. 그들은 평민, 천민 출신이지만 자신의 신분 계급을 탓하지 않고 주어진 상황 속에서 최선을 다해 삶을 살아가는 유형이다. 그리고 그들의 삶을 관통하는 공통점으로 인간에 대한 도리, 신의, 사랑을 들 수 있다. 반대로 《토지》의 임이네, 《아리랑》의 백종두와 장덕풍, 《객주》의 길소개 등은 정말이지 문제가 많은 인간 유형으로 인간으로서의 도리, 공동체 일원으로서의 도리 등은 없다. 이들의 공통점은 오로지 욕망에 지배 당하는 인간이라는 점이다. 소설 속에는 이보다 많은 인간 유형이 제시되어 있다.

어떻게 살 것인가? 소설을 읽고 정리하면서 내린 결론이다. 흥미진진한 긴 이야기를 써주신 작가들에게 많이 감사하다.

완독의 기쁨 대하소설 비교 읽기

초판 1쇄 발행   2023년 1월 30일

지은이   조충숙
펴낸이   윤형두
펴낸곳   범우사

등록번호   제406-2003-000048호(1966년 8월 3일)
            (10881) 경기도 파주시 광인사길 9-13 (문발동)
대표전화   031)955-6900
팩스   031)955-6905

홈페이지   www.bumwoosa.co.kr
이메일   bumwoosa1966@naver.com

ISBN   978-89-08-12481-3 03800